선생의 모습

선생의 모습

초판 1쇄 발행일 2016년 3월 30일
초판 2쇄 발행일 2016년 5월 10일

지은이 박의동
펴낸이 양옥매
표지 디자인 이윤경
내지 디자인 황순하
교정 조준경

펴낸곳 도서출판 책과나무
출판등록 제2012-000376
주소 서울특별시 마포구 방울내로 79 이노빌딩 302호
대표전화 02.372.1537 **팩스** 02.372.1538
이메일 booknamu2007@naver.com
홈페이지 www.booknamu.com
ISBN 979-11-5776-171-5(03810)

이 도서의 국립중앙도서관 출판시도서목록(CIP)은 서지정보유통지원 시스템
홈페이지(http://seoji.nl.go.kr)와 국가자료공동목록시스템
(http://www.nl.go.kr/kolisnet)에서 이용하실 수 있습니다.
(CIP제어번호 : CIP2016007211)

선생의 모습

박의동 지음

책과나무

이야기를 시작하며

처음 부임했던 중학교를 떠나던 해, 학급문집을 만드는데 담임선생님 글도 넣어야 한다며 몇몇 아이들이 사흘거리로 쫓아다녔다. 교무실 난롯가에서 아이들이 들이민 백지를 이리저리 살피다가 짧은 글을 썼다. 마지막이 이렇게 끝나는 내용이었다.

늘 하고 싶었던 말,
끝내 해 주지 못했던 말,
여기에 글로 쓴다.
난 너희들을 사랑했단다.

내가 걸어온 길, 세상 살아가는 이야기, 그리고 선생으로서의 삶을 색 바랜 흑백사진첩 들추듯 하나씩 펼쳐 보았다. 파란만장한 삶도, 남달리 힘든 인생 여정도 아닌 평범한 삶의 조각들일 뿐이다. 순전히 내 개인적인 내용도 있지만 주로 학교에서 함께 지냈던 이들의 이야기이다. 아이들과 선생님들의 실명이나 개인사 노출에 대해 오래 고민했으나 너무 소중한 이야기들이어서 세상과 공유하고 싶었다. 사전에 허락받을 수 없었기에 글로나마 양해를 구한다. 물론 깊은 상처로 힘들어했던 많은 아이들의 사연은 가슴에 영원히 묻어 둘 것이다.

이 글을 정리하면서 '남겨져야 할 필연을 자각하지 못하고 쓰인 글들은 영혼의 공해 물질이 되기 쉽다'는 어떤 분의 추상같은 말씀은 늘 나를 짓누르고 망연자실하게 만드는 족쇄였다. 하지만 물 한 종지 더 붓는다고 바다가 넘치지 않듯, 글 몇 줄 더 보탠다고 공해로 숨 막히겠는가. 한 줌의 티끌, 한 방울의 물도 알뜰히 거두었기에 태산과 장강, 대해가 이루어진다는 선인들의 가르침을 따르기로 했다.

선생은 흔히 가르치는 사람이라고 일컫지만 나이 들수록 배우려는 자세를 견지했다. 높고 큰 사람이 칭송받는 세상이다. 하지만 선생은 한없이 낮아져야 한다는 마음가짐을 놓지 않으려 애쓰며 살아왔다. 선생은 '바르게 사는 법'을 배우고 익히는 아이들과 눈 맞추며 살아야 하기 때문이다.

내 이야기를 알린다는 것이 새로운 일이라 생경하고 두렵기도 하다. 하지만 우리네 삶에서 알고 가는 길, 낯설지 않은 일이 어디 있으랴! 현명한 이들의 가르침이 넘쳐나는 세상에서 어리석은 자의 넋두리도 팍팍한 삶의 작은 위안이 될 수 있으리라.

나와 인연 맺었던 모든 이들에게 사랑과 감사의 뜻을 전한다. 또한 면면히 이어온 인류 문화의 끈을 잇고 더 나은 세상 만들기에 자신을 던지며 살아가는 모든 선생님들에게 고마움과 존경의 마음을 올린다.

2015년 어느 가을날

차 례

1 부

선생의 모습

선생은 아이들과 함께 할 때

그 존재 가치가 있다.

그들과 손잡고 눈 맞출 수 있다면 더욱

빛나는 것이 선생의 모습이다.

"

하루에 열 번 만나도 열 번 모두 웃으며 인사하는
우리 아이들, 어떤 어려움 속에서도 그들을 지켜낼 수 있을 만큼,
꼭 그만큼의 인내와 지혜, 용기가 허락되기를 기도합니다.

'선생의 모습' 중에서

"

01

불꽃으로 타오르다

　학교 선생님이 인기 직종으로 부상한 지금도 성적 상위권인 고3 남학생들이나 그 부모들은 교대나 사대 진학을 꺼리는 경향이 있다. 교직이 기피 대상에 가까웠던 1970년대 상황은 부연 설명이 필요 없을 정도였고 나 또한 예외가 아니었다. 교대 다닐 때만 해도 교직은 내 형편에 따른 삶의 방편이었을 뿐 애착은 거의 없었기에 당연히 교육에 대한 관심도 적었다. 교대 졸업 후 잠시 새마을학교에서 농촌 아이들을 가르치면서, 기껏 한두 달 기간제 교사로 함께 지냈을 뿐인데도 헤어질 때면 날 붙잡고 서럽게 목 놓아 울던 아이들(특히 경포초등학교 5학년 2반)을 보면서 비로소 교육에 대한 애증이 싹텄다.

　정선 벽촌의 한 초등학교에 처음 부임했을 때 초라한 건물과 좁고 경사진 운동장, 한껏 주눅 들어 있는 아이들을 보면서 그들에게 자신감을 심어주어야겠다는 마음을 다졌다. 매일같이 삽자루 둘러메고

등교했던 내 어린 시절을 되풀이하도록 두고 싶지 않았다. 그 아이들도 4학년 1학기까지 일일이 기억할 수 없을 만큼 많은 사람들에게서 수업을 받아온 터였다.

  공부, 어릴 적부터 나와는 상관없는 다른 세상 이야기였다. 열심히 하지도 않았고 학교에서나 집에서 다그치고 이끌어 준 이도 없었다. 죽을 동 살 동 파고든 적도 없으니까 당연히 성적이 뛰어났던 기억이 없다. 그나마 철 들어 때늦게 들어간 대학교 다닐 때 2,3년 간 반짝 공부가 전부였다. 그렇다고 공부에 한이 맺힌 것은 아니었지만 내가 가르치는 아이들만큼은 나의 전철을 밟게 하고 싶지 않았다. 어차피 그 아이들도 누가 손잡아 이끌어 줄 사람 없는 농촌에서 태어났으니까 나라도 채찍을 들어야겠다고 다짐했다. 그 아이들이 스스로 능력을 갖추어 자신의 삶을 선택하고 개척할 수 있는 최소한의 바탕을 마련해 주고 싶었다.

  내가 다녔던 초등학교 시절처럼 정선에서 만난 아이들도 체계적인 학습이 이루어지지 않아 학력이 바닥이었다. 정선군교육청에서는 벽촌 학생들의 학습 능력 신장을 위해 매년 학년 말에 날을 잡아 학교별 감독 교사까지 바꾸어 가며 기초학력 평가를 실시했다. 웬 호들갑이냐고 여길 사람들도 있겠지만 장학사가 어떤 학교를 방문했는데 산수 수업 중 1/2+1/3=2/5라고 가르치는 것을 보고 충격을 받았다는 믿거나 말거나 이야기가 젊은 선생님들 사이에서 전설처럼 오가던 시절이었다. 아무튼 그 평가 시험 때문에 특별히 더 열심히 한 것은 아니었지만 적절한 동기 부여가 된 것도 사실이었다.

주지 교과뿐 아니라 음악, 미술, 체육, 심지어 글쓰기와 글씨 연습 교재까지 철저히 가르쳤기 때문에 늘 시간이 모자랐다. 정규 수업 끝나고 국어 받아쓰기와 산수 사칙연산 관련 시험을 보고 한 문제라도 틀린 아이들은 남겨서 나머지 공부를 시켰다. 처음엔 적응이 안 된 아이들 때문에 시행착오도 있었고 일부 학부모들이 반발하기도 했지만 줄기차게 밀고 나갔다. 아이들에게 기초부터 일일이 가르쳐야 하니까 손이 모자라면 학급에서 똑똑한 몇몇 아이들을 남겨 단계별로 지도해 나갔다. 달래고 소리쳐 가면서 아이들과 씨름하다 보면 시간이 얼마나 흘렀는지 해가 언제 넘어갔는지 모를 지경이었다. 내가 가르친 아이들의 성적이 다른 학교 아이들에게 뒤질 이유가 없다는 믿음과 자신감으로 넘쳐 있었다.

산촌에서는 해도 일찍 떨어지지만 일몰 후엔 바로 어둠이었다. 해 짧은 가을날, 더 이상 교실에서 글씨가 안 보여 책보를 꾸리게 할 때쯤이면 바깥은 어둠이 짙어지게 마련이었다. 문제는 집에 가는 건데, 그나마 동무가 있어 같이 가게 되면 괜찮지만 혼자 가야 하는 아이들은 난감했다. 무섭다고 징징대는 아이들을 도저히 혼자 보낼 수 없었다. 아이들이 사는 동네는 가목, 사시레, 매바위 등 낯선 이름만큼이나 이곳저곳에 뚝뚝 떨어져 있어 어떤 데는 시오 리가 넘었다. 할 수 없이 그 아이들을 데리고 학교를 나서 거의 뜀박질하다시피 다녀오면 온몸이 땀으로 범벅이 되어 있곤 했다. 학교에 아직 전기가 들어오지 않았던 게 천만다행이었다. 만약 전등까지 있었다면 아이들과 밤을 샜을지도 모르니까.

2년 과정인 교육대학 졸업하고 2년 반을 기다려 발령 받은 도전초등학교에서의 첫 가을은 눈 깜짝할 사이에 지나가고 이듬해 5학년 담임을 이어서 맡게 되었다. 임용되자마자 얼떨결에 담임을 맡아 정신없이 몰아친 덕택이었는지 아이들이 하나 둘씩 눈에 들어오고 정말로 같이 공부할 수 있는 분위기도 조성되어 한결 수월했다. 나중에 생각해 보면 절대로 그렇게 해서는 안 되는 것이었지만 그때엔 내가 맡은 아이들은 내가 원하는 모양대로 만들 수 있다는 교만으로 가득 차 있었다. 모든 과목을 담임이 가르치니까 단 한 가지라도 놓치지 않으려고 별의별 궁리를 다 했다. 수업을 하면서 태도에서부터 글씨에 이르기까지 완벽할 것을 아이들에게 요구했다.

　교직에 처음 몸담았던 그 시절, 나는 오직 사명감으로 넘쳐나고 있었다. 덧셈 뺄셈이 안 되고 받아쓰기가 틀렸다며 기껏 열 살짜리 아이들을 하늘에 별이 총총할 때까지 들볶았다. 뒤떨어진 기초학력을 끌어올리는 것 이상으로 음악, 미술, 체육, 실과 등 정의적 영역과 실기 과목도 중시하여 교과서에 나오는 모든 과정을 하나도 빼지 않고 다 가르쳤다. 내 월급을 털어 운동 기구를 사 주고, 교대 다닐 때 서클 활동으로 배운 어줍잖은 실력으로 태권도를 지도했다. 보는 사람이 없어도 체육시간이면 반드시 체육복을 갖추어 입고 아이들 앞에 서려고 노력했다. 거의 몸치 수준에 가까운 나였지만 교본으로 배우면서 아이들에게 체육활동을 가르쳤다. 아이들에게서 늘 느끼는 것이지만 그들의 학습능력은 정말 놀라웠다. 나는 책에 나와 있는 그림을 보고 말로 설명하거나 간신히 시범을 보일 정도인데 아이들의 동작은 가히 청출어람이었다.

헌 책방을 돌며 수백 권의 책을 사서 배낭으로 져 날랐고 책이 모자라면 삼국지 등은 몇 달 간 이야기로 풀어 주어 아이들의 부족한 독서량을 채워주려고 애썼다. 심지어는 이웃 학교 선생님들에게 배워 어설프게나마 합주단까지 편성했다. 입을 열어 큰 소리로 노래해야 한다며 회초리를 들고 동요를 가르쳤으니 아이들이 얼마나 죽을 맛이었을까 싶어 지난날을 돌아보면 끔찍하기까지 하다. 그러면서 그때 음악교과서의 노래는 물론 라디오나 TV어린이 프로그램에 나오는 동요까지 모조리 익히게 했다. 여린 손바닥을 매로 때려가면서.

내가 정의적 영역의 교과에 신경을 쓴 것은 머리로 익힌 것보다 몸으로 체득한 것이 정말 자신의 것이요, 사회에 나가서도 더 유용하다는 것을 체험했기 때문이며, 보고 듣는 것이 적은 벽촌 아이들에게 학교에서라도 다양한 것을 경험하도록 돕고 싶었기 때문이었다.

철저함 그 자체였던 나는 아이들에게 애국심을 심어준다며 애국가 4절을 포함한 모든 의식곡을 다 부르게 했다. 가사의 뜻을 일일이 설명해 가면서. 등하교 때마다 '잘 살아보세', '나의 조국' 등 계몽가요를 목이 터지도록 부르게 했다. 국경일엔 집집마다 태극기를 달도록 강조한 후 산을 넘고 내를 건너 일일이 현장 확인까지 나갔다.

4학년 2학기 때 처음 만난 아이들과 6학년 졸업 때까지 담임을 맡았는데 아이들의 글씨가 1년이 지나자 내 글씨체와 비슷해지더니 6학년쯤 되자 반 아이들 대부분이 나보다 훨씬 뛰어난 솜씨를 자랑했다. 가르침의 효과가 처처에서 드러나게 되자 나도 신이 나고 아이들도 자신감으로 넘치게 되었다. 그때 벽촌의 그 아이들은 글씨도 잘 썼고 글도 정말 잘 썼다.

나와 함께 생활했던 아이들이 졸업할 무렵, 그 초등학교가 생긴 이래 가장 많은 인원이 면소재지 중학교인 임계중학교로 진학했다. 10여 개 초등학교 학생들이 모인 가운데 실시된 반 편성 시험에서 우리 반 아이가 수석을 차지한 것은 시작에 불과했고, 체육이면 체육, 미술이면 미술 등 모든 교과에서 발군의 실력을 발휘한다는 이야기도 자주 들을 수 있었다.

처음에는 자랑스러웠고 우쭐하기까지 했지만 그게 얼마나 무모하고 아이들에게 몹쓸 짓이었는지를 깨달은 것은 초등학교 교직을 그만둘 무렵이었다. 나는 당시 내가 아이들에게 하는 일들이 나의 교육적 사명이라고 철석같이 믿었다. 아이들에게 생각하고 스스로 해결할 시간을 기다려 주는 것이 아니라 내 욕심 때문에 엄청난 양의 학습을 강요했다. 나는 허점투성인데도 아이들에겐 완벽할 것을 요구했다. 그것도 1년이 아닌 2년 반을 괴롭혔으니 얼마나 힘들었을까 싶어 이젠 머리가 희끗희끗해져가는 그때 아이들을 만나면 자네들 너무 못살게 굴어 미안하다고 얘기하곤 한다. 내가 가르쳤던 것들이 아이들의 사회 생활에 도움을 줄 수도 있었겠지만 일단 학교 생활은 결코 즐겁지 않았을 것 같아서이다.

앞에서 청출어람이라는 표현을 썼는데 교사로서 나의 성장 과정을 돌아보면 초·중학교를 막론하고 내가 가르쳤던 아이들은 내게 배우기도 전에 이미 나보다 뛰어난 경우가 대부분이었다. 따라서 교단에서 아이들과 함께 생활하면서 내가 무엇을 가르쳤다기보다 그 아이들로 인해 내 자신을 변화시킨 부분이 훨씬 컸다. 덜렁이에다가 잠시도 가만히 있지 못하는 산만한 성격, 그리고 성급함, 다혈질 등 아주 고약한 내 성정들이 아이들과 함께 지내면서 조금씩 다듬어져 갔다. 몸치에 가까웠던 내 자신이 신체 활동에 대한 관심을 갖게 된 계기도 내가 근무했던 학교와 아이들 덕분이었다.

  처음 교직을 시작한 초등학교에서의 5년은 나의 모든 것을 미친 듯이 쏟아 붓고 자신을 스스로 불살랐던 시기였다. 특히 처음 만났던 아이들, 그 아이들이야 언젠가 날 잊을 테지만 난 그 아이들을 내 안에서 결코 지울 수 없을 것이다. 그곳 정선 벽촌에서의 생활은 내가 걸어온 여정 중 극히 짧은 부분이었지만 그 시절의 삶이야말로 꺼지지도 지치지도 않고 치열하게 타오르는 불길이었으며, 모든 것을 녹여내는 용광로였다. 비록 인격적으로 모자랐고 때로 서툴렀지만 내 인생에서 가장 빛나는 시기였다.

02

철암, 검은 물이 흘러도

내륙 지역에서 기차를 타고 철암으로 향하다 보면 기찻길이 뚫린 좁고 깊은 골짜기에 놀라고, 차창에 스칠 듯 병풍처럼 늘어선 가파른 계곡의 경사면에 탄성이 절로 나온다. 역에서 내리면 높은 산 전체라고밖에 표현할 수 없는 거대한 석탄 폐석더미에 압도당하게 된다. 철암에서 동해안 쪽으로 가려면 유명한 통리 협곡의 급경사를 내려가기 위해 통리역–심포리역 우회 철도(헤어핀커브)와 심포리역–나한정역–흥전역의 지그재그 철길(스위치백)을 거쳐야 까마득히 내려다보이는 도계를 거쳐 동해로 갈 수 있다. 철암은 그런 곳이다.

태백시 철암동 철암초등학교, 내 교직 생활에서 두 번째 둥지를 튼 곳이었다. 철암은 철암역을 중심으로 심산유곡에 형성된 마을로 오로지 석탄 산업이 경제를 좌우하던 곳이었다. 지금은 100여 명의 학생들이 생활하는 소규모 학교지만 내가 부임할 당시만 해도 1,500여

명이 꿈을 키우던 배움터였다. 지대가 워낙 협소한 계곡이라 학교가 철길과 자동차 도로 사이에 낀 구조였다. 운동장은 철길과 붙어 있고 학교 건물 뒤쪽은 자동차 도로와 잇대어진 배치인데다가 학생들이 늘어나면서 급조한 일곱 동의 건물이 어지럽게 널려 있었다.

내가 부임하던 해에 4학년 4반 담임을 맡았는데 4학년 여덟 반이 쓰는 건물은 단층 복식 건물이었다. 중앙 복도의 양쪽으로 교실이 있고 건물 가운데 부분의 천정과 지붕 일부가 유리로 덮인 특이한 구조였다. 천정의 유리에 먼지가 잔뜩 쌓여 실제로 채광이 어려웠기 때문에 건물 내부가 컴컴하여 아이들은 '굴 교실'이라고 불렀다. 바닥은 마감 처리가 제대로 안 되어 울퉁불퉁한 한 콘크리트 그대로였다. 개명 천지에, 그것도 초등학교에 아직도 이처럼 위험하고 비위생적인 건물이 있는가 싶어 아이들에게 미안한 마음이 들곤 했다. 실제로 그해 5월 중순 강풍이 몰아쳤을 때 어디선가 날아온 길쭉한 목재가 지붕과 천정의 이중유리를 뚫고 아이들이 놀고 있던 교실 바닥으로 내리꽂혀 아찔한 상황이 벌어지기도 했다.

해발 700m에서 시작되는 갱도가 해수면을 지나고 있다 했으니 생산비용 때문에 석탄 산업이 사양길에 접어들고 있을 무렵이었지만 모든 게 외상으로 통하는 독특한 지역이었다. 경기가 좋을 땐 철암초등학교 학생들이 3,000명에 육박했고 동네 강아지도 고액권 지폐를 물고 다닌다는 우스갯소리가 있을 정도로 풍요로웠다고 한다. 비록 온 세상이 검어도 언제나 현금이 넘치고, 힘만 좋으면 특별한 기술이 없어도 몇 년 고생살이로 한 밑천 잡을 수 있다는 생각에 온갖 사연을 가진 외지 사람들이 몰려들었던 것이다.

정선 도전에서 주로 아이들과 함께였다면 태백에서는 동료 교사들과 시간을 보냈다. 젊은 층이 많고 한정된 공간에서 생활하기 때문에 같이 어울려 다닐 기회가 많았던 것이다. 태백산은 지척이었고, 열차를 이용하면 영월, 단양, 제천, 영주, 안동 지역도 그리 멀지 않았다. 교직은 어느 정도 안정기로 접어드는 단계였는데 초등학교 교사들의 분위기는 좀 특이했다. 2년제 교육대학을 졸업하고 5년이 가까워 오면서 막연하게 가졌던 대학 진학에 대한 결심을 굳히게 된 것도 당시 초등학교 교직사회의 분위기 탓도 있었던 것 같다.

그 무렵 초등학교 교사는 고등학교 과정인 옛 사범학교 출신들이 상층부를 형성하고 2년제 교육대학 졸업생들이 50%를 넘어서고 있었다. 그 외에도 고등학교 졸업 후 4개월 과정의 초등학교 교원양성소를 거친 분들이 상당한 비율을 차지하고 있었다. 결국 교원의 50% 정도가 고등학교 졸업자였고 나머지가 2년제 교육대학을 졸업한 학력이었다. 초등교원의 학력별 구성을 설명한 것은 같은 교직에 근무하면서도 중등에 비해 열악한 근무 환경, 낮은 학력과 그에 따르는 급여의 차이 등이 알게 모르게 초등학교 교사들의 자조적인 분위기를 조성했다고 보는 내 생각 때문이다.

그때는 이런저런 이유로 술도 자주 마셨다. 술자리에서는 늘 초등학교 교직에 대한 불만과 당장 때려치울 거라는 선배들의 막말이 자주 나오곤 했었는데 교직에 막 몸담기 시작한 내게는 그런 상황이 여간 불편한 게 아니었다. 고등학교 남학생들이 교육대학과 사범대학을 기피했던 것도 그런 분위기를 만드는 요인 중의 하나였을 것이다. 더욱이 지금은 교직도 안정되었고 초중고 교원의 차별이 거의 없어졌지만 당시에는 중등교사에 대한 자격지심도 작용했던 것으로 기억된다. 그렇다고 초등학교 선생님들이 대충대충 근무했다는 것은 아니다. 학교 시설이나 교육 환경이 최악이었지만 우리 모두 투덜거리면서도 정말 열심히 아이들을 가르쳤고 최선을 다 했다.

그러나 동료 선배 교사들의 초등학교 교직에 대한 습관적인 자기 비하나 불만에서 비롯된 반작용으로 오기가 생겼고, 기왕이면 제대로 대학을 나와 근무하자는 생각으로 자라났다. 정선에서도 그랬지만 철암에서도 아이들과의 생활은 정말 만족스러웠고 나름대로 열심을 다 했다. 그러나 대학 진학에 대한 열망은 날이 갈수록 뜨거워졌다. 아직 초등학교 교사의 이직율이 높은 편이어서 대학을 졸업해도 다시 돌아올 수도 있을 것 같았다.

2학기가 시작된 9월 둘째 주, 그만두기 전날 비로소 학년주임과 교무주임에게 사직하겠다고 말씀드렸다. 동료 선생님들과 선배들 누구도 믿으려고 하지 않았다. 그도 그럴 것이 교직 생활에 회의를 느낀 선생님들 사이에서 때려치우겠다는 말이 나올 때마다 강하게 반박한 사람이 나였고 그만큼 애착도 강했기에 그런 내가 학교를 그만둔다니 모두 놀랄 수밖에 없었던 것이다. 학기 중 사직이 학교업무에 지장을 초래하고 반 아이들에게도 너무 미안한 노릇이었지만 사전에 의논하기에는 심적 부담 때문에 모든 것이 결정된 후 알릴 수밖에 없었다.

그날 아침, 임시 직원회의 시간에 교무주임의 소개가 있었고 사직 인사를 하게 되었다. 그때까지만 해도 당당했고, 어떤 마음의 흔들림도 없었다. 그런데 막상 마이크를 잡고 '이 낯설고 거친 탄광촌을 찾아온 것이 엊그제인 듯한데…'로 인사를 시작하자 그동안 아이들과 함께 했던 나날들이 주마등처럼 스쳐가면서 울컥, 눈시울이 뜨거워지며 흐르는 눈물을 주체할 수 없었다. 도저히 인사를 마무리할 수 없어 마이크를 넘기고 그대로 주저앉았다가 양호실로 자리를 옮겼다. 두어 시간 안정한 후에야 마음을 가라앉히고 담임을 맡고 있던 5학년 7반 교실로 들어갔다. 중간에 그만두게 되어 너무 미안해서 간단히 인사를 하면서 아이들 하나하나 머리를 쓰다듬어 주고 5학년 4반으로 갔다. 수업 중인 선생님의 양해를 구하고 교실로 들어갔다. 지난 해 철암에 부임하여 4학년 4반으로 1년 동안 같이 생활했던 아이들, 반장이었던 병호, 쬐끄만 수진이, 내게 자주 혼났던 덩치 민수, 그리고 다른 아이들을 하나 둘 바라보는데 도저히 말을 꺼낼 수 없었다. 칠판에는 자연 수업 내용이 판서되어 있었다. 지우개로 판서를 엷게 지우고 인사말을 썼다.

'사랑하는 4학년 4반이었던 아이들아, 지난해 처음 만나 참으로 많은 이야기를 나누었는데 이제 떠나게 되었구나. 비록 멀리 가지만 너희들이 준 사랑, 잊지 않을게. 모두 품은 뜻 꼭 이루렴' 이렇게 써 놓고 아이들을 돌아보았다. 병호랑 민수, 그리고 몇몇 아이들의 눈에 눈물이 맺혀 있었다. 다가가 한두 명 아이들 머리를 쓰다듬어주는데 나도 눈물이 나왔다. 더 이상 머물기 어려워 칠판의 인사말을 지우고 남아 있던 흔적으로 수업 내용의 판서를 다시 정리한 후 아이들에게 목례로 인사하고 교실을 나왔다.

교무실에서 여러 선후배 선생님들과 인사를 나누었는데 5학년 선생님들이 식사라도 같이 하고 가라며 붙잡았다. 식사를 하면서도 모두들 내가 그만둔다는 걸 믿을 수 없다며 한 마디씩 할 때마다 주책없이 눈물이 흘렀다.

식사 후 선생님들은 모두 학교로 돌아가고 다시 학교 주변에 있는 후배 하숙집으로 향하는데 만감이 교차하여 마음을 안정시킬 수 없었다. 내가 있어야 할 곳을 버리고 가는 것 같아 마음이 착잡해지는데다가 수업 끝난 동료 교사들이 하나 둘 모여 한 마디씩 인사를 건네자 또다시 눈물이 쏟아졌다. 정말 그만두어야 하는지에 대한 회의감이 물밀 듯 밀어닥쳤다. 보다 못한 후배가 이러다간 다시 주저앉아야 할지도 모른다며 자전거 꽁무니에 나를 싣고 철암역까지 데려다 주었다.

그날 나는 그렇게 철암을 떠났다. 내가 지금은 이곳을 떠나지만 꼭 돌아오리라 눈물로 다짐했던 아이들 곁에 가지도, 철암 땅을 끝내 다시 밟지도 못하였다. 그러나 지금도 눈감으면 구불구불 좁고 깊은 골짜기를 따라 길게 울려 퍼지던 열차의 기적 소리와 그 여운이 귀에 들리는 듯하다. 천지가 모두 까만 곳, 개천까지 검은 물이 흐르는 그곳 철암에서도 새하얀 눈처럼 순수했던 아이들의 해맑은 웃음 소리도.

미술 시간에 아이들이 풍경화를 그리면 냇물을 시커멓게 표현하는 곳, 보이는 곳마다 까만 석탄찌꺼기가 널려 있는 곳, 늘 탄가루가 날아들어 빨래를 방안에서 말려야 하는 곳, 아빠 근무조인 갑반, 을반 혹은 병반에 따라 생활 리듬을 아빠의 수면 시간과 출근 시간에 맞추

어야 하는 아이들이 사는 곳, 깨진 유리창이 을씨년스런 조그만 대폿
집에도 술집 색시가 손님을 기다리는 곳, 몇 반 아이 아빠가 지난 밤
사고로 입원했다거나 숨졌다는 소리가 심심찮게 들리는 곳, 갖가지
사연을 지닌 사람들이 모여 1년만, 1년만 하다가 끝내 떠나지 못하고
머무는 곳, 그런 사람들이 그렇게 만나 인연을 맺고 정을 쌓아가는
곳, 철암은 그런 곳이었다.

* 일제 치하였던 1936년 태백 지역의 석탄을 동해안 항구로 옮기기 위해
건설한 이곳 철도는 가파른 통리재를 넘기 위해 통리역－심포리역 구간
1.1Km에 인클라인 철도(강삭철도)가 설치되었다. 화물 열차는 1량씩 강
선으로 끌어올렸고 사람들은 도보로 이동하였다. 이 구간은 1963년 커
브 우회 철도 터널로 연결되었으며 심포리역－나한정역－흥전역은 지그
재그 철길(스위치백)로 운행하였다.
　2012년 루프식 우회 철도 솔안 터널 개통으로 동백산역－도계역이 직
접 이어지면서 그 사이에 있었던 통리역－심포리역－나한정역－흥전역은
모두 폐역이 되었다. 한국 산악 철도의 상징이었던 통리역－흥전역 구간
의 네 역이 역사의 뒤안길로 사라진 것이다.

03

민수 이야기

 민수(가명)는 내가 태백시 철암초등학교로 부임하던 해 담임을 맡았던 4학년 4반 아이였다. 키가 삐죽하게 커서 운동장 조회를 하면 다른 학생들 머리 위로 쑥 올라온 민수를 볼 수 있었다. 쉬는 시간이나 아이들 하교 후 교실 앞에 있는 내 책상에서 잡무를 정리하다가 어른 목소리가 나서 고개를 들어 보면 민수가 친구들과 놀면서 내는 소리였다. 변성기를 지난 것 같지는 않은데 목소리가 어른처럼 굵어서 외부인이 들어온 줄 알고 깜짝깜짝 놀랄 때가 한두 번이 아니었다.

 잘생긴 얼굴, 커다란 덩치에 목소리까지 굵은 녀석이었지만 하는 짓은 초등학교 4학년에서 덜하지도 더하지도 않았다. 아니 좀 덜한 편이라고 하는 것이 옳겠다. 말뜻도 알아듣고 책도 읽을 수 있어서 받아쓰기를 하면 절반 이상은 정확하게 쓸 수 있었는데 거기까지가 전부였다. 사실 초등학교에서 한글을 읽고 쓸 수 있으면 나머지는 시간이 걸려서 그렇지 어느 정도까지는 학습이 가능하도록 교육과정이 짜여 있는데 민수만은 쓰고 읽는데서 딱 멈추어 있었다. 초등학교 저 학년에서 집중적으로 이루어지는 사칙연산과 한글 쓰고 읽기가 자리 잡혀 있는 상태여서 내가 맡은 학급 아이들 중 민수 정도의 수준은 네댓 명이 전부였다.

   3월 한 달이 지나면서 아이들을 어느 정도 파악하게 되었고 나름대 로의 처방도 먹혀들어 성적에 대한 욕심을 낼만한 단계까지 왔으나 민 수만은 제자리였다. 방과 후 교실에 남겨 공부를 시켜보면 대부분 잘 알아듣는데 학교에서의 시간 부족으로 숙제를 내면 전혀 이행하지 않 았다. 전 학교에서 1,2학년 아이들도 거뜬히 해결했는데, 한글까지 깨우친 4학년짜리라 자신 있게 도전했지만 번번이 물러나야 했다. 그 렇게 4월이 지나고도 민수는 그대로였다. 마침 민수의 누나가 같은 학 교 6학년이라 몇 번 불러 상의도 하고 약속도 했지만 막무가내였다. 누나는 성실하고 성적도 상위권이어서 민수의 제자리걸음이 더욱 안 타까웠고 또 한편으로는 나의 전의를 부채질하기도 했다. 어르고 달 래고 때로는 겁도 주고 손바닥도 때렸지만 전혀 변화가 없었다.

“민수!”

“예!”

“오늘 숙제 또 안 해 왔네.”

“깜빡했습니다.”

“어제는?”

“어제도 깜빡했습니다.”

“어떻게 해야지?”

“혼나야 합니다.”

"어떻게?"

"손바닥을 맞겠습니다."

"맞으면 안 아파?"

"아픕니다."

"그런데 왜 맞지?"

"숙제를 안 해왔기 때문입니다."

"숙제는 왜 안 하지?"

"자꾸 잊어먹습니다."

"내일은?"

"내일은 꼭 해 옵니다."

"약속할 수 있지?"

"예, 약속할 수 있습니다."

"좋아. 민수 말을 믿고 오늘은 선생님이 용서한다. 그 대신 내일 숙제가 안 돼 있으면 두 배로 맞는 거야. 할 수 있지?"

"예, 할 수 있습니다."

대답은 청산유수였고 철석같았지만 그야말로 공염불이었다. 성적의 높낮이는 있지만 학급 학생들 누구에게도 큰 소리로 꾸중하거나 손바닥이라도 때릴 일이 없는데 민수는 정말 강적이었다.

매일 그와 같은 상황을 반복하다가 어떤 자극이 필요하다는 생각에서 가정방문을 가기로 했다. 방과 후 민수를 앞세우고 사택과 작은 살림집들로 가득 찬 언덕길과 골목길을 돌고 돌아 집에 도착했는데 마침 식구들이 모두 집에 있었다. 두 부부와 장성한 큰 아들, 6학년짜리

딸, 그리고 막내 민수까지 다섯 식구였다. 이야기를 나누어 본 결과 부모님도 이해심이 깊고 민수 형도 대화가 잘 통하는 청년이었다.

"제가 민수 누나랑도 자주 얘길 나누었습니다만 민수가 마음만 먹으면 충분히 남 못지않게 할 수 있는데 할 일을 제대로 안 하고 있어 방법을 찾으러 들렀습니다."

"어릴 땐 막내라서 응석받이로 자라는가 보다 했는데 저렇게 덩치만 컸지 노는 건 애기예요."

"예를 들면요?"

"어릴 땐 또래 아이들과 잘 놀았는데 3학년, 4학년이 되어서도 여전히 1학년짜리 아이들하고만 놀아요. 노는 것도 꼭 애기 같고."

"주의를 주셨겠네요?"

"그럼요. 그런데 고쳐지질 않아요."

"부모님이 허락하신다면 제가 민수의 마음가짐이나 공부 방법을 고쳐주고 싶은데 괜찮으시겠습니까?

"어떻게 하시게요?"

"제가 손바닥은 더러 때렸지만 아직 심하게 다루지는 않았습니다. 한 번쯤 겁을 줘서 공부하는 습관만 들인다면 민수는 정말 잘할 것 같거든요."

어머니는 멈칫멈칫하는데 그동안 말없이 듣고만 있던 아버지가 한마디 거들었다.

"아, 선생님이 자식 새끼 사람 만들어 주신다는데 마다할 부모가 있겠습니까? 그저 병신만 안 되게 혼찌검을 내서라도 사람 좀 만들어 주십시오."

"정말 괜찮으시겠습니까?"

"사람 구실만 한다면야….'

"좋습니다. 혹시 좀 심하거나 마음이 아프시더라도 가정에서 보조를 맞춰 주셔야 합니다."

나는 부모님의 다짐은 물론 누나와 형에게도 협조를 당부하고 자신감에 넘쳐 하숙집으로 돌아왔다. 당장 다음날 다른 때보다 숙제는 쉽지만 양을 조금 늘리고 귀가할 때 민수를 따로 남겨 당부를 했다. 물론 민수는 씩씩하게 대답하고 굳게 약속한 후 인사까지 하고 돌아갔다.

그 다음날 산수시간, 일단 수업을 진행하고 아이들에게 문제를 풀어 보도록 시킨 다음 숙제를 확인해 나갔다. 공도 많이 들었고, 부모님에게 허락도 받은 터라 이젠 뭔가 희망이 보이겠지 하는 간절한 심정으로 민수 앞에 섰는데 민수는 순하디 순한 눈망울에 겁이 잔뜩 들어가 있었다. 숙제는 손도 대지 않았던 것이다. 순간적으로 거의 분노에 가까운 울화가 치밀었다. 그래도 감정이 실리지 않은 상태에서 혼을 내려고 말을 붙였다.

"민수!"

"예!"

"숙제는?"

"안 했습니다."

"왜?"

"놀다가 잊었습니다."

"해 오기로 약속했잖아?"

"놀다가 잊었습니다."

거의 기계적인, 녹음기 수준의 대답이었다. 순간적으로 손이 올라갔다. 처음엔 뒤통수 몇 대, 어깻죽지, 목덜미를 쳤는데 아이가 아무런 반응 없이 멀뚱멀뚱 쳐다보자 감정이 격앙되기 시작했다. 결국 뺨을 때렸는데 민수가 고개를 돌리는 바람에 코를 맞아 코피가 조금 비치기도 했다. 아이들이 민수 코에서 피가 난다고 겁에 질려 이야기했지만 아주 작정을 하고 몇 대 더 후려쳤다. 덩치는 커도 피부가 연한 시기인지라 얼굴에 손자국이 나면서 부풀어 올랐다. 처음에는 교육적인 목적을 가지고 부모님 허락까지 받아서 시작하였으나 나중엔 감정적인 손찌검이 되고 말았다. 변명의 여지가 없는 폭력이요, 일고의 가치도 없는 비교육적 행태였다. 수업 끝종이 울리고 체벌이 끝났는데도 민수는 기어들어가는 목소리로 '잘못했어요'를 혼잣말처럼 중얼거렸다.

　아이들이 우르르 몰려나가고 내 자리에 가서 털썩 주저앉았다. 뺨에 불그죽죽한 손자국이 남은 채 교실 밖으로 나가는 민수를 보며 스스로 부끄러웠다. 어떤 이유나 명분이 있다고 하더라도 민수에 대한 손찌검은 분명히 혐오스런 폭력이었다. 아직도 내가 이 정도였구나 싶어 절로 한숨이 나왔다. 청소를 마치고 종례 후 민수를 불러 세웠다. 한 시간이나 지났는데도 볼이 벌겋게 부어 있었다.

　"많이 아파?"

　"아뇨. 괜찮습니다."

　"내일은 숙제 꼭 해 오기야, 약속은 지켜야지?"

　"예, 알겠습니다."

　자기 합리화를 위한 몇 마디 대화가 공허했다. 내가 잘못했구나,

미안하다는 말은 끝까지 입 밖으로 나오지 않았다.

  마음도 울적하고 자신에 대한 실망감, 자괴감을 견디기 어려웠다. 퇴근길에 동료 선생님들과 막걸리 두어 잔 걸치고 일찍 하숙집으로 들어왔다. 아프다는 핑계로 저녁도 거른 채 불 꺼진 컴컴한 방에 드러누웠다. 잠은 오지 않고 민수 얼굴이 자꾸 눈앞에 어른거려 집으로 전화라도 할까 몇 번 망설였지만 그도 못하고 말았다.
  "동생, 잠들었어?"
  처음 부임했을 때 하숙할 곳이 마땅찮아 철암 사는 고종사촌 누님에게 신세를 지고 있던 시기였다. 누님이 방 밖에서 불렀다.
  "아뇨, 아직 안잡니다."
  "동생 찾는 전환데 한 번 받아 봐."
  "예, 감사합니다."
  불안한 마음으로 수화기를 받아들었다. 오늘 숙직 근무 중인 선배 선생님이었다.
  "박 선생님, 오늘 학급에서 무슨 일 있었어?"
  "예?"
  "조금 전 어떤 학부모한테서 전화 왔었어."
  "……."
  "아이 이름까지 대면서 연락처를 묻기에 전화번호 일러줬는데 괜찮을까?"
  "아, 예 괜찮겠죠 뭐. 그나저나 일부러 전화해 주셔서 감사합니다."
  전화를 끊고 다시 내 방으로 건너와 불을 켜고 의자에 앉았다. 알 수 없는 불안감이 온 몸을 감쌌다. 30분 쯤 후 누님이 다시 불렀다.

"전화 바꿨습니다."

"저, 민수 아빠 되는 사람입니다."

"예….."

"저, 잠깐 만날 수 있을까요?"

"예, 그러시죠?"

"어디로 갈까요?"

"소방서 뒤 개울 옆 둑길로 오시면 제가 기다리겠습니다."

옷도 갈아입지 않은 상태였기 때문에 그대로 방을 나섰다. 어두운 밤, 가로등에 비친 철암천 개울물은 언제나처럼 시커멓게 흐르고 있었다. 둑길에서 십오 분쯤 기다렸을 때 민수 부모님이 나란히 다가왔다. 나를 보더니 민수 엄마가 한 걸음 앞서 내게로 왔다.

"안녕하세요?"

"아니, 선생님, 우리 민수를…."

민수 어머니는 울음이 터지기 직전이었다.

"……."

"그 어린 것을 어떻게 그처럼 모질게 때릴 수 있어요?"

"어머님, 그리고 아버님 제가 잘못했습니다. 아무 이유 없이 잘못했습니다."

궁지를 모면하기 위한 입에 발린 말이 아니라 진심으로 잘못을 인정하고 사과의 말씀을 드렸다.

"흑….."

마침내 민수 엄마의 울음이 터져 나왔다.

두 분을 개울 옆 콘크리트 방호벽 위에 걸터앉게 하고 그 앞에 섰다. 민수 엄마는 흐느끼듯 우느라 말문을 못 열었고 그 옆에서 민수 아빠는 말없이 애꿎은 줄담배를 피워댔다.

"어머님 진정하시구요, 그리고 아버님 두 분께 다시 사과드리겠습니다. 제가 큰 잘못을 저질렀습니다. 어떤 이유나 변명으로도 정당화 될 수 없는 큰 잘못입니다. 부모님이 내리시는 처분이라면 어떤 벌도 달게 받겠습니다. 그것과 관계없이 제가 드릴 수 있는 말씀은 이젠 억압이 아니라 기다려가면서 아이들을 가르치겠다고 약속드리는 것뿐입니다."

"선생님이 집까지 찾아오셔서 민수를 열심히 가르쳐 주시겠다고 해서 정말 고마웠습니다. 그렇지만 다 큰 게 사람 구실도 못하고 맨날 또래 아이들에게 맞고 다니는 것도 속상한데 이젠 선생님들한테서도 사람 대접을 못 받는다고 생각하니 너무나 서러워서…."

한 번 말문이 트이자 민수 어머니의 하소연이 쏟아져 나왔다.

"오늘 학교 갔다 왔는데 얼굴이 퉁퉁 부어 있는 거예요. 너무 놀라 무슨 일이냐고 물었더니 숙제를 안 해가서 선생님에게 혼났다는 말을 듣는 순간 하늘이 노랗고 피가 거꾸로 솟는 기분, 이해하시겠어요?

"……."

"덩치만 컸지 이제 겨우 열한 살, 그 여린 것을 어떻게 그처럼 무지막지하게 때릴 수 있는지 도대체 이해가 안 가요. 선생님도 이제 결혼하고 아이를 키워보면 아시겠지만 자식이 못날수록 부모 가슴은 더 아픈 법이에요. 아이들에게 바보 취급 받는 것만 해도 억장이 무너지는데 학교에서 선생님에게 맞았다고 생각하니…."

구구절절 가슴에 와 닿는 내용이라 입이 열 개라도 할 말이 없었다. 무릎이라도 꿇고 싶은 심정이었다. 민수 엄마는 밤이 이슥하도록 울음으로 안타까움을 호소하다가 마지막엔 우리 민수를 잘 부탁한다며 머리 숙여 인사하고 돌아갔다. 힘없이 어둠 속으로 멀어져 가는 부부의 뒷모습을 오래도록 바라보며 내 생전에 그처럼 부끄러웠던 적이 없었다.

그날 밤, 검게 흐르는 철암천 개울가에서 민수 엄마를 통해 내 교직 생활은 또 한 번의 전기를 맞게 되었다. 잘났거나 못났거나 내가 가르치는 우리 반 아이들 모두 가정에서 너무 소중한 자녀이며, 학급의 학생 한 명은 40분의 1이 아니라 온전한 1 그 자체라는 것을 마음 깊이 새기게 되었다. 아이들이 잘 자라는 것이 중요하지 덧셈 뺄셈 하나에 목숨 걸 일은 아니라는 다짐도 했다. 그 후로도 체벌의 유혹에서 완전히 벗어나지는 못했지만 아이들을 집단이 아닌 개인으로 접근하려고 애썼다.

다음 날 아침, 구부정한 모습으로 '선생님 안녕' 하며 교실로 들어서는 민수를 내 자리 옆으로 불렀다.

"민수야, 선생님 밉지?"

"아니요."

"그래, 고맙구나. 어제 선생님이 지나쳤어. 잘못했구나. 미안해, 민수야."

"……."

키가 나보다도 큰 민수의 머리통을 쓰다듬으며 진심으로 사과했다.

그로부터 1년 후, 초등학교 교직 생활을 그만두고 철암을 떠나던 날, 작별인사차 들어간 5학년 4반(지난 해 담임했던 4학년 4반) 교실에서 그 아이의 머리를 쓰다듬으며 마음속으로 깊은 사죄와 함께 다시 한 번 잘 자라기를 빌어 주었다. 눈물이 나올 것 같아 아이들에게 칠판의 판서로 인사를 대신한 후 밖으로 나오면서 다시 돌아보았을 때 민수의 맑은 눈에도 눈물이 고여 있었다. 착한 민수, 가엾은 민수….

　철암을 끝으로 초등학교 교직을 접고 다시 대학에 들어가 정신없이 돌아치다가 졸업을 앞둔 어느 날 집으로 편지 한 통이 배달되었다. 비뚤비뚤한 글씨로 쓴 민수의 편지였다. 짙고 넓게 칸이 쳐진 양면 괘지에 민수가 쓴 내용은 딱 세 줄이었다. 그 글에 미움이나 어떤 악의가 배어 있었던 것은 분명 아닌 것 같은데 도둑이 제 발 저리다고 민수의 편지를 읽는 순간 오싹 소름이 돋는 것을 느꼈다. 납량 특집물은 저리 가라였다. 나도 모르게 '업보로다!' 하는 신음이 절로 흘러나왔다.

「박의동 선생님께
　저는 4학년 때 선생님에게 맞아서 피가 났습니다.
　그래서 저는 선생님을 잊을 수 없습니다.」

　중등으로 옮겨 교직 생활을 다시 이어 가면서 교사 본연의 길을 잊거나 벗어날 때마다 민수의 짧은 편지글은 내게 아픈 채찍이요, 중심을 잡아주는 추의 역할을 하기에 충분했다.

04

우리 선희

    선희가 가락동 큰길가에 조그마한 영업용 트럭을 세워 놓고 호떡장사를 시작했다고 말했을 때 좀 걱정스럽기도 했는데 언제나처럼 밝게 웃으며 호들갑을 떨어 잘 해낼 것이라는 믿음이 갔다. 바쁜 중에도 내가 근무하는 학교까지 찾아와 아무리 그러지 말라고 해도 용돈이라며 쭈빗쭈빗 봉투까지 안겨 주는 선희를 보면 이 친구에게 나는 어떤 존재인가 싶어 만감이 교차할 때가 많다. 지난번 잠깐 만났다가 헤어진 후 반갑게 맞아 주셔서 감사하다며 올린 카톡에 이런 답신을 보냈다.

    「스토리를 간직한 사장님의 탄생을 확신합니다. 글도 써야 하고 정말 할 일이 많아지겠네. 너무 바쁘게 사는 것도 피곤할 텐데 어쩌지?」

    내가 '우리 선희'라고 표현하는 그 아이-이젠 40대 후반의 아줌마가 되었지만—는 중학교 2학년 때 국사수업을 하면서 처음 보았고, 중3 때 내가 담임을 맡은 학급의 학생으로 다시 만나 서로에 대해 좀 더 깊이 알게 되었다. 선희는 담임이었던 나도 잘 따랐지만 그 아이가 정말 좋아하는 선생님은 따로 있었다. 뒷 반 국사를 가르치는 이상권 선생님이었는데 편지도 자주 보내고 예쁜 손글씨로 쓴 두툼한 자작 시집을 선물로 드리기도 했다. 나중에 선희는 다른 선생님께 글모음을 드린 것에 대해 내게 너무 미안했다며 여러 번 사과 아닌 사과를 했다. 지금은 소식이 끊겼지만 이상권 선생님은 나도 좋아했고 선희의 시집을 받을 자격이 충분한 분이었기 때문에 나로서는 서운한 마음을 가질 이유가 전혀 없었는데도 말이다.

한창 예민한 중3이었던 당시 선희의 형편은 그야말로 최악이었다. 선희가 처해 있는 상황에 대한 이야기를 들어 보면 학교에 나오는 것 자체가 신기할 정도인데 선희는 한 번도 얼굴을 찡그리거나 힘든 내색을 하지 않았다. 초등학교 3학년 때 엄마 돌아가신 후 새어머니가 들어오셨는데 옛날 이야기책에 나오는 것 이상으로 두 자매를 너무 심하게 다루었다. 아버지도 두고만 볼 수 없게 되어 선희는 언니와 함께 서울로 올라와 거여동의 반지하방을 얻어 독립하였다. 그때부터 언니는 직업전선에 뛰어들었고 두 자매는 서로 의지하며 그런대로 마음 편하게 생활할 수 있었다. 중2 때 언니가 요리사였던 사람과 결혼을 하면서 평화로웠던 시기는 지나고 또다시 견디기 어려운 생활이 계속되었다. 평소에는 큰 문제가 없는데 형부가 술만 먹으면 그날 밤은 집안에 들어가는 것 자체가 지옥이었다. 더 심각한 문제는 그 빈도가 점점 잦아지고 정도가 심해진다는 것이었다.

3학년이 되고 나서 두어 달이 지난 5월 어느 토요일 오후였다. 학교 부근에서 하숙을 하고 있던 나는 부모님이 계신 강릉에 다녀오기 위해 터미널로 가다가 학교 운동장 벤치에 우두커니 앉아 있는 선희를 발견했다. 단순히 누구를 기다리거나 잠시 머무는 상황이 아니라는 느낌이 들어 선희에게 다가갔다.

"집에 안 가고 혼자서 뭐해?"

"갈 데가 없어요."

"왜?"

"형부가 들어오지 말래요."

"임마, 그냥 하는 소리지. 그런다고 집엘 안 들어가?"

"그게 아니고요⋯."

입은 웃고 있는데 눈에는 눈물이 그렁그렁했다. 어제 술에 취한 형부가 언니와 대판 싸움을 벌이는 바람에 선희는 집에서 쫓겨나 밖에서 밤을 새우고 등교했다고 한다. 형부가 출근도 않고 집에 있어서 언니도 어쩔 수 없으니 오늘은 친구네 집에서 자고 오랬다는 것이다. 남학생도 아니고 남의 집에서 하룻밤 잔다는 것이 쉬운 일은 아니었던 것이다.

"그럼 어떻게 해?"

"선생님, 저 여기서 자면 안 될까요? 춥지도 않은데."

"말도 안 돼."

"그럼 교실에서 좀 잘 수 없어요?"

"쓸데없는 소리 하지도 마."

"……."

잘 데가 없다는 아이를 홀로 두고 갈 수도 없고 뾰족한 방법이 얼른 떠오르지 않아 참으로 난처했다.

"너 강릉 갈래?"

"정말요?"

"그래, 나 지금 집에 가는 길인데 같이 가지 뭐."

"정말 그래도 돼요?"

"임마, 너 잘 데도 없다는데 그럼 어떻게 해? 어디 갖다 버릴 수도 없고."

"……."

"언니한테 전화는 해야지."

"괜찮아요. 신경도 안 쓰는 걸요."

"마, 그래도 유일한 피붙인데 왜 신경을 안 써? 전화하고 와."

"알았어요."

그날 강남고속버스터미널에서 선희와 함께 강릉행 버스를 탔다. 손님이 별로 없어 제일 앞자리에 나란히 앉았는데 선희는 창밖으로 펼쳐지는 풍경에 감탄사를 연발했고 강릉에 도착할 때까지 조잘조잘 재잘재잘 잠시도 가만히 있지 않았다.

집에서 잠을 재우고 다음날 오죽헌이랑 경포대 구경하고 바닷가에도 잠시 들러 바람을 쏘인 후 서울로 돌아왔다. 선희는 지금도 그때 강릉 다녀올 때 너무 신났다며 선생님 동생들 이름이 이상했다고 깔깔거린다. 금동, 은동, 무슨 동 하면서. 나와 동생 이름의 돌림자가 ~동이기 때문이다.

그 후로도 선희는 학교 다니는 것이 아슬아슬할 때가 한두 번이 아니었다. 그나마 다행인 것은 낙천적으로 살려고 애쓰는 덕에 웃음을 잃지 않는 것이었고, 정말 좋은 친구들이 늘 옆에 있어 주었다는 점이었다. 이우인, 선희정 그 외 몇몇 아이들은 성적도 최상위권이고 심성도 착하여 늘 함께 지내면서 놀아주고 도와주어 선희가 어려울 때마다 큰 힘이 되고 있었다.

고입원서를 쓰고 연합고사가 끝난 후 여자상고 2부에 합격했다며 기뻐했지만 형부가 학비를 댈 수 없다고 딱 자르는 바람에 고등학교 진학을 포기할 수밖에 없었다. 졸업할 때도 몇 푼 안 되는 3,4분기 등록금을 납부하지 못해 졸업장을 주지 않은 게 지금도 마음이 아프다. 당시 각 학교에서는 등록금 미납자에게 졸업장을 주지 않고 나중에라도 완납하면 졸업장을 주었던 것이다. 졸업식 전날, 등록금 때문에 졸업이 안 되는 거냐고 걱정스럽게 물었을 때 사실은 졸업장만 학교에서 맡아 두는 거지 졸업 여부와는 아무런 관계가 없다고 몇 번이나 얘기했지만 선희는 믿으려고 하지 않았다.

중학교 졸업 후 한두 번 찾아오고 전화로만 안부를 전하더니 한동안 소식이 뚝 끊겼었는데 결혼 직후 다시 연락이 되어 지금은 자주 사는 이야기를 나누며 지내고 있다.

"호떡장사 힘들지 않아?"

"얼마나 재미있는데요."

"호떡장사에 재미 붙여 신랑은 내팽개치고 사는 건 아니겠지?"

"그럼요. 제가 누군데요."

"뭐니뭐니 해도 신랑이 최우선 순위야. 자식보다 귀한 게 신랑이니까."

"알았어요."

"그리고, 호떡만 팔지 말고 오는 사람 가는 사람 이야기도 들어주면서 살아."

"정말 저 얘기 많이 해요. 사연 없는 사람이 없다니까요."

"그래, 글 모이거든 책도 한 번 내고."

"정말 그러고 싶어요."

"요새는 스토리가 대세란다. 스토리가 있는 사장님이 되는 거야."

"명심할게요."

자식이라곤 초등학교 다니는 사내아이 하나뿐인데 그 아이가 엄마를 하느님으로 알고 따르는데다 책도 좋아하는 녀석이라니 잘 크는 것 같아 보기 좋았다.

선희가 사는 걸 보면 아무 것도 아닌 사소한 일에 목숨이라도 걸린 듯 바락바락 악 쓰며 살아가는 세상살이가 부질없어 보인다.

우리 선희, 돈 버는 것도 좋지만 언젠가 선희가 쓴 책이 서점에 버젓하게 꽂힐 날이 꼭 올 거라고 확신한다.

05

사람을 읽는 아이

차하영, 열다섯 살짜리 중3 여자아이가 견디기엔 너무나 큰 고통을 안고 살았다. 피할 수도, 누가 도와줄 수도 없는 숙명과도 같은 것이어서 더욱 안타까웠다. 자신의 모든 것을 이야기한 후로도 여전히 말수 적은 아이였으나 우리 사이의 거리감은 많이 사라졌다. 한 번도 자신의 문제를 감추어 달라고 말한 적 없었지만 난 그 누구에게도 하영의 이야기를 옮기지 않았다. 자신만의 이야기를 모두 털어놓은 후엔 짐을 벗은 듯 홀가분하다고 했는데 그 아이의 짐은 내게로 옮아와 가슴 속에 남아있었다. 오랜 세월이 흐른 후에도 난 하영과의 인연을 소중하게 간직하고 있다. 하영이 힘겨워하던 그 시절을 어린 날 책갈피에 갈무리했던 고운 나뭇잎처럼 한 조각 아름다운 추억으로 엮어주고 싶다. 이젠 그 아이에게 다시 짐이 되지도 않을 것이고 나도 자유로워질 수 있을 것이다. 누가 뭐라던 하영은 내 뜻을 이해하고 기꺼이 받아들일 것으로 확신한다.

그해 우리 반 68명의 아이들, 지금도 눈 감으면 1번 이은진부터 71번 주가혜까지 차례대로 떠오를 만큼 사연 많은 학급이었다. 4월 초, 가정 환경을 모르고 아이들을 지도할 수 없다는 당시 교장선생님의 방침에 따라 며칠 동안 오전 수업을 마치고 가정방문 출장을 나갔는데 3일째 되던 날 사건이 발생했다. 4교시가 끝나고 가정방문 대상 아이들 일곱 명과 순번을 짜고 있는데, 그날 결석한 하영 엄마의 전화가 온 것이다. 아무래도 하영이 이상하다는 말에 정신이 번쩍 들면서 본능적으로 혹시 종아리라도 매우 치거나 모진 말이라도 던진 경우가 없었는지 재빨리 머리를 굴려보았지만 그 대상이 하영이라면 안심할 수 있었다. 생기발랄한 중3 여학생 70여 명 중에서 하영은 언제나 그린 듯 조용히 자신의 자리를 지키는 아이로 말수가 적고 최소한의 행동만으로 살아가는 녀석이기 때문이었다.

다른 아이들의 가정방문 계획을 취소하고, 어머니가 전화로 불러준 주소를 따라 왕십리 언덕배기 꼬불꼬불한 길을 묻고 또 물어 하영의 집을 찾아갔다. 그 녀석은 창백한 모습으로 날 맞아 주었는데 슬레이트로 지붕을 얹은 옹색한 집 문간에 세운 잎 마른 대나무 장대 끝에 빨간 깃발 하얀 깃발이 펄럭이고 있었다. 방에 들어서자 하영의 엄마와 언니가 어색하게 일어서며 인사를 했다. 안방에 붙은 작은 방엔 삼지창을 꼬나든 목제 신상이 눈을 부라리며 서 있고 그 주변은 온갖 그림과 종이꽃들, 형형색색의 비단 천들로 장식되어 있었다.

"놀라지 않으시네요?"

조금은 의외라는 듯 하영이 내뱉은 첫 마디였다. 병원이라곤 모르고 살았던 어린 시절, 동생이 싸늘하게 식어 가는데도 경을 읽거나 푸닥거리로 목숨을 이으려 몸부림치는 어른들의 모습을 보며 성장한 내게 하영이네 신당 풍경은 내 유년의 한 부분처럼 익숙하게 다가왔다.

"선생님, 이렇게 삽니다."

서둘러 오느라 갈증을 느끼던 참에 하영이 건네는 주스를 달게 마시고 있는데 엄마가 잔뜩 쉰 목소리로 말문을 열었다. 하영이 어떤 심정으로 지금까지 지내왔을까 하는 것은 그 한 마디로 충분히 짐작이 갔다. 일시적으로 중고교 교복이 없어졌던 그 무렵, 멋 내기 경쟁을 벌이는 중3 아이들 숲에서 하영은 늘 흰색이나 엷은 회색 계통의 옷만 입고 다녀 말없이 사는 평소 모습과 묘한 조화를 이루고 있었다. 학년 초에 면담을 하면서 말문을 열기 위해 '하영은 커서 뭐하고 싶어?' 라고 물었을 때 뚫어질 듯 바라보던 눈길은 나의 내면을 집요하게 파헤치려는 것만 같아 당혹스러웠다.

"선생님은 아무것도 안 보이네요?"

한참 후에 눈길을 거둔 하영이 혼잣말처럼 중얼거렸다. 그걸로 면담 끝이었다. 나도 마음이 언짢았고 그 아이도 말문을 닫아버렸기 때문이었는데 그 후 거의 한달 만에 다시 마주 앉은 것이다. 엄마가 계속 어색해 하며 쩔쩔매자 하영이 거들었다.

"저 며칠 굶었지만 끄떡없어요, 엄마!"

하더니 바람이나 쐬러 가자며 날 일으켜 세웠다. 집을 나서자 왕십리와 행당동, 성수동 일대가 한눈에 내려다보였다. 이 동네와 어울리지 않는 우람한 교회를 돌아 비탈진 동네의 꼭대기로 올라갔다. 정상의 아카시아숲은 조용했고 한강과 건너편 아파트촌이 바라다보이는 나무 그늘은 시원했다. 가난에 찌든 마을만큼이나 초라한 정자에 앉아 하영은 많은 이야기를 한꺼번에 쏟아냈다.

하영이 어렸을 때부터 부모가 늘 점을 치거나 굿판을 차리곤 했기 때문에 그런 생활에 대한 거부감은 별로 없었다. 때로 창피하거나 부끄럽기는 했어도 언니와 오빠가 막내인 하영을 너무 아껴주었기 때문에 부모님에 대한 불만을 삭일 수 있었다. 하영이 정말 두려웠던 것은 초등학교 6학년 겨울방학 때부터였다. 방 한 칸을 오빠와 아빠가 사용했기 때문에 신당과 붙은 안방은 하영, 언니, 엄마가 함께 썼다. 엄마와 같이 있다가 손님이 오면 하영은 오빠 방으로 가거나 밖에서 친구들과 시간을 보냈다. 아줌마, 아저씨들이 찾아왔을 때 방을 나가면서 그 손님과 눈이 마주치거나 옷깃이라도 닿으면 자신도 모르는 사이에 '이 아줌마는 자식이 가출했구나' 또는 '어, 이 아저씨는 누가 시험 보는 모양이네' 하는 식으로 순간적인 영감이 떠오르곤 했는데 처음엔 반 장난이었다. 그러나 시간이 지나면서 악몽에 시달리는 날이 많아지고, 손님이 돌아간 뒤에 자신의 예감이 정확했다는 사실을 엄마에게서 확인할 때마다 하영은 소름이 끼치고 머리카락이 곤두서는 기분이었다.

중학교 2학년 여름방학 때 원인도 모르는 병을 심하게 앓으면서 하영은 처음으로 죽음을 생각했다. 펄펄 끓어오르는 열과 심한 두통도 고통스러웠지만 눈만 감으면 찾아오는 온갖 환영은 하영을 거의 미치게 만들었다. 길을 가다가도 어떤 사람과 눈길이 마주치면 그 사람의 생각이 자신의 뇌리 속으로 빨려드는 것 같아 몸서리를 쳤다. 하영은 사람이 읽어진다고 표현했다. 엄마의 기운이 자신의 속에서 느껴질 때마다 기를 쓰고 거부했지만 중3이 될 무렵엔 거의 체념 상태에 빠졌다.

나중에야 막내딸의 변화를 눈치챈 엄마는 아연실색, 미국에 건너가 어렵게 살고 있는 이모에게 하영을 데려가라고 난리를 피우곤 했다. 하지만 하영은 자신이 어딜 가든 다가오는 운명을 피할 수 없다는 걸 알고 있었다. 지난 겨울 큰맘 먹고 교회에 몰래 나갔다가 교회 다녀오는 날이면 의식이 오락가락할 정도로 심하게 앓는 엄마를 보며 이미 자신의 갈 길이 정해졌음을 인정하지 않을 수 없었던 것이다. 그러나 친구도 만나고 학교도 다녀야 하는 중학생인 하영에게 그런 삶은 너무나 비참한 것이었다. 음식이 제대로 넘어가지 않았으며, 깊이 잠들 수도 없어 몸은 날로 쇠약해지고 점차 삶에 대한 의욕도 엷어져 갔다. 중학교 3학년 때 자신을 조금은 이해할 것 같은 담임선생님을 만난 것이 그나마 다행이었다.

언젠가 국사시간에 전통 무속 관련 내용을 다루면서 지금은 흔적만 남아 있고 흉내 내는데 급급하지만 무당이나 점쟁이, 굿 등은 절실한 우리 삶의 한 부분이었음을 내 어린 시절의 예를 들어가며 설명한 적이 있었는데 그때 하영은 내가 구세주처럼 느껴졌다는 것이다. 사실 그 시간에 내가 강조하려고 했던 것은 세상엔 온갖 귀신들이 많지만 한 점 부끄럼 없이 바르게 살아간다면 어떤 잡귀라도 감히 다가서지 못한다는 내 나름대로의 신념이자 살아가는 방법에 대한 것이었다.

가정방문 계획이 발표되고 담임선생님이 모든 학생의 가정을 찾아가겠다고 하자 아직 마음의 준비가 되지 않은 상태였던 하영은 막다른 골목에 몰린 듯한 절망감에 빠져 4일째 식음을 전폐하다가 오늘 새벽에 정신을 잃고 말았다는 것이다. 갑자기 말문이 터져버린 하영의 이야기를 넋이 나간 채 듣고 있다가 불쑥 내 이야기가 나오자 무슨 말이라도 해야 될 것 같은데 도무지 할 말을 찾을 수 없었다. 하영은 감추고 싶었던 것들을 다 털어놓아 후련하다며 웃었지만 그 짐은 내게로 와서 부담스러워지기 시작했다. 하영이 그런 내 맘을 알았다는 듯이 날 일으켜 세워 장난스럽게 팔짱을 끼더니 제법 밝은 표정으로, 한편으론 정색을 하면서 한 마디를 더 보탰다.

"근데 참 이상해요. 어른들을 유심히 보면 그 사람이 무슨 생각을 하고 있는지 대충 감이 잡히는데 선생님은 왜 두꺼운 벽에 가로막힌 것처럼 아무것도 안 보이는지 모르겠어요. 선생님이라서 그런가?"

문득 지난번 면담 때 '선생님은 아무것도 안 보이네요.' 하던 말이 기억났다. 사실 긴 시간 동안 하영의 이야기를 들으면서 내 맘속으론 사불범정(邪不犯正)을 주문처럼 되뇌고 있었다. 어떤 사악함도 범접하지 못할 만큼 맑고 깨끗한 하영인데 어린 나이에 마음 고생 몸 고생으로 시달리는 것이 너무 안타까워서였다. 하지만 그 말조차도 지금 상황에서는 무슨 의미가 있을까 싶어 묵묵히 하영이 이끄는 대로 언덕을 내려왔다. 다른 길로 내려오느라 집은 들르지도 못하고 길거리에서 헤어졌다. 내가 발걸음을 돌리지 못하자 하영은 천연덕스럽게 풀었던 팔짱을 다시 끼며 인사를 했다.

"선생님, 걱정 마세요. 사실은요, 전 죽을 자유도 없어요. 내일 뵐게요."

하더니 몇 걸음 더 걷다가 팔짱을 풀고 오던 길을 되돌아갔다. 몇 번인가 멈추어 서서 고개 숙여 인사하는 하영이 너무 측은해 보여 마음이 무거웠다.

　그날 이후 하영의 학교 생활이 조금씩 바뀌기 시작했다. 비쩍 말라 더 커 보이는 키에 파리한 얼굴, 퀭한 왕방울 눈은 여전히 불안해 보였지만 어차피 남들처럼 잠들지 못할 시간들, 무슨 일이라도 하면서 악착같이 살기로 작정했다며 하영은 웃음 섞어 말했다. 공부도 열심히 하겠다고 다짐하기에 특별히 짝꿍을 따로 붙여 도와주도록 했지만 기초학력 부족과 약한 체력 때문에 시험만 치고 나면 풀이 죽어 있었다. 그러나 성적표를 받아들고 발을 동동 구르는 하영의 모습을 보면서 안타까움보다는 이제야 애다워졌다는 안도감이 앞섰다.

　고입선발고사를 앞두고 갈만 한 학교를 찾지 못하던 하영은 그 결정을 내게 일임했다. 선생님이 정해주는 대로 가겠다는 것이었는데 하영의 엄마도 그렇게 해 주십사고 몇 번이나 전화로 당부하는 바람에 그 녀석의 고민을 내가 떠안고 말았다. 당시 하영의 성적으론 실업계 야간 밖에 갈 수 없었다. 집에서 거리는 좀 멀지만 주변 환경이 깨끗하고 전통도 있는 여자상고 2부를 권했을 때, 하영은 너무 고마워하며 열심히 공부해서 꼭 붙겠다고 다짐했다. 선발고사 성적은 낮았지만 지원한 학교에 갈 수 있게 되어 하영이도 좋아했고 나 또한 가슴을 쓸어내렸다. 졸업을 이틀인가 앞둔 어느 날, 아이들이 모두 하교한 후 하영이 장미꽃 한 다발을 들고 교무실로 찾아왔다. 졸업식 땐 너무 많은 아이들에게 둘러싸여 자기의 자리가 없을 거라며 내게 꽃다발을 안겼다. 하영에게 끌려다니며 교정에서 사진 몇 장 찍고 학교 앞 허름한 분식집에 앉아 우리의 특별한 만남을 정리했다.

초등학교 때부터 꼭 학교 선생님이 되고 싶었는데 이제 그 꿈은 사라졌고, 고등학교에 들어가면 파트타임으로 일할 곳이나 알아봐야겠다며 하영은 쓸쓸히 웃었다. 진학하더라도 시간 나면 중학교 때 선생님들도 만날 겸 자주 들르라고 했더니 선생님께서 맡은 아이들이 70명인데 제게 주실 마음이 있겠냐며 고개를 살래살래 흔들었다. 분위기가 서먹서먹해지고 또 자주 만날 수도 없을 것 같아 말머리를 바꾸면서 비록 야간고등학교로 가더라도 공부에 대한 꿈은 접지 말라고 당부했다. 만약에 네가 엄마의 대물림에서 벗어날 수 없다면 그 문제도 적극적으로 받아들이라고 강조했다. 학사, 석사 무당이나 박사 점쟁이가 되어 정말로 그 분야에서 이 나라의 최고가 된다면 넌 성공한 삶을 사는 거라고 혼자 열을 올리기도 했다. 한동안 내 말에 귀를 기울이다가 그게 가능하겠느냐며 반신반의하면서도 눈을 빛내던 하영이 혼잣말처럼 중얼거렸다.

"다들 무당이나 점쟁이는 잡귀에 홀린 사람이라고 하던데….."

스스로 말하기도 어려웠겠지만 내게도 너무 가슴 아픈 그 한 마디를 남기고 하영은 떠나갔다. 그러곤 전화 한 통, 엽서 한 장 없었다. 여러 번 집으로 전화라도 하고 싶었지만 조심스럽고 망설여져 끝내 못하고 말았다.

하영, 정말 잘 살아야 할 텐데 하는 생각이 늘 짐처럼 마음에 남아 있었다. 내게도 그 책임의 일부가 있다는 생각에 가엾기도 하고 안타깝기도 했다.

* 여기에 나오는 아이들은 모두 가명임을 밝혀둡니다.

06

무감독 시험의 아련한 잔상들

초등학교 교직을 그만두고 다시 들어간 대학을 졸업한 후, 서울 중등교사 임용시험을 거쳐 처음 부임한 학교는 성동구 성수동 뚝섬에 위치한 성수여자중학교였다. 수학여행을 가거나 행사 때문에 외부로 나갔을 때 어른들이 '너희들 어디서 왔니?' 하고 물으면 아이들은 입을 모아 '뚝 떨어진 섬에서 왔습니다.' 라고 씩씩하게 대답했다.

5년간의 초등학교 근무 때 진을 다 빼고 난 후 몇 년 간의 공백, 치열한 임용시험, 그리고 다시 선 교단이었기에 각오가 새로웠고 달라진 환경에서 나름대로 최선을 다 하려고 노력했다. 지역적으로 어려운 환경에서 살아가는 아이들이 많았기 때문에 선생님들과 아이들이 더 밀착되었고 오가는 정도 각별했던 곳이었다.

성수여중에 근무하면서 많은 일들이 있었지만 당시 그 학교만의 자랑이었던 무감독 시험은 특히 인상적이었다. 학교에서 시행되는 모든 시험이 무감독으로 진행되었는데 사람들은 그게 가능하냐고 고개를 갸웃거렸지만 그 시절 성수여중 아이들은 누구도 믿어지지 않는 무감독 시험을 아무렇지도 않게 치러냈다. 시험 시작종이 울리면 선생님들이 맡은 교실로 올라가 시험지와 답안지를 배부하고 교무실로 내려와 다른 업무를 볼 수 있었다. 시험 시간에 해당되는 교과 선생님들이 각 교실을 한 바퀴 순회하면서 질문을 받았다. 시험 종료 5분 전에 선생님들이 다시 입실하여 학생들의 답안지를 수합, 고사계로 제출하면 끝이었다.

고사 전후로 학생들에게 당부도 하고 확인 과정이 있긴 하지만 당시 성수여중의 무감독 시험은 그 학교의 자부심이고 자랑거리였다. 호시탐탐 감독을 해도 부정 행위가 끊이지 않는 것이 현실인데 그게 가능했던 것은 후에 생각해 봐도 불가사의한 일이었다. 이처럼 큰 자랑거리인 무감독 시험이 평소에는 잘 이루어지는데 3학년 마지막 정기고사인 졸업시험 때 더러 문제가 일어났다. 아이들 입장에서 보면 학창시절에 커닝 한 번 못해 보고 졸업한다는 게 말도 안 되고 더구나 감독 선생님도 없는데 그냥 보내기가 너무 서운하다는 논리였을 것이다.

성수여중에서 근무한지 3년 째 되던 해의 12월 초에 실시된 3학년 2학기말 시험, 즉 졸업시험 2일 째 마지막 시간이 음악시험이었다. 그때나 지금이나 선생님들에게 성적의 높고 낮음도 문제지만 학급 간 성적 편차도 고민거리였다. 학생들의 답안지를 수작업으로 채점하던 시절, 시험이 끝나면 선생님들은 요주의 학급들을 우선 채점하면서 성적의 평균과 학급별 차이를 가늠하곤 했었다.

그날 시험 끝나고 남자선생님들과 일찍 퇴근하려는데 음악과 하 선생님이 날 불러 세웠다.

"선생님, 큰일 났어요."

"왜, 어디 불이라도 났어요?"

"그게 아니고요, 잠깐만요."

하성아 선생님은 내 옷소매를 잡고 교무실 밖으로 끌어냈다. 그렇잖아도 큰 눈을 동그랗게 뜨고 한참 뜸을 들이더니 시험 답안지철을 불쑥 내밀었다.

"뭐예요?"

"선생님 반 음악 답안지예요."

"……."

"애들이 아무래도 장난친 것 같아요."

"정말?"

"평균이 90점이 넘어요."

"다른 반은요?"

"평균 70점 전후예요"

순간적으로 '이런 미련한 녀석들…' 하는 생각이 불쑥 떠올랐다. 우리 반은 평소 성적이 낮은 편이었다. 남겨서 공부도 시켜 보고 담임인 내가 숙제를 따로 내 주어도 3학년 전체 학급 중에서 중간도 채 못가는 게 우리 반 성적이었다. 어떤 때는 속으로 이 녀석들은 커닝도 못하나 싶어 구시렁거린 적도 없지 않았다.

음악선생님이 내미는 답안지를 받아 훑어보았다. 자세히 볼 필요도 없었다. 전 과목 평균 50점대를 오르내리는 아이가 94점이고 하위권을 맴도는 어떤 녀석은 100점이었다. 순간적으로 교장선생님 얼굴이 떠오르고 교무주임, 학생주임, 그리고 3학년 담임선생님들 얼굴이 차례로 떠올랐다. 음악선생님들이 일차적으로 알아본 바에 의하면 몇몇 아이들이 정답을 불러주었다고 했다.

"어떡하죠?"

"……."

"어떻게 하냐구요?"

"선생님, 이거 나한테 맡겨 주실래요?"

"어쩌시려구요?"

"내가 시험 다시 봐서 제대로 된 성적 드릴게요."

"괜찮을까요?"

"한 번 처리해 볼 테니까 일단 누구에게도 알리지 말았으면 좋겠습니다."

"알았어요."

못미더워하며 말꼬리를 늘이는 음악선생님에게서 시험문제지와 우리 반 아이들의 답안지를 받아들었다.

그날 퇴근 후 밤늦게까지 하숙집에 들어앉아 음악 시험문제 재편집에 매달렸다. 몇 개 안 되는 단답식 문제는 뜻과 답은 같지만 방향이 다르게 질문하는 방법으로 편집하고 객관식은 시험문제의 범위 내에서 부정형인 내용을 긍정형으로 만드는 등 조금씩 바꾸어 문제를 새로 만들었다. 문제는 달라졌지만 본래 내용의 테두리를 벗어나지 않으면서 각 문항의 정답도 객관식, 주관식 모두 처음과 똑같도록 문제지를 다시 만든 것이다.

기말고사가 끝나는 날 청소까지 마친 후 복사한 시험문제와 답안지를 들고 느지막이 교실에 들어갔다. 무언가 낌새를 챘는지 미동도 않고 눈치를 살피는 아이들을 한참 둘러본 후 말문을 열었다.

"이제 곧 방학이고 졸업인데 우리 반에서 이런 일이 있었다는 것이 믿어지지 않는다. 정말 실망했구나. 담임으로서 내가 종아리라도 맞고 싶은 심정이다."

한두 녀석이 코를 훌쩍였을 뿐 그야말로 숨도 제대로 못 쉴 듯한 긴장감이 교실 전체를 짓눌렀다.

"긴 말은 않겠다. 이건 한두 사람의 문제가 아니라 나를 포함한 우리 반 전체의 문제로 받아들였으면 좋겠다. 이제 음악시험을 다시 칠 터인데 다음 몇 가지를 명심해 주었으면 한다. 이 시험은 참고로 보는 것이지만 최선을 다하는 게 좋을 거다. 그리고 또 하나, 성적은 평소 음악선생님이 파악하셨을 테니까 성적표에 나가는 점수가 몇 점으로 나가든 토를 달지 말라는 것이다. 부정 행위로 우리 반 모두 0점 처리되고 처벌받는 것보다는 나을 테니까. 시간은 30분!"

"……."

아이들 몇 명이 기어들어가는 목소리로 조그맣게 대답했다.

시험문제와 답안지를 나누어 주고 교무실로 내려왔다. 어떤 경우에도 무감독 시험의 전통은 지켜져야 하니까.

30분 후 교실로 올라가 답안지와 시험문제를 모두 걷은 후 숨죽인 채 앉아 있는 아이들을 한참 바라보다가 가지고 간 카세트라디오를

교탁에 올리고 작동 스위치를 눌렀다.

　나는 나는 외로운 지푸라기 허수아비
　너는 너는 슬픔도 모르는 노란 참새
　들판에 곡식이 익을 때면 날 찾아 날아온 널
　보내야만 해야 할 슬픈 나의 운명
　훠이 훠이 가거라 산 너머 멀리 멀리
　보내는 나의 심정 내 님은 아시겠지
　석양에 노을이 물들고 들판에 곡식이 익을 때면
　노오란 참새는 날 찾아와 주겠지
　훠이 훠이 가거라 산 너머 멀리 멀리
　보내는 나의 심정 내 님은 아시겠지
　내 님은 아시겠지

　그때 왜 그 노래를 들려주려고 했는지 나도 모르겠다. 마무리는 해야겠는데 어떻게 할지 고민하다가 불쑥 떠오른 노래가 '참새와 허수아비'였다. 아마도 당시의 상황보다는 곧 졸업하고 내 곁을 떠날 우리 반 아이들에 대한 애착, 이별에 대한 미련, 서운함 그런 것 때문이 아니었을까 싶다.
　고요한 교실에 조정희의 '참새와 허수아비'가 느릿느릿 흘러나왔다. 뒤쪽에서 몇 녀석이 훌쩍이며 울고 있었다. 노래가 끝난 후 카세트라디오와 시험지, 답안지를 모아들고 내려왔다. 아이들에겐 이제 돌아가라고 딱 한 마디만 남기고.

잠시 후 반장 정애와 부반장 은경이 교무실로 내려와 잘못했다며 눈물로 사과를 했다. 펑펑 우는 두 아이를 달래어 보내면서 뭘 잘못 했다는 안타까움보다는 이렇게 하면서 아이들이 크는구나 하는 생각 이 더 강하게 들었다.

누구한테 보이기가 두려워 시험문제랑 답안지를 몽땅 싸들고 하숙 집으로 돌아와 채점을 했다. 평균 72점, 이미 한 번 본 문제인데, 그 것도 똑같은 내용을 묻는 방법만 바꾸었는데 20점 이상 낮게 나온 것 이다. 어쨌거나 정상적인 점수를 낼 수 있었고 다음날 답안지를 음악 선생님에게 넘겨주었다.

그날 이후 졸업식이 끝날 때까지 겉으론 태연한 모습이었지만 속 은 바싹바싹 타들어갈 때가 한두 번이 아니었다. 학급 학생 전부 음악 0점 처리에 처벌, 이건 언론에서 대서특필할 일이었고 학생이 나 학부모가 문제를 제기했을 경우 감당하기 어려운 상황이 벌어질 수 있기 때문이었다. 게다가 학급 전체 학생들에 대한 담임의 독단적 인 재시험까지…. 그건 점수 조작으로 판단할 수도 있으니까 목이 몇 개라도 남아나지 못할 대사건이었다. 참으로 미련하고 그야말로 간 이 배 밖으로 나온 무모한 짓이 아닐 수 없었다. 분명히 다른 반 아 이들도 많이 알았을 텐데 누구도 문제를 제기하지 않았다. 당시 우리 반이었던 아이들은 훗날 그때가 중학 시절 중에서 가장 스릴 넘치고 인상 깊은 추억이었노라고, 그 노래를 들으면서 왜 갑자기 눈물이 났 는지 지금도 알 수 없다고 이야기하곤 했다.

그때 일을 생각하면 지금도 손에 땀이 날 정도이다. 선생님들이나 학생, 학부모 간에 강한 믿음과 유대가 있었기에 생각할 수 있는 일이었고 감히 저지를 수 있는 모험이었을 것이다. 궁금한 것도 있다.
교무부장이나 교장선생님은 아셨을까? 학부모님들은?

07

촌지, 그 아픈 기억

한때 치맛바람을 조장하고 학부모들에게 부담을 준다고 해서 교육당국이 교사들의 가정방문을 금지시킨 적이 있었다. 그런 서슬 푸른 상황에서도 내가 근무하던 중학교의 젊은 여자 교장선생님은 매년 4월, 오전수업 후 출장비를 지급해 가면서 모든 담임교사에게 1주일 동안 학급학생들의 가정을 의무적으로 방문하고 간략한 보고서를 내도록 했다.

지금이야 사라져 가는 단어가 되어버렸지만 교사의 가정방문은 너나없이 어렵던 시절 부모님이 선생님을 만날 수 있는 유일한 기회였고 학생이나 학부모님들에겐 설렘과 부담이 함께 주어졌던 교육활동의 하나였다. 특히 학부모 입장에서는 뭘 대접해야 하지? 에서부터 봉투는 드려야 하나 말아야 하나? 드린다면 얼마를 넣어야 하나? 실례가 되는 건 아닐까? 등의 고민 때문에 부담스러워 했다. 선생님들도 노회한 분들이 아니라면 학부모가 촌지를 건넬 때 정말 받아도 되는 건지에 대해 고민하고 갈등하지 않을 수 없었다. 원래는 서당 훈장에게 떡이라도 해 보내고 담임선생님에게 음료수 한 박스라도 보내는 정성에서 비롯되었으나 근래 들어 촌지라는 이름의 물량 공세에 이르면서 서로 부담이 가중되고 끝내 사회의 지탄을 받게 되었던 것이다.

　그해 가정방문 마지막 날이었던 금요일 오후, 여섯 번째 아이의 집을 찾아 나섰다. 당시 우리 반 학생 가운데서 유일한 아파트 거주자인 효순(가명)이네 집이어서 안내하는 아이 없이 바로 갈 수 있었다. 효순은 50대 중반의 양부모와 함께 살고 있었는데 아들이 성장한 후 초등학교 5학년 때 입양되었다고 했다. 성적이 썩 좋은 편은 아니지만 항상 밝게 웃으며 생활하는 아이였다. 어딘가에 살고 있을 어머니 이야기도 스스럼없이 할 만큼 자신의 생활에 대해서도 별로 감추는 것이 없는 좋은 녀석이었다.

　아파트 입구에서 기다리는 효순을 앞세우고 집으로 들어섰을 때 양부모가 현관에서 맞아주었는데 사람을 마음으로부터 반기지 않는 기색이 분명하게 드러나 보였다. 의례적인 인사가 끝난 후 효순은 마실 거라도 준비하겠다며 엄마와 함께 주방으로 들어가고 나와 이야기를 나누던 아빠가 미리 준비한 봉투를 내밀었다. 그렇잖아도 뜨악한 분위기였던지라 극구 사양했지만 아빠는 대수롭지 않다는 듯이 약소하니까 아이 보기 전에 어서 넣으라고 채근이었다.

　정말로 내키지 않았지만 봉투를 받아 양복주머니에 쑤셔 넣었다. 물론 주머니에는 다른 집 방문했을 때 엄마들이 몰래 찔러 넣어준 봉투가 몇 개 더 있었다. 하지만 효순의 아버지가 주는 돈은 정말 받고 싶지 않았다. 가정방문 온 게 다 그렇고 그런 게 아니냐는 표정이 역력했고 돈 봉투 불쑥 내밀곤 내 할 일 끝냈다는 듯한 표정이어서 더욱 그랬다. 과일과 음료수가 나오고 가족들이 모두 함께 모여 앉으면서 많은 이야기들이 오고갔지만 뭔가 서먹서먹한 게 밀착되지 못하고 붕 떠있는 듯한 분위기를 반전시킬 수는 없었다.

  30분쯤 같이 앉아 효순의 학교 생활, 진로 문제 등에 대해 이야기를 나누다가 잘 정리된 아이의 방을 둘러보고 효순과 함께 집을 나설 무렵엔 날이 저물어 어둑어둑해지고 있었다. 오늘의 가정방문 마지막은 근경이네 집이었고 그 아이 집을 효순이 안내하기로 했기 때문에 같이 가게 되었던 것이다.

  효순과 함께 빌라 건물에 사는 근경의 집에 도착했을 때 거실에는 저녁 밥상이 푸짐하게 차려져 있었고 모든 식구들이 진심으로 반갑게 맞아 주었다. 모든 식구라고 해야 부모님과 아직 어린 남동생, 그리고 근경이 전부였다. 저녁때인 데다가 하루 종일 가정방문 하느라 쌓였던 긴장이 풀리면서 피로가 한꺼번에 몰려왔다. 사실 근경은 조용한데다가 성적도 좋고 행동거지가 반듯해 나무랄 데가 없는 아이라 특별히 상담할 내용도 없었던 터여서 마음도 편했다.

  얼굴이 빨개진 채 우리 선생님 술 드시면 안 된다고 아빠 팔을 잡는 아이를 달래서 남동생과 효순까지 모두 근경의 방으로 몰아넣고 어른들은 거실에서 맥주를 반주 삼아 마음 편히 식사할 수 있었다. 삼겹살까지 곁들여 권커니 자커니 하다 보니 두 시간이 훌쩍 지나가 버렸다. 부랴부랴 하직 인사를 하고 집을 나서자 온 식구들이 빌라 단지 입구까지 배웅을 나왔다. 아이들과 작별하고 근경 아빠와 기분 좋게 인사를 나누는데 택시라도 타고 가시라며 봉투를 내밀었다. 순간적으로 갈등했지만 술도 한잔 했겠다 마음도 풀린 상태라 못 이기는 척 받아 넣으려는데 저쪽에서 지켜보고 있던 근경이 쏜살같이 달려와 날카롭게 외치며 제 아빠의 앞을 막아섰다.

"아빠, 우리 선생님은 그런 분이 아니에요."

'어라, 이게 무슨 소리? 어제 선배 선생님이 한 잔 샀으니까 나도 답례를 해야 하는데 이 녀석이 눈치도 없이 훼방을 놓네' 하는 심정으로 근경을 바라보았다. 근경은 눈물까지 글썽이며 내게 '죄송해요'를 연발했다. 근경의 맑디맑은 눈을 보며 나는 지금까지 마셨던 술기운이 확 달아나고 뒷목이 서늘해지는 것을 느꼈다.

"이 녀석이⋯."

"그래요, 오늘 마음 편히 식사 한 걸로 족합니다. 언제 제가 한번 대접하지요."

"그래도⋯."

"아빠!"

"허, 그 녀석 참⋯."

딸의 목소리가 한 옥타브 더 올라가자 근경의 아빠가 봉투를 도로 넣으면서 미안해했다.

그날 하숙집으로 돌아오면서, 또 하숙집에 돌아와서도 참 많은 생각을 했다. 양복주머니 여기저기에 받아 넣은 돈 봉투를 꺼내 책상에 올려놓고 우리 반 아이들에게 나는 어떤 모습일까를 곱씹어 생각해 보았다. 내 양심을 걸고 누구 엄마가 얼마를 건넸는지도 정확하게 모를 뿐 아니라 설령 안다고 해도 아이들에게 어떤 형태로든 영향주지는 않았다고 확실히 말할 수 있었다. 눈 먼 돈 몇 만 원을 받았다면 그 이상으로 학급도서용 책을 사고, 간식거리라도 사서 아이들에게 먹였다. 하지만 그렇게 맹세한다고 해서 학부모들에게 촌지라는 이름으로 금품을 받을 때나 받고 난 후 찜찜했던 마음이 개운해지는 건 아니었다. 애써 잠재웠던 갈등의 뿌리가 근경의 말 한 마디로 다시 꿈틀거리며 수면 위로 밀고 올라왔던 것이다.

결론은 이거였다. 그래, 근경아, 네가 내 갈 길을 일러주는구나! 단언컨대 그날 이후 교직 생활을 계속하면서 난 학부모의 촌지로부터 해방될 수 있었다. 어렵지도 않았다. 새 학교에 부임하여 첫 해만 조심하면 학부모들 사이에 소문이 돌고 그 다음 해부터는 촌지 때문에 고민할 필요가 거의 없었다.

다음 날, 근경은 고개를 푹 숙인 채 큰 잘못이라도 저지른 아이처럼 기어들어가는 목소리로 인사를 했다. 그 녀석 참….

한데 문제는 엉뚱한 곳에서 터졌다. 효순이 내게서 완전히 돌아서 버린 것이다. 평소에 교무실도 자주 내려오고 꽃을 꽂아주거나 책상 정리도 곧잘 해 주던 녀석인데 인사도 않고 어디 아프냐고 물어도 빤히 쳐다볼 뿐 묵묵부답이었다. 며칠 동안 시무룩하게 지내더니 아예 결석을 해 버렸다. 집으로 전화를 했으나 아빠가 받으면서 예의 그 사무적인 말투로 지 에미 찾아 갔을 거라며 요즘 애들은 잘해 줘도 소용없다면서 전화를 끊어버렸다. 다시 전화를 걸어 생모 연락처라도 물어보려고 했지만 퉁명스럽게 다 쓸데없는 일이라며 또다시 말문을 닫아버렸다. 효순과 친하게 지내던 아이들에게 물어보아도 행방을 아는 녀석이 없었다. 3일간 소식이 감감하던 효순이 4일 만에 등교했다. 그동안 걱정도 됐고 여러 날 만에 보는 얼굴이라 너무 반가워서 아는 척을 했지만 시큰둥할 뿐 말이 없었다. 아이들 많은 교실에서 뭐라고 할 수도 없어 종례가 끝난 후 교무실로 불렀다.

"효순아!"

"…… ."

"어디 갔었어?"

"…… ."

"엄마한테 갔었어?"

"…… ."

"다 큰 녀석이 말도 없이 사라져 버리니까 모두들 걱정하잖아?"

"누가요?"

"엄마, 아빠, 친구들. 그리고 나도 걱정했지."

"정말요? 선생님도 걱정하셨어요?"

"왜, 무슨 일이 있었어?"

너무 당돌한 말에 언성을 높였더니 흐느끼며 울기 시작했다. 나이가 든 후에도 어른이나 아이나 여자들이 눈물을 보이면 난 도무지 감당이 안 되는데 그때는 오죽했을까. 다른 선생님들이 무슨 일인가 싶어 힐끗힐끗 쳐다보기도 하고 오가는 아이들도 있어 효순을 상담실로 데려갔다.

"무슨 일이야?"

"선생님은 아이들 차별 않는다고 하셨지요? 근데 어떻게 그럴 수 있어요?"

학생들, 특히 여학생들에게서 차별 어쩌구 하는 이야기가 나오면 난 긴장부터 한다. 또 무슨 사단이 났구나 싶어 순간적으로 최근 학교 생활을 생각나는 대로 죽 훑어보았지만 효순에게 책잡힐 일은 얼른 떠오르지 않았다.

"도대체 무슨 일이야."

"지난 번 우리 집에 오신 날요….."

"그게 뭘?"

"어떻게 그럴 수 있어요?"

"도대체 무슨 얘길 하려는 거야, 응?"

"우리 집에 오셨을 때 선생님은 딱딱한 표정으로 마지못해 잠깐 계셨잖아요?"

"아, 그거야….."

마치 숨기던 걸 들킨 것 같아 아찔한 마음에 변명을 하려고 했지만 효순은 빈틈을 주지 않았다.

"아무리 친부모님이 아니어도 그렇지, 어떻게 그럴 수 있냐구요."

"임마, 그거야….."

뭐라고 둘러대긴 해야겠는데 얼른 변명거리가 떠오르지 않았다. 효순은 계속 울면서 따졌고.

"근경이네 집에선 그렇게 잘 웃고 이야기도 많이 하시면서 두 시간씩이나 계셨잖아요? 어떻게 그럴 수 있어요?"

"그래, 네가 그렇게 생각했다면 미안하구나. 우리 반에 어렵게 사는 아이들이 많은데 넌 부유한 편이고 생활도 성실하게 잘하잖니? 그래서 특별히 드릴 말씀이 없었고 또 아빠가 나이 드신 분이라 좀 어렵기도 했단다. 그래도 네 말 듣고 보니 많이 서운했던가 본데 내가 잘못했구나. 이렇게 사과할 테니 마음 좀 풀어라. 내가 효순이 선생님이지 네 부모님을 가르치는 건 아니잖니?"

　짐짓 과장된 표정으로 장광설을 늘어놓았지만 내가 들어도 알맹이 없는 공허한 변명일 뿐이었다. 효순은 숫제 엉엉 울고 있었지만 내 재주로는 달랠 방도를 찾을 수 없었다. 그날 효순 아빠에게 촌지까지 받아 넣은 것도 자꾸 마음에 걸렸다. 야무지게 뿌리쳤어야 하는데 물러 터져서 이 모양이라는 자책감에 마음이 무거웠다. 이래저래 효순에게 더 미안하고 잘못한 게 많다는 생각뿐이었다.

　효순은 그 뒤로도 모두에게 마음을 꼭꼭 걸어 잠그더니 짤막한 쪽지 한 장을 남기고 결국은 학교를 떠나 버렸다.

　'선생님 그동안 감사했습니다. 죄송합니다. 이젠 제 길을 가겠습니다'

　얼마 후 효순은 학교로 돌아오긴 했으나 어디에도 마음을 붙이지 못하고 지냈다. 학교도 들락날락하다가 간신히 졸업할 때까지 누구에게도 마음을 열지 않았다.

08

도사 최인천

   여자중학교에서 4년 근무하고 남중인 동마중학교로 이동하던 첫 해에 3학년 담임을 맡았는데 3학년이 모두 15학급이었다. 내 키가 작은 편이라 사내아이들 덩치 숲에 있으면 난 보이지도 않았다. 내 중고등학교 시절, 학교에 매 맞으러 다녔던 끔찍한 기억 때문에 가능하면 말로 풀어가려고 애를 썼는데 아직도 남자라는 이유로 체벌이 일상화되어 있었다. 우리 반이었던 동우는 언젠가 교무실까지 내려와 심각한 표정으로 내게 충고를 했다. '선생님, 남자아이들은요, 패지 않으면 말을 안 들어요. 아셨죠?' 그때 동우는 '패야 한다'는 용어를 썼다. 고마운 말이었지만 특별한 경우가 아니면 매를 들지 않았다.

   두 번 세 번 반복되는 잘못이나 쇼가 필요하다고 판단되었을 때엔 청소함의 대걸레 자루를 이용했다. 말이 잘 안 통하는 녀석을 교실바닥에 엎드리게 하고 일부러 거칠게 부러뜨린 대걸레 자루로 힘껏 내리쳤다. 때릴 때 아이 엉덩이와 콘크리트 교실 바닥에 힘이 분산되도록 내리치면 대걸레 자루는 단 한 번에 우지끈 두 동강이 나 버렸다. 울림 때문에 내 손바닥이 괴롭지 맞은 녀석은 사실 별로 아프지도 않은데 짐짓 죽겠다는 시늉에 몸까지 뒤틀어가면서 갖은 엄살을 부렸다. 지켜보는 아이들에게는 간이 졸아들 만큼 효과 만점이었다.

그 전 단계는 조·종례 시간에 사고뭉치를 앞으로 불러내어 호통을 친 다음 양 손바닥으로 어깨나 가슴 부위를 퍽 소리가 나도록 때리는 체벌이었다. 이때도 제대로 맞으면 아프기도 하지만 뼈가 상할 수도 있기 때문에 소리만 요란했지 사실은 때리는 것이 아니라 밀어내는 방법으로 험악한 분위기를 연출했다. 맞은 친구는 큰 힘이 가해지지 않았는데도 뒷걸음으로 쭉 밀리거나 멀찌감치 친구들이 앉아 있는 책상까지 넘어뜨리면서 교실 바닥에 나뒹굴었다. 넘어졌다가 벌떡 일어난 그 아이는 내 앞으로 재빨리 달려와 차렷 자세로 서서 후속타를 기다리곤 했다. 우리 반 아이들뿐 아니라 교실 창밖에서 들여다보는 다른 반 녀석들까지 바짝 긴장하는 표정을 보면 속으로 웃음을 참기 어려웠다. 당시 우리 반은 개성 만점에 비록 말썽꾸러기들의 집합체였지만 담임과 학생으로서 그처럼 죽이 잘 맞았다. 그때 아이들이 붙여 준 내 별명이 이름하여 장풍도사였다. 그런저런 사정을 잘 모르는 다른 반 학생들은 우리 반 아이들의 허풍을 그대로 믿고 내 장풍 한 방이면 4, 5미터 밖으로 날아가 처박히는 줄 알고 몸을 부르르 떨었다. 그 학교에서 아이들이 만들었던 학급문집 제목도 '장풍도사와 그 제자들'이었다.

그해 우리 반 학생 중에 장풍도사의 맥을 잇는 수제자가 바로 진짜 도사 최인천이었다. 곱슬머리에 큼지막한 눈, 듬직한 체구에 인상도 좋고 잘 생긴 녀석인데 눈이 나빠 두꺼운 안경을 벗으면 사물을 분간할 수 없을 정도의 근시였다. 이 녀석은 아침에 와서 자리에 앉으면 화장실을 가거나 이동수업 등 꼭 필요한 경우가 아니면 늘 자신의 자리에서 묵언수행 자세를 견지했다. 함께 노는 친구도 따로 없었고 숙제를 전혀 하지 않으니까 대부분의 학습 활동에서 거의 열외였다. 내가 불러 이런저런 걸 묻거나 혼을 내면 세상만사를 초월한 사람처럼 빙긋이 웃거나 거의 무표정하게 마주볼 뿐이었다. 다른 학생들에게 피해를 주지는 않았기 때문에 그저 소 닭 보듯 그렇게 지내면서 5월을 맞았다.

예나 지금이나 5월은 학교에서 많은 행사들이 진행되는데 그해 봄엔 창경궁으로 백일장 사생대회를 가게 되었다. 말이 백일장 사생대회이지 남자아이들은 학급에서 몇 명을 빼면 30분 안에 모든 걸 마무리하고 놀기에 바빴다. 3학년이라 졸업 앨범에 들어갈 사진 몇 장 찍고 전철역으로 가다가 다른 반 학생들과 같은 시간에 해산하기 위해 길거리에서 잠시 머물렀다. 아이들은 그 짧은 시간, 좁은 골목길에서도 온갖 신나는 놀이로 주변을 소란스럽게 만들었다. 얼마 후 행사 마무리를 위해 아이들을 모으는데 너도 나도 돈이 없어졌다며 수선을 피워댔다. 무슨 일이냐고 물었더니 아이들이 놀기 위해 가방을 모두 인천에게 맡겼는데 아이는 사라지고 가방에 있던 돈이 모두 없어졌다는 것이었다. 잃어버린 돈을 모두 합쳐보니 줄잡아 5만원이 넘었다.

"인천이 갈만한 데 있어?

"아마 오락실에 있을 걸요."

"오락을 그렇게 좋아해?"

"좋아하는 정도가 아니고요, 걔 오락 도사예요. 우리 학교에서 따라갈 사람이 없어요."

"그 정도야?"

"인천이는 돈만 있으면 집에도, 학교도 안 와요."

"그래? 그럼 오락실 뒤져봐야겠네."

반 아이들을 다 풀어 골목길 부근 오락실을 한 바퀴 돌았지만 인천의 행방은 묘연했다. 갤러그 붐이 일어나면서 간이오락실이 우후죽순처럼 생기던 시기였다. 아이들 대부분은 이리저리 차비 빌려서 전철 태워 보내고 여섯 명을 남겨 명륜동 일대 오락실을 뒤지기 시작했다. 나까지 합세해서 1시간 정도 뒤졌지만 인천을 찾을 수 없었다. 반 아이들은 인천이가 돈 떨어질 때까지는 학교 안 나올 거라고 했다. 아이들을 통해 인천에 대해 이런저런 것들을 알게 되었다. 초등학교 때에도 학교에 돈 낼 일이 있어 어머니가 돈을 주면 그 돈이 떨어질 때까지 집에도 학교도 안 오고 사라진다는 것이었다. 행당동에 사는데 그 동네 오락실은 인천을 너무 잘 안다고 했다. 오십 원짜리 동전을 넣으면 하루 종일 놀 수 있기 때문에 두어 시간 후엔 주인이 그만하게 하거나 오백 원짜리 하나 주어 다른 데로 보낼 정도라고 했다.

아이들이 예측한 대로 다음날부터 인천은 결석했다. 어머니와 여동생이 함께 생활하는 한 부모 가정이었다. 어머니와 통화를 했는데 미안하다며 아이들 돈은 다 갚아주겠다고 했다. 인천과는 연락이 안 된다고 했다. 인천은 5일 만에 너무나 태연하고 무심한 표정으로 등교했다. 그동안의 문제에 대해 이야기하고 잘못된 점을 지적하면서 매를 들었는데 전혀 무표정이었다. 그 아이에게 죄의식이나 미안함, 주변 상황 그런 것은 뭇 인간들의 관심과 걱정거리이지 자신의 것은 전혀 아닌 듯 했다. 그래도 달래고 어르면서 다시는 그런 짓 않기로 굳게 약속하고 돌려보냈다.

어머니가 학교로 나와서 잃어버린 돈 물어주고 보충수업비 등 학교에 낼 돈을 미리 주고 간 후 한동안 정상적으로 지내는 듯하던 인천이 또 결석했다. 2/4분기 납입금 낼 무렵이어서 집으로 전화를 했더니 전화를 받는 사람이 없었다. 결석 3일 째 되던 날 한 동네에 사는 아이를 데리고 가정방문을 갔다. 행당동 언덕배기에 있는 조그만 집이었는데 마침 초등학교 6학년짜리 여동생이 집에 있었다. 오빠 소식을 물었더니 며칠 째 집에도 안 들어온다며 엄마가 신신당부하고 납입금을 주었는데 그날부터라는 것이었다. 하릴없이 앉았다가 돌아올 수밖에 없었다.

4일째 되던 날 돈이 다 떨어졌는지 인천은 예의 그 무심한 표정으로 태연히 학교에 나왔다. 그냥 두어서는 안 되겠다는 생각에 조회 후 교무실로 불러 내렸다. 두꺼운 안경 속에서 큰 눈만 껌벅거릴 뿐 도무지 표정의 변화가 없었다. 엄마 혼자서 죽을 고생하면서 너희 두 남매 키우는데 도와드리지는 못 할망정 번번이 이게 무슨 꼴이냐고 호통을 쳤다. 지난 번 철석같이 약속도 했는데 이럴 수 있냐면서 이 따위로 할 거면 당장 학교 그만두라고 언성을 높이기도 했다. 다른 선생님이 상의할 게 있다며 부르기에 잠깐 기다리도록 일러놓고 자리를 비웠다가 돌아왔는데 인천이 안 보였다.

순간적으로 운동장을 바라보니 인천이 느긋하게 운동장을 가로질러 교문 쪽으로 향하고 있었다. 경비실로 연락했지만 인터폰을 안 받기에 서둘러 운동장으로 나갔다. 인천이 천천히 교문으로 걸어 나가는 모습을 보면서 바로 달려갔지만 그림자도 볼 수 없었다. 골목이 복잡한 곳도 아닌데 도력이 깊어졌는지 순간적으로 사라지고 말았다. 당장 그만두라고 한 내 말을 듣고 가방도 팽개친 채 정말 학교를 나가 버린 것이다. 그로부터 3일간 결석하고 4일 만에 태연히 등교했다. 뭘 했냐고 물어보아도 묵묵부답, 성화를 부리면 마지못해 영화를 보거나 오락실에서 놀다가 모두 문 닫으면 건물 계단이나 공원에서 잤다고 남의 일처럼 대답했다. 돈은 어디서 났냐고 묻자 그날 아침 앞으로 학교 잘 다니기로 굳게 약속하고 엄마에게서 받은 용돈이 있었다고 했다.

점심 시간, 중학교 남학생들의 점심 시간은 전쟁터 그 자체였다. 물건 부서지고 시설 박살나는 거야 혼내고 수리하면 그만이지만 아이들이 심하게 다치는 경우도 잦기 때문에 점심 시간에 한두 번씩은 꼭 교실에 올라가 보곤 했다. 창밖에서 들여다본 교실은 내가 중고등학교 다닐 때 점심 시간 풍경과 별반 다르지 않았다. 다 큰 녀석들이 도시락 들고 어슬렁거리거나 아예 포크나 수저만 들고 호시탐탐 사냥감을 찾아 나서는 전사들도 많았다. 생존이 걸린 체험 삶의 현장에서는 평소의 온순함이나 양보 그런 것들은 기대할 수도 없었다.

흥미로운 것은 그 소란의 와중에서도 흔들림 없이 자신의 자리를 지키고 있는 인천의 모습이었다. 도시락을 거의 갖고 다니지 않았던 인천은 누가 무슨 짓을 하건 반안을 내려뜬 채 수련 정진할 뿐이었다. 주변의 소음이 커지면 쓱 고개 돌려 바라보다가 딴 세상 사람처럼 웃음을 흘리면서 본연의 수도하는 자세로 돌아오곤 하는 것이었다. 속세의 인간사나 온갖 풍진에서 벗어난 수도자의 모습이 저렇지 않을까 여겨질 정도였다. 도시락뚜껑, 신발짝, 심지어 책가방이 날아다니는 소용돌이 속에서 인천은 고요의 섬 그 자체였다. 나는 작은 일에도 감정이 요동치는 이름뿐인 도사였지만 인천은 이미 어떤 상황에서도 흔들리지 않는 진짜 도사의 반열에 들어서고 있었다.

인천은 그 후로도 무단결석과 가출을 반복하면서도 무사히 졸업하고 실업계 고등학교에 진학 할 수 있었다. 졸업식 날 어머니가 여동생과 인천을 데리고 인사하러 날 찾아왔다. 여동생은 귀엽게 인사하며 아는 체를 하는데 인천은 여전히 돌부처였다. 그동안 부족한 아이를 돌봐 주셔서 고맙다며 인천에게 넌 선생님께 인사 안 드릴 거냐고 엄마가 다그치자 그제서야 인천은 예의 그 무심한 표정으로 눈을 껌벅이며 머리 숙여 인사했다.

"선생님, 감사합니다."

"완전히 엎드려 절 받기네. 인천이도 학교 빠지지 말고 잘 지내, 엄마 힘들게 하지 말고. 알았지?"

"예."

내가 한참 바라보자 인천이도 히죽 웃으며 고개를 떨어뜨렸다.

달관의 경지에서 인간 세상을 내려다보며 살았던 진짜 도사 인천은 그렇게 사이비 도사의 곁을 떠났다. 졸업 후에도 안부가 궁금하여 여러 경로로 알아보았지만 연락이 잘 닿지 않았다. 세상이 바뀌다 보니까 해킹 범죄자를 오히려 비싸게 모셔가는 시대가 되었다. 만약 인천이 지금 학교에 다녔으면 본인의 개인기를 십분 발휘하여 하고 싶은 일 하면서 살았을 텐데 하는 생각도 자주 했었다. 어머니와 한두 번 안부 전화를 주고받다가 그나마도 끊기고 말았다.

인천, 잘 살고 있겠지. 어떤 풍파에도 잔잔함 그 자체였고 흔들림 없는 난공불락의 요새였으니까. 그 도사는 영화도 좋아했는데 특히 '크로커다일 던디'가 마음에 든다고 했던 기억이 난다. 혹시 호주에서 넉넉한 마음으로 도사의 길을 걷고 있는 건 아닐까?

09

경희

처음 서울 생활 시작할 무렵인 1980년대 초, 같은 학교에 근무하는 선생님들과 도봉산에 올라 바라본 상계동은 갈대숲에 비닐하우스가 널린 전형적인 농촌의 모습이었다. 그 후 내게 상계동이라는 곳은 서울 변두리의 촌구석으로 강하게 인식된 지역으로 남아 있었다. 지하철이 뚫리고 대단위 아파트 밀집 지역으로 변신한 후 어쩌다가 강원도 사람인 나도 상계동 주민이 되었다. 상계동에서 살게 된지 얼마 안 되어 지하철 4호선을 이용해 시내로 나가다가 예전에 3학년 담임을 맡은 적이 있었던 지혜를 만났다. 졸업한 지 6년도 넘었으니까 그냥 지나치면 알아볼 수 없을 정도로 다 큰 숙녀가 되어 있었지만 지혜가 먼저 아는 척을 해 잠시 이야기를 나눌 수 있었다.

"선생님, 아이러브스쿨 들어가 보셨어요?"

"그게 뭔데?"

"인터넷에서 친구나 선생님 찾는 사이트에요."

"근데?"

"거기에 선생님 찾는 아이들 굉장히 많아요."

"그래?"

"한번 들어가 보세요. 꼭."

"그러지 뭐."

그러고 잊었다가 그해 겨울방학 때 누군가가 또 얘기해 주어 인터넷 아이러브스쿨 사이트에서 내 이름을 검색해 보았다. 따로 회원가입이나 로그인 절차 없이 해당 사이트 열고 조건에 맞추어 내 이름을 입력하자 바로 자료가 나왔다. 굉장히 많은 것은 아니고 내가 근무했던 학교 아이들 여럿이 날 찾는 글을 볼 수 있었다. 동마중학교에서 만난 이종훈이 올린 글의 제목 「모두가 선생님이셨다면 유일한 스승님이셨던 박의동 선생님」을 보면서 얼굴이 화끈 달아오르기도 했다. 거기에 있는 아이들 중 내 눈을 번쩍 뜨이게 하는 이름 하나를 찾아냈다. 경희, 그 아이가 보고 싶다며 나를 찾고 있었다.

성은 보기 드문 희성이었지만 여학생의 흔한 이름 중 하나였던 경희는 내가 행당여중에서 근무할 때 3학년 담임 반 학생으로 만난 녀석이었다. 거기서 4년 근무하는 동안 내리 3학년 담임을 맡았는데 가정 형편은 어려워도 아이들이 유순하고 나 또한 어느 정도 경력이 쌓인 시기여서 아이들하고 심하게 부딪히지 않고 수월하게 지낼 수 있었다. 물론 수월하다는 것이 반드시 좋은 것은 아니어서 아이들과의 관계나 친밀도는 현저하게 떨어졌다. 핑계일 수도 있지만 과중한 업무도 아이들에게서 멀어지는 한 요인이 되었다.

행당여자중학교는 한양대학교 맞은편 대로변에 위치한 제법 오래
된 학교였다. 중랑천이 바라보이는 운동장 한 가운데 커다란 플라타
너스 네 그루가 당당하게 서 있어 나무 그늘마다 한 학급 학생들이
체육수업을 할 수 있었다. 가을이면 송충이처럼 생긴 벌레 수십만 마
리가 겨울을 나기 위해 건물로 떼를 지어 몰려드는 통에 기겁을 할
때도 있었지만 운동장 한 가운데 서 있는 플라타너스는 그 학교의 상
징이기도 했다.

경희는 훤칠한 키에 뚜렷한 이목구비, 치렁치렁한 머리카락이 돋
보이는 정말 잘생긴 여학생이었다. 하지만 너무 자유분방하여 출결
이 불안정하고 공부보다는 노는데 관심이 더 많은 아이였다. 다른 선
생님들에게도 자주 지적받아 지도에 어려움을 겪을 때가 많았다. 학
교 담을 넘는 것은 예사였고, 늦게 오거나 중간에 빠져나가기, 잦
은 결석 등으로 부모님과 몇 번이나 상담하려고 했지만 직접 만나기
가 쉽지 않았다. 때로 혼찌검을 내고 겁을 주어도 별다른 변화가 없
었다. 그나마 다행인 것은 잘못을 지적하면 그 자리에서 순순히 인정
하고 고쳐나가겠노라 다짐도 잘 하는 편이었고 다른 아이들에게 피
해를 주는 경우도 거의 없었다는 점이다. 땡땡이치고 놀러나갈 때 몇
명 아이들을 달고 나가는 것 외에는.

여름방학이 끝나가는 8월 하순, 늦더위에 깊은 잠을 못 이루고 뒤
척이는데 전화벨이 울렸다. 많이 늦은 시간인 듯하여 쳐다본 시계는
새벽 2시를 가리키고 있었다.

"여보세요?"

"여긴 선정파출소인데요. 박의동 선생님이신가요?"

"예, 그렇습니다만."

"혹시 선생님 반에 경희라는 학생이 있나요?"

"예, 있습니다. 무슨 사고라도?"

"남학생들과 몰려다니다가 주민들의 신고를 받고 데려왔는데요, 집으로 연락이 안돼요. 할 수 없이 담임선생님께 전화드린 겁니다."

"뭘 도와드리면 되나요?"

내게 경희 엄마의 전화번호가 있었지만 그 녀석이 연락을 꺼리는 것 같은데 불쑥 알려주는 것도 마음에 걸려 내가 할 일을 물었다.

"괜찮으시다면 학생을 인수하셨으면 해서요."

"제가요?"

"여학생이 오래 있을 곳이 못 됩니다."

"예, 알겠습니다."

잠은 달아난 지 오래고 조금씩 짜증이 밀려왔지만 반 아이가 파출소에 잡혀 있다는데 내버려둘 수도 없어 옷을 주섬주섬 걸쳐 입고 파출소로 갔다. 취객들의 고함소리와 그 가족들의 다툼으로 시끌벅적한 파출소 구석 나무의자 한편에 웅크리고 앉아 있는 경희를 발견했을 때 처음엔 얼른 알아보기 어려울 정도였다. 짧은 치마에 염색한 긴 머리, 짙은 화장 때문에 너무 성숙해 보였던 것이다. 경희는 날 보자 반색을 하며 달려와 덩치에 어울리지 않게 코맹맹이소리로 '선생니임~' 하면서 팔에 매달렸다. 여러 아이들이 같이 붙잡혀 왔을 텐데 다른 친구들은 보호자가 데려가고 경희만 달랑 남아 있었던 모양이었다. 경찰이 내민 서류에 인적 사항을 적고 서명한 후 아이를 데리고 파출소를 나왔다.

"경희야!"

"선생님, 죄송해요."

"엄마한테 연락해야지."

"안 돼요. 엄마 편찮으시단 말이에요."

"그래, 엄마 편찮으신데 이 꼴이 도대체 뭐냐?"

"그게요⋯."

"그래, 그게 뭔데?"

"오늘이 친구 생일이에요. 다른 친구들이랑 공원에서 놀다가⋯."

"그래서?"

경희가 눈치를 슬금슬금 살피다가 혀를 쏙 내밀면서 시선을 내리깔았다.

선생 본능이자 직업병, 따지고 묻고 혼내기를 반복하다가 제풀에 지쳐 아이를 가만히 바라보는데 이른 새벽에 뭐하는 짓인가 싶어 말투를 바꾸었다.

"밥은 먹고 다니냐?"

"예."

"뭐라도 먹어야지. 저녁 먹은 지 오래 됐을 텐데."

"괜찮아요."

"배고프지 않아?"

"예, 정말 괜찮아요."

"그래? 그럼 집에 가야지."

"저⋯, 차비 없어요."

"임마 지금 차가 어디 있어, 걸어가!"

"정말요…?"

경희가 갑자기 말꼬리를 길게 늘이며 우는 시늉을 했다.

"내가 데려다 줄게, 택시 잡아."

"혼자 갈게요."

"괜찮겠어?"

"그럼요. 금방인데요, 뭐."

주머니를 뒤져 차비를 손에 쥐어 줬다. 경희는 돈을 받더니 맑은 눈으로 한참 동안 날 쳐다보다가 고개 숙여 인사했다. 경희를 택시에 태워 보내고 집으로 돌아오는데 발걸음이 무거웠다. 배고팠을 텐데 어디 포장마차에서 라면이라도 먹여 보낼 걸 하는 생각 때문이었다.

2학기가 되어서도 경희는 학교에 들락날락거리기를 반복하더니 12월엔 거의 나오지 않다가 졸업식 때 화려한 차림으로 나타났다. 그 무렵은 5공화국 시절이라 강제적 교복 자율화가 이루어져 교복 착용이 금지되었던 시기였다. 졸업식이 끝나고 한 사람씩 눈인사를 나누며 졸업장을 준 후 아이들을 돌려보냈다. 경희는 나를 이리저리 끌고 다니면서 기념사진을 찍느라 난리를 피우고 호들갑을 떨더니 마지막 인사를 나누고 떠나갔다.

"선생님, 그동안 너무 속 썩여 죄송합니다. 앞으로 열심히 살고, 자주 찾아뵐게요. 안녕히 계세요."

그 후로 경희는 한 번도 찾아오지 않았고 연락도 없었다. 다른 아이들을 통해 물어보아도 아는 녀석들이 없어 어떻게 살고 있는지 궁금했는데 엉뚱하게도 인터넷 공간에서 나를 찾고 있었던 것이다.

보고 싶어요. 선생님!

안녕하세요!

선생님 저 ○ 경희예요.

항상 찾아뵙고 싶었는데 죄송합니다.

건강하시죠?

어떻게 지내시는지 궁금합니다.

이 글 보시면 연락 주세요.

10

선생의 모습

얼마 전 여러 학교 교육활동 사례를 발표하는 곳에 다녀왔습니다. 늦은 시간까지 다양하게 진행되었는데 모두 잘했지만 함태중학교의 젊은 선생님과 대전에서 오신 교무부장님의 발표가 특히 기억에 남았습니다. 그 이유는 자신의 학교나 아이들에 대한 그분들의 자부심과 애착이 체화되고 내면화되어 있는 게 그대로 드러나 보였기 때문입니다. 함태는 태백에 있는 마을로 석탄 산업이 무너지면서 사람들이 많이 떠난 곳인데 발표 중에 그 선생님이 이런 이야기를 했습니다.

"오늘 오전에 수업 몽땅 당겨서 하고 선생님들 뵈려고 태백에서 헐레벌떡 올라왔습니다. 제가 수업 다 끝내고 '나 오늘 서울 출장 갔다 올 거니까 너희들 까불지 말고 옆 반 선생님 말씀 잘 듣고 있어' 그랬더니 반 아이들이 교문까지 졸졸 따라 나오면서 '와 선생님은 좋겠다, 서울 구경도 하고. 우리들 데려가면 안돼요? 조퇴하고 나도 가고 싶은데….' 이러는 거예요. 정말 마음이 짠했는데 우리 아이들, 이렇게 순박하고 천사 같은 친구들입니다. 그런 아이들이 좋아하는 거라면 뭐라도 할 수 있다는 게 저를 포함한 우리 학교 선생님들 모두의 생각입니다."

다른 사람들에겐 작고 볼품 없는 시골 학교지만 자신의 학교와 학생들에 대한 애정이 절절하게 배어 있는 그 선생님의 모습, 정말 아름답게 보였습니다.

우리 학교 선생님들은 어떨까요? 우리 화계중학교 선생님들도 마찬가지라고 생각합니다. 아니, 대한민국의 모든 선생님들이 다 같다고 생각합니다.

학교에서는 학생 사안을 다루는 학교폭력대책자치위원회나 선도위원회가 자주 열립니다. 사고가 없으면 좋겠지만 700여 명의 다양하고 원초적 기운으로 충만한 아이들이 모인 곳이니까 그 역동성이 살아있는 한 사고는 당연한 일인지도 모릅니다. 그저 누구라도 크게 다치지 않기를 바라야겠지요. 아무튼 그 회의 말미에 담임선생님 소견을 듣는 순서가 있습니다.

'이 아이는 어떤 아이고 어떻게 지도를 해 왔는데 이번 사고가 났습니다. 앞으로 더 열심히 지도하겠습니다. 선처 바랍니다' 뭐 이런 내용들을 이야기하는 시간입니다. 제가 여기에서 폭대위나 선도위 이야기를 꺼내는 것은 그 회의에 참석한 담임선생님들의 학생지도에 임하는 자세를 말씀드리기 위해서입니다. 한 분도 예외 없이 문제가 된 반 아이에 관해 너무 철저히 파악하고 또, 열심히 지도해 왔으며 안타까워하는 모습이 간절해 보였기 때문입니다. 담임선생님의 이야기를 가만히 듣고 있노라면 '아, 저래서 교사가 전문직이구나' 하는 생각을 떨칠 수 없었고, 그 자리에 참석한 학부모님이나 경찰 등 외부 인사들에게도 얼마나 떳떳하고 자랑스러웠는지 모릅니다.

지난 4월 16일의 세월호 참사, 더 이상 거론하고 싶지 않은데 우리 아이들과 선생님들 이야기니까 한 번만 더 하겠습니다. 당시 사고 때 선박직 선원은 100% 살아나왔고 일반 승객 69%, 승무원 36%, 학생은 23%가 구조되었으나 교사는 열네 분 중 세 분만 살았으니까 21%(교감선생님 죽음으로 14%)로 생존율이 가장 낮았습니다. 일반 승객들과 같이 4,5층에 머물렀으니까 쉽게 빠져나올 수 있었지만 가족이나 친구들에게 작별 인사까지 남기고, 뻔히 죽을 줄 알면서도 아이들을 찾으러 물에 잠긴 아래층으로 내려갔다가 안타깝게 희생되었던 것입니다.

또 우리 학교 선생님들 이야기를 곁들일까요? 이제 교직 생활 시작한 지 1년이 채 안 된 선생님도 있고 어떤 분은 초임 발령 받아 3년, 4년, 5년을 채워가고 있습니다. 때로는 아직도 어린 학생처럼 보이고, 경우에 따라서는 드센 아이들이나 학부모님들에게 쩔쩔매기도 합니다. 심지어 아침에 엄마가 깨워주지 않으면 지각하는 분도 있습니다. 물론 경력 짱짱한 분도 계시지만요. 이처럼 자신의 몸 간수하기도 버거운 젊은 선생님들이지만 만약에 학생들이 위급 상황에 처했다면 어떻게 대처하셨을까요? 저는 확신할 수 있습니다. 우리 학교 선생님들 모두 사월의 비극적 사고 때 그 학교의 어린, 혹은 나이 드신 선생님들과 똑같이 행동하셨을 것이라고.

한수산님의 칼럼 중에서 선생님의 마음을 표현한 내용을 본 적이 있습니다. 대학 교수로 재직할 때 가르쳤고 지금은 서울의 한 고등학교에서 근무하는 국어선생님 이야긴데, 잠수 전문가여서 배 가라앉았을 때 왜 진도 안 갔냐고 핀잔을 준 후 아이들이나 선생님들 참 안됐다고 안타까워했더니 이런 글을 보내왔더랍니다.

즉흥적으로 보낸 메시지인데 그대로 옮겨 보면 이런 내용입니다.

'원래 선생들이 다 그래요. 아이들을 두고 나오진 않아요. 그건 의로움이나 책임감 같은 게 아니에요. 나날이 웃으며 화내며 하이파이브하며 냄새 맡고 진절머리치고 혼내고 껴안고 수업하고 듣고 나누던 그런 미립자들이 그렇게 만드는 거예요. 우린 다 그래요. 하나도 특별하지 않은 아주 좁쌀 같은 인간들이지만 선생들은 원래 그래요. 저도 기꺼이 그들과 함께 하길 바랍니다. 지치고 힘겨울 때 홍삼캔디를 입에 물고 호호거리며 인사하던 녀석들을 두고 나오지 않을 만큼 꼭 그만큼의 용기가 허락되기를 기도합니다. 삶이 그저 숨 쉬며 생존하는 것이 아닌 의롭게 살아가는 일이었으면 좋겠습니다.'

교사는 극한 상황에서 당연히 제자리에 있어야 하지만 아이들을 위한 일이라면 언제 어디서나 그들과 함께해야 한다고 생각합니다. 지난번 조난사고 때나 성격은 좀 다르지만 제가 다녀온 연수 때, 그리고 우리 학교 선생님들의 뜨거운 마음을 느낄 때마다 의연히 자신의 위치에서 아이들을 보살피는 것, 그것이 선생님들을 잘나 보이고 빛나게 한다는 것을 또다시 확인할 수 있었습니다.

우리는, 선생님들은 지금까지 최선을 다 해 왔듯이 앞으로도 아이들을 위해서라면 언제 어디에서나 어떤 일이라도 기꺼이 받아들여야 할 것입니다. 잘나서, 빛나기 위해서가 아니라 그게 선생의 모습이기 때문입니다.

하루에 열 번 만나도 열 번 모두 웃으면서 인사하는 우리 아이들, 어떤 어려움 속에서도 그들을 지켜낼 수 있을 만큼 꼭 그만큼의 인내와 지혜, 그리고 용기가 허락되기를 기도합니다.

- 2014.07.21.

* 회의 시간에 선생님들께 드린 말씀을 정리하였습니다.

11

선생의 모습 2

오후 여섯 시쯤, 퇴근하려다가 지난 3월 다른 학교로 옮긴 이 선생님에게 전화를 걸었다. 엊그제 교육청 출장 중 여러 차례 전화와 문자가 와 있기에 회의 끝나고 연락했더니 학생 사안, 고사 출제 등으로 심란하다며 하소연을 토해 냈다. 사는 모습이 제 털 뽑은 자리에 다시 꽂을 줄 밖에 모르는 타고난 '선생님'이어서 그 고지식함을 자주 놀려먹곤 했었는데 새 학교에 적응하느라 어려움이 많다고 했다. 그날도 학급 학생 때문에 학교폭력대책자치위원회가 열린다며 걱정하기에 선생 월급 거저 주는 줄 아냐는 둥 엉뚱한 말로 마음을 풀어주긴 했지만 결과가 궁금했다.

퇴근 후 집에서 아이들 돌보다가 반갑게 내 전화를 받았다.

"말썽꾸러기 일은 제대로 풀어가고 있는 거야?"

"예, 폭대위 잘 끝났고 보호자도 많이 누그러진 것 같아 다행이에요."

"안 좋은 일 생기면 학부모들 태도, 예측 불가야. 그렇더라도 부모

입장 이해해야지 어쩌겠어. 그리고 시간은 걸리겠지만 진심은 통하는 거니까 이번에 받은 상처, 수업료 냈다고 생각해. 중간고사는 어떻게 하기로 했어?"

"교감선생님이랑 잠깐 상의했는데 이번 마무리 잘 되면 다음부터 두 학년 다 제가 출제해야겠어요. 그게 맘도 편하고."

"천사가 따로 없네. 선생님은 모질지 못해 탈이라니까. 게다가 원칙이 무너지면 민폐가 될 수도 있는데."

"그렇긴 한데요, 문제 고치느니 제가 출제하는 게 차라리 수월할 것 같아서요."

"할 수 없지 뭐. 그것 참."

"그나저나 양쪽 교감선생님 두 분 다 힘들게 해서 죄송해요."

"교감이라고 앉아 할 일도 없는데 말 걸어주면 고마운 거지 뭐가 미안해."

"아녜요. 우리 교감선생님 얼마나 바쁜데요."

"뭐야? 나도 바빠. 그 교감선생님은 처음 하시는 분이라 바쁜 척하는 거야. 자꾸 귀찮게 해야 한다니까."

"모르겠어요. 이러다가 교감선생님 학교 떠난 후에도 걱정 끼쳐 드릴 것 같아 걱정이에요. 같이 근무할 때도 맨날 징징대기만 했는데 어쩌지요?"

"백수 신세라 심심할 텐데 전화라도 해 주면 감지덕지지 뭐가 걱정이야?"

"정말요? 교감선생님은 학교 그만두시고 상담, 특히 '선생님 고충 상담' 뭐 그런 거 하시면 잘 맞을 것 같은데 그런 곳 없나요?"

"욕인지 칭찬인지 알 수가 없네. 아무튼 아프지 말고 지내. 학교 아이들, 집 아이들 잘 거두고 어른들과도 제대로 상대하려면 체력 비축해 둬야지."

"알겠습니다. 늘 감사해요. 아직은 정신이 없지만 한번 들를게요."

"가까운 곳이니까 내가 한번 가지 뭐. 아무튼 사고 치지 말고 잘 지내요."

"예, 교감선생님도 건강하세요."

지난 2월 이임 인사할 때 떠나시는 선생님들이 너무 서운해 한 분씩 일일이 특징을 들어 소개하면서 '개인적으로 내가 직접 가르쳤던 학생과 같은 느낌을 주었던 선생님'이라고 했던 분이다.

통화를 마치자 교무실 저쪽 끝자리에 있던 젊은 선생님 한 분이 조심조심 다가왔다. 담임반 아이와 다른 학교 학생이 연루된 사안을 오늘 마무리하기로 했는데 막 끝낸 모양이었다. 굳어 있는 선생님을 자리에 앉히고 경과를 물었다.

"잘 끝났나요?"

"예, 학교폭력 예방 관련 동영상 보여주고 반성문도 쓰고, 생활지도부장님이 많이 도와주셨어요. 신경 쓰시게 해서 죄송해요."

"무슨 소리, 애 많이 썼고 선생님이 겁도 없이 적극적으로 대처해주어 잘 끝난 거지. 그만하길 다행이야. 이제는 그 녀석도 정신을 차려야 하는데."

"그게 쉽지 않네요. 반 학생들에게 미안하고 또 그 친구를 제대로 지도하고 있는 건지도 모르겠구요."

"지금까진 잘 하고 있어요. 안 그랬다면 나라도 불러 여러 번 혼내고 싶은 소리도 많이 했을 텐데 아직 지켜보고만 있잖아."

"지난번 엄마와 상담도 했는데 요새도 매일 늦어요. 친구들과 어울리다가 새벽에 들어가나 봐요. 그래도 제게 문자는 보내주는데 늘 수업 중에 등교해요. 어떤 땐 점심시간에 오거나 멋대로 나가기도 하고…."

말꼬리를 흐리는 그 선생님의 눈에 물기가 차 오르고 있었다.

"선생님, 내가 진짜 신경 쓰이는 게 있는데 그게 뭔지 알아?"

"……."

"선생님을 보고 있으면 고마우면서도 내가 불안해져. 선생님이 꼭 외줄을 타고 있는 것처럼 아슬아슬할 때가 있어."

"정말요? 하긴 제가 잘못하고 있는 게 많겠죠."

"그런 뜻이 아니야. 선생님처럼 아이들한테 모든 걸 다 쏟아부었다가 뒷감당 어떻게 하려는가 싶어 정말 마음이 안 놓인다니까."

"……."

"선생님이라는 직업이 평생 아이들 짝사랑하면서 살도록 숙명 지워져 있다고들 하지. 그렇지만 몰입이 지나치면 그만큼 아이들에게서 받는 실망감이나 상처도 깊은 법이야. 그걸 견뎌낼 수 있을지 걱정스럽고 안타까운 거지. 특히 여선생님들은 칭찬만 듣고 자란 사람들이라 말 안 듣는 아이들 이해하는 것도 쉽지 않고."

"저도 스스로 걱정될 때가 있긴 해요. 하지만 제가 할 일이라면 물러서지 않을 거예요. 저에게 맡겨진 아이들인데 당연히 안고 가야죠. 정말 최선을 다 하고 싶어요. 또 제게 닥치는 거라면 이겨내야 한다고 생각해요. 힘은 들겠지만요."

　말은 그렇게 하면서도 기어코 눈물을 쏟아내기 시작했다. 학생들과 가외의 학교 업무에 시달리느라 많이 힘들었을 거라는 생각에 안쓰러웠지만 자신의 말처럼 거쳐야 할 과정이라면 어쩌겠는가. 스스로 헤쳐 나가야겠기에 휴지를 건네주면서 위로의 말을 아꼈다. 늦은 시간인데도 교무실에 남아 있던 몇 분 선생님들이 의아해 하면서 한편으론 걱정스럽게 바라보고 있었다.

　"그래도 그 아이가 선생님과의 끈을 이어가고 있는 것은 선생님 뜻이 먹혀들고 있다는 증거예요. 학급 아이들도 이해할 거고. 선생님은 아플 자유도 없으니까 몸, 마음 단단히 챙겨야 해요."

　"알겠습니다. 감사합니다."

　"선생님, 우리 아이들 아껴줘서 정말 고마워요. 주말엔 학교일 잊고 좀 쉬어요. 그래야 또 한 바탕 싸울 거 아냐."

　"예….".

　그 선생님은 애써 웃음 지으며 자리에서 일어섰다. 눈물로 얼룩진 얼굴이 또 하나의 아름답고 빛나는 '선생의 모습'으로 다가왔다. 저런 분들이 있기에 불신 가운데서도 학교가 살아남고, 그나마 학생들이 기댈 데가 있다는 위안과 함께 마음 한구석은 여전히 무거웠다. 초심을 이어가려면 더 질기고 단단해져야 할 텐데 아직은 봄날의 새순처럼 여리기만 한 게 마음에 걸렸기 때문이다. 기우일까?

　인사하고 물러가는 그 선생님을 한동안 지켜보다가 몸을 일으켜 창가에 섰다. 어둠 속에서 목련이 하나 둘 꽃잎을 떨구고 있었다. 돌이켜 보면 나도 모든 이들의 고민을 몽땅 짊어졌던 때가 있었고, 대한민국의 교육이 내 책임인 양 사명감에 불탔던 시절이 있었다. 하지만 세월은 흐르고 사람 설 자리도 바뀌는 것이 세상의 이치가 아니겠는가? 패기에 넘치는 젊은 선생님들이 늘 아이들과 함께 하는 믿음직스런 모습을 보면서 장강의 앞물이 뒷물에 밀려나듯 이제는 나도 떠나야 할 때임을 문득문득 깨닫곤 한다. 저 넓은 바다에서 또 다른 인생, 새로운 세계로 나아갈 수 있는 기회가 내게 다가오고 있는 것이다.

- 2015.04.17

2 부

대화, 단상

맑은 눈 반짝이며 미지의 세계로 막 나아가려

발돋움하는 아이들의 모습이야말로 우주가 내려 준 가장

아름다운 선물이며 무한한 축복이다.

66

약속같은, 들림으로 맺어지는 약속이 아닌 보아서 알 수 있는
약속을 드립니다. 지금도 때로 흔들리고 오해하고
오해받고 그런 것들이 두렵기는 하지만 삶의 최종적 남음이
사랑이라 믿으며 진정으로 깨끗하게 살고 싶습니다.

'비바람이 불어도' 중에서

99

01

뱀의 다리를 그리다

편지는, 특히 손 글씨로 쓴 편지는 그 사람의 감정이 실리기에 마술과도 같이 다른 사람의 마음을 움직이는 묘한 힘을 가졌다. 편지를 주고받으며 삶을 이야기한 마지막 세대라는 아쉬움 속에서 아이들의 글을 모아 보았다. 지금은 장년을 거쳐 중년에 이른 이들의 옛글이고 편지라는 특성상 사전 허락을 받지 못하였으나 양해하리라 믿기에 실명을 그대로 썼다. 아이들의 편지를 통해 그 아이들이 어떤 생각을 하고, 무엇을 고민하며 어떻게 스스로 성장해 갔는지를 보여줄 수 있기에 사장하기엔 아까웠다. 유치함과 의젓함, 과장과 솔직함, 웃음과 비장함, 고민과 희망 그런 마음들이 보석처럼 빛나는 아이들만의 세계가 너무 잘 드러나는 글이기 때문이다. 어른들 시각으론 비록 가볍게 느껴질 수도 있는 몇 줄이지만 그 아이들은 밤새 고민하고 자신의 모든 것을 쏟아부은 한 자 한 자임을 알 수 있다.

몇 편의 아이들 글로 인하여 내가 마치 교사의 표상이라도 된 듯, 또는 모든 아이들의 사랑을 한 몸에 받은 듯 오해가 생기지 않을까 하는 걱정으로 많이 망설였다. 내 자신이 장점보다는 단점으로 넘치는 평범한 인간일 뿐이기 때문이다. 그리고 사람 사는 세상이 다 그러하듯 아이들과 함께 지내면서 내 뜻에 따라준 친구들도 있었지만 날 보면 경기라도 할 듯 돌아섰던 사람들도 분명히 많았을 것이라는 사실을 밝히기 위해 이처럼 뱀의 다리를 그리고 있다. 실제로 언젠가 내가 맡은 학급의 부반장이었던 윤선은 1년 내내 나와 눈 한 번 맞추지 않고 피해 다니기만 했다.

　분명한 것은 내 개인에 대한 아이들의 좋아하고 싫어함에 관계없이 난 그들에게서 과분한 사랑을 받았다는 것이고, 나 또한 그들 모두에게 내가 줄 수 있는 것은 똑같이 나누어 주려고 노력했다는 점이다. 교사는 어차피 아이들을 짝사랑하며 살도록 운명 지워져 있기 때문에 날 따르는 아이도 살펴보아야 하지만 날 사시로 보는 아이조차도 그들에 대한 내 마음을 거둘 수는 없었다. 그게 메아리 없는 외침일지라도. 아이들은 잠시 내 곁에 머물다 떠나고 성장해 갔으며, 그런 아이들로 인해 나도 인간으로서, 교사로서 조금씩 다듬어지고 더욱 성숙할 수 있었다는 것도 꼭 밝히고 싶다.

　또 하나의 안타까움과 미안함, 많은 아이들이 내 손길과 시선을 간절히 기다리고 필요로 했을 때 엉뚱한 소문과 차별이란 말이 두려워 또 성격 탓에 그 외 여러가지 이유로 그 아이들을 외면했던 일 진심으로 사과하고 싶다. 중2 때 내가 담임을 맡았던 새침데기 미정이 성장한 후 보내온 글 중에서 '제가 선생님께 배우던 어린 시절에도 이런 비슷한 말을 한 적이 있었던 것 같은데요, 선물이건 편지건 받는 사람 마음이 주는 사람 마음 같지 않다는 뭐 그런 소리를 주고받았던 기억이…' 라는 내용을 보며 뜨끔하지 않을 수 없었다. 이유야 어찌 되었건 날 쳐다보는 아이들에게 좀 더 가까이 다가서지 못했고, 늘 받는 데만 익숙해져 아이들에게 고맙다는 말 한 번 제대로 해주지 못한 것 또한 미안하고 안타깝기 그지없다.

　교직 생활을 시작한지 30년이 넘도록 나는 아직도 스승이니 제자니 하는 말을 들으면 쑥스럽고 귀에 설어 느끼다. 요새 우리 아이들 표현을 빌리면 오글거린다고나 할까. 내가 아이들 속으로 푹 파묻히지 못했거나, 아니면 아직도 뭔가 어설프기 때문일 것이다. 또 한편으론 그냥 교실에서, 교정에서 만났던 아이들, 그리고 기나긴 학창 시절에 교과 담당 혹은 담임으로 잠깐 만났던 학생과 선생님, 그 관계가 가장 담백하고 그걸로 족하다는 믿음으로 살고 있다. 내가 아이들을 좋아하고 기억하는 것이 내 의지이듯 그 아이들이 날 생각하는 것도 그들의 몫일 뿐 내가 요구하거나 기대할 영역은 결코 아니기 때문이다.
　담임을 맡던 시절, 매년 2월 말이면 아이들 입장에서는 일 년 동안 시달리던 담임선생님과의 이별이 홀가분한 경우가 대부분이었을 것이다. 경우에 따라서는 정말 아쉬워 눈물짓고, 나 아니면 못살 것 같던 아이들도 3월이 되어 새로운 선생님 만나면 금방 가까워지고 헤실거리는 것을 보면 서운하다기보다 그게 아이들의 가는 길이고 내 운명이라는 생각으로 살아왔다.

　한 가지 더, 서울 오기 전 만났던 아이들에게서 받은 많은 편지를
잘 묶고 정리해서 큼직한 상자에 가득 담아 뒀었는데 몇 번 이사하는
과정에서 몽땅 잃어버렸다. 아이들에게 미안하고, 좋은 글들 단 몇
편이라도 여기에 함께 넣지 못해 아쉬움이 크다.

02

따뜻한 봄날에

• 2-01 서쪽에서 바람이

하나

서쪽에서 바람이 불어옵니다.

보리수 거세게 술렁이며

달님이 나뭇가지 사이로

내 방안을 엿보고 있습니다.

나를 버리고 떠난

사랑하는 여인에게

긴 편지를 썼습니다.

부드럽고 조용한 달빛이

글자 위로 스쳐갈 때

내 마음 울음으로 무너져 내려

잠도 달님도 저녁 기도도 잊고 맙니다.

- H. 헤세 -

둘

선생님, 안녕하세요?

이 세상에서 제가

두 번째로 좋아하는 분은 선생님이십니다.

선생님

만약에 선생님이 그 누구를 정말 좋아하는데

그 사람이 선생님의 사랑을 알아주지 않는다면

선생님의 마음은 어떠시겠습니까?

선생님

선생님은 제가 선생님을 사랑하는 만큼

절 좋아하지 않으십니다.

전 선생님의 눈빛만 보아도 다 알 수 있습니다.

셋

오늘은 너무 서운하고 우울한 날입니다.

선생님이 오늘만은 미워지는 날입니다.

모르죠. 내일도 미워질지….

전 다른 아이들처럼

선생님 마음에서 쉽게 잊혀지는

아이가 되고 싶지 않습니다.

아주 오래도록 머물고 싶습니다.

– 1983년 12월 16일 혜경 올림

선생님께

녹음의 푸르름이 진하게 퍼져가는 교정을 바라보며 연필을 듭니다.

소녀들의 해맑은 웃음소리와 지워지는 봄날의 아쉬움이 함께 어우러진 모습이 정말 아름답기까지 합니다.

선생님

인간의 한계가 어느 만큼인지 알 수 있을 것 같아요.

언젠가 선생님께서 이런 말씀을 하셨어요.

"성실하게 살 수 있다는 것은 참으로 복된 삶이란다."

항상 머릿속에 되새기며 미선이의 성실한 삶을 함께 하기 위해 노력하지만 쉽지는 않습니다.

어느 철학자는 「세상을 지혜롭게 사는 사람은 누군가 한 눈 뜨고 꿈꾸는 사람일 것이다」라는 말을 했답니다. 한 눈을 뜨고 현실을 응시하면서 다른 한 눈을 감고 항상 이상을 꿈꾸며 살아가는 것이 인간의 모습인지요? 두 눈을 모두 감고 아름다운 꿈속의 왕자님을 그리며 살아가서는 안 되는 걸까요?

선생님

많은 것들을 알았으면 좋겠어요.

우정, 문학, 진리, 사랑….

제가 이 모든 것을 알 수 있는 날, 그날은 또 한 명의 소녀가 유리병 속에서 빠져나오는 아름다운 날이 될 거예요.

선생님

요즘엔 무엇인가에 대한 두려움이 자꾸만 자라나고 있어요. 자신 있게 생활하고 싶지만 뜻대로 되질 않습니다. 그러나 앞으로 더욱 더 열심히, 성실하게 생활하겠습니다.

소녀의 마음처럼 감춰진 하늘에서 많은 이야기가 쏟아질 것만 같아요.

선생님

오늘은 이만 줄이겠습니다.

존경할 수 있고 존경 받을 수 있다는 것은 참 좋은 것 같아요.

- 1984년 5월 12일 미선 올림

• 2-03 긴긴 방학 동안

선생님께

긴긴 방학 동안 건강은 어떠신지요?

그동안 몇 통의 편지를 썼다가 찢고 또 쓰고 했는데 제가 보낸 마음의 편지를 받으셨으리라 믿습니다. 방학 동안 공부를 하나도 안 해서 볼펜 잡기도 매우 어색합니다.

얼마 전 토요일엔 눈이 몹시도 내리더군요. 옆 방 사는 초등학생들과 같이 큰 눈사람을 만들어 대문 앞에 세워뒀다가 엄마한테 꾸중도 들었습니다. 어리다는 것은 정말 좋은 것 같아요. 물론 저도 아직 어리지만요. 그래도 커가면서 변하는 것 중 한 가지가 있는데 전에는 저를 처음 보는 사람은 반말을 했는데 중3이 되면서 저에게 말을 걸어오는 사람은 다 존댓말을 합니다. 컸다는 흐뭇함보다는 늙었다고나 할까 이상한 서운함이 앞섭니다.

제일 중요한 사연을 빠뜨릴 뻔 했네요. 일주일 간 고모님 댁에 있다가 오늘 집에 돌아와 보니 문틈 사이에 '엽서 한 장'이 끼어 있었습니다. 뜻밖에도 선생님께서 보내신 것이었습니다. 너무너무 기뻐서 불 꺼진 썰렁한 방에 추운 줄도 모르고 털썩 앉았습니다. 저는 선생님께서는 결코 답장 같은 건 안 쓰시는 분인 줄 알았거든요. 방학 동안 이렇게 기쁜 일은 결코 없었습니다.

생활계획표를 빽빽이 짜 놓고 방학하는 날 집에 돌아와 꼭 실천하겠다고 동그라미를 빨간 볼펜으로 선명하게 해 뒀는데요, 정말로 실천한 건 일주일 정도 밖에 안 됩니다. 지울 수도 없고 그걸 개학 후 그냥 제출하자니 양심에 꺼려지고, 큰일입니다. 큼직한 계획도 세우고 실천하겠다고 다짐을 굳게 했음에도 뜻대로 되지 않으니까 속상하고…. 아무튼 이런 원 위를 계속 뱅글뱅글 돈 84년이었습니다. 가슴 벅찬 '고등학생'이 되는 시기에 이처럼 놀기만 하다가 공부가 머릿속에 잘 들어올지 걱정입니다. 고등학교 준비를 철저히 하고 있는 애들이 많을 텐데 머리엔 녹이 잔뜩 슬어 기억력까지 점점 희미해집니다. 걱정이 되긴 하지만 고등학교에 가서 그때부터 수업시간에 잘 듣고 예습복습 철저히 하면 성적 유지할 수 있다는 약간의 자만심으로 위로를 삼습니다.

선생님

그동안 제가 보낸 몇 통 안 되는 편지가 혹 선생님의 마음을 무겁게 하지는 않았는지 걱정이 됩니다. 어느 날 생각하고 또 생각해 보고 용기를 내어 선생님께 몰래 드린 최초의 편지, 그 편지 때문에 괜한 짓을 한 것이 아닌가하는 결론 없는 고민, 불안, 창피. 그 뒤부터 계속 선생님께 편지를 드리다 보니 12월 한 달은 온통 편지, 편지뿐이었습니다. 편지 때문에 시간을 뺏기고, 공부 안하고 그러진 절대 않았습니다. 그 정도의 여유와 시간마저 없었다면 연합고사에 대한 공포심 때문에 견뎌내지 못했을 겁니다.

선생님,

중학시절, 잊혀지지 않는 선생님의 말씀을 언제고 가슴에 새기면서 어디에 가든 무슨 일을 하든 한국의 딸로 그리스도의 자녀로 부끄럼이 없는 선생님의 제자가 되겠습니다.

이제는 모두 다 헤어져야 할 텐데 좀 더 선생님의 가르침을 받지 못하는 것이 아쉽습니다. 허락해 주신다면 고등학생이 되어서도 선생님께 계속 편지를 드리고 싶습니다. 가슴 설레는 '고등학생'이란 생각만 해도 두렵고, 스탠드 불빛 아래서 책과 사색을 벗 삼아 힘차게 뛰는 3년이라고 생각하면 밝은 어떤 불빛이 마음속에 마구 일어납니다. 선생님께서는 좀 더 좋은 선생님으로서의 노력과 고민이 많으시겠지요. 눈부신 고교시절을, 사진첩을 들추면 5월의 꽃향기가 풀풀거리는 빛나는 고교시절을 간직하고 싶습니다.

안녕히 계십시오.

– 1985년 2월 1일 언제나 선생님의 제자인 현화 올림

- **2-04 졸업식 날**

박의동 선생님

안녕하세요?

졸업식 날 "감사합니다."란 말도 못 올리고 그냥 돌아왔음을 후회하고 꾸짖고 있어요. 정말 감사드려요. 제 자신의 '희생'을 끔찍이도 두려워하는 미혜에게 '성실', '희생' 등 너무도 많은 것을 가르쳐 주셨어요. 그것도 무기력한 언어가 아닌 선생님의 실천의 모습으로요. 이제까지의 수고로 장가도 못가시고…. 올해엔 국수가 너무 먹고 싶어요.

선생님,

저로 인한 수고를 어찌 이 작은 엽서로 맞바꿀 수 있겠어요? 그래도 저는 선생님께 꼭 "감사드립니다. 고맙습니다."라는 말씀을 당당히 올리고 싶어요.

선택, 비선택!

알고서, 바라고서, 느끼고서, 자의로써 하는 선택, 이젠 그런 선택을 위해 모든 것을 소화시키고 관심을 기울이겠습니다. 선생님처럼요.

이제 저희들(중학시절에 교복 입은 추억을 가진 마지막 학순이들)은 정든 곳을 떠납니다. 무(無)이고 공(空)인 세상 속에 본능적으로 제 자신의 의미를 남기고 싶은 것, 그래서 오늘 저는 이렇게 아쉽나 봐요.

아직은 봄이 기댈 곳 없는 이 바람과 만나고 헤어져서 깊어지는 생활, 그래서 온 밤을 뜬 눈으로 지새는 바람과 바람 같던 저의 중학시절… 많은 사람들이 졸업이라며 축하한단 말을 했어요. 내심으로 '씨

~ 학교에서 내쫓기는 판인데 뭐가 축하람' 하며 이를 갈았지만 실실 웃는 표정으로 내숭을 한껏 떨고 있었어요.

오늘, 마지막으로 텅 빈 교실의 먼지를 하나하나 쓸어내며 혼자서 청승맞게 멍청히 앉았다가 또 청소하고 커튼 끈을 풀고 씁쓸히 돌아와 선생님께 편지 올리는 거예요.

"감사합니다. 선생님! 안녕히 계세요."

　　　　　- 1985년 2월 10일 박의동 선생님께 元佳人이 올립니다.

• **2-05 선생님과 헤어진 지**

선생님,
선생님과 헤어진 지 벌써 2개월이 지나고 있네요.
안녕하시지요?

참 이상해요. 선생님 없으면 못살 것 같았는데 이렇게 씩씩하게 살고 있는 걸 보면요. 선생님과의 만남, 정말 감사해요.

선생님과의 인연이 맺어지기 위해 제가 1학년 2반이었다는 것에 감사하고요, 아니 그보다 먼저 성수여중에 오게 된 것에 감사해요.

한 가지 더, 선생님과의 인연 때문에 또 다른 인연이 맺어진 지금의 생활도 감사해 하려고 노력하고 있어요. 정은주 선생님도 선생님 못지않게 따르고 존경할 거예요. 선생님, 희라가 참 많이 컸죠? 이런 생각도 하고.

선생님, 영신이가 어제 선생님 뵙고 오는 길에 이런 말을 했어요.

'누군가가 제일 존경하는 사람이 누구냐고 묻는다면 중2 때 담임선생님이시라고 말할 거야'라구요.

정말 누군가 그렇게 묻는다면 저도 서슴없이 그렇게 말할 거예요. 그것도 아주 자랑스럽게….

어쩜 내년 이맘때쯤엔 선생님보다 지금 담임선생님이 더 좋아질지도 모르고 2학년 8반 시절보다 3학년 4반이 더 그리울지도 모르겠지만요. 그래두 제 마음 속 깊은 곳에서는 선생님에 대한 존경과 사모의 정이 소멸하지 않고 가득하게 차 있을 거예요.

선생님, 기분 좋게 웃어주시던 선생님 모습이 눈에 선합니다.

철없었던 지난 1년 동안 철들라고 해 주신 여러 가지 좋은 충고와 말씀들 많이 잊었지만 잊어버린 만큼 또 많이 기억하고 있습니다. 어쩜 전 금년 1년 동안 선생님의 그 말씀들을 먹으며 생활할지도 모르겠네요. 그러면 너무 뚱뚱해질까요? 그렇잖아도 너무나 큰, 또 너무나 많은 꿈들을 먹고 사는데….

선생님, 제가 생각해도 전 좀 뚱뚱하거든요. 몸과 마음 모두. 근데 또 찌면 보기 흉해서 어쩌죠? 사람들이 욕하겠어요. 스승님은 날씬하시다 못해 한 단계 더 아래인 뼈만 앙상하신데 제자인 희라는 통통하다 못해 뚱뚱하다고. 그러니까 선생님도 예쁜 희라의 수다—수다라기엔 너무 예쁜 말들인데—를 드시고 살 좀 찌세요. 그래야 선생님께서 반 아이들을 덩치로 몰아붙이시죠.

선생님, 전 솔직히 지금도 허황된 꿈을 자주 꾸곤 해요. 정말 2월엔 선생님과 아-듀한다는 게 믿기지 않았어요. 선생님께선 영원히 희라의 담임선생님으로 계실 줄 알았어요. 선생님께서 전근가신다고 저희들에게 인사하실 때도(3월 2일) 전 믿지 않았어요. 선생님께선 성수여중 교무실에 계셔야만 했고 희라의 담임선생님으로 계셔야만 했거든요. 그 생각은 지금도 변함이 없어요. 앞으로도 변함이 없을 거예요.

그래도 이젠 선생님께서 앉아계시던 자리를 보면 웃을 수 있을 정도로 발전했다구요. 학기 초엔 정말 힘들었는데….

세월이란 정말 좋은 약인가 봐요. 학기 초보다는 많이 튼튼해졌거든요. 선생님에 대한 그리움만 제외하고요.

선생님, 언제나 행운이 함께 하시길 빌게요. 그리고 늘 행복하시길.

– 1987년 4월 19일 선생님의 소중한 천사

• **2-06 벌써 고등학교에 입학한지**

선생님께

선생님, 벌써 고등학교에 입학한지 두 달, 지금은 생명의 계절인 봄입니다. 이 봄 내음과 함께 실려 왔으면 하는 희소식은 아무런 기미가 보이지 않아 안타깝습니다.

별일 없이 잘 지내고 계시지요? 지난번 뵈었을 때 많이 야위신 것 같던데요. 지금 이 하얀 종이 위엔 선생님, 반 친구들의 모습이 손을 대면 잡힐 듯 느껴집니다. 몸은 말랐지만 듬직했던 영수, 엉큼하면서도 천진난만했던 제민, 말썽은 피웠지만 잊을 수 없는 우성, 사진을 찍으면 얼굴이 잘 안 나왔던 태기… 그 외 모든 친구들과 언제나 형처럼 친근했고 아버지처럼 인자했던 선생님의 모습, 언제까지라도 잊히지 않을 것 같습니다.

선생님께선 언제나 차별 없이 학생들을 대하려고 애쓰신다고 하셨죠? 또 그렇게 하셨다고 생각합니다. 가끔은 그 누구보다도 무서우셨지만 언제나 만면에 가득한 웃음이 전 너무나 좋았습니다. 저뿐 아니라 다른 모든 친구들도 그렇게 느꼈을 것이라고 생각합니다. 적자면 끊임없이 계속될 선생님에 대한 느낌을 한 마디로 표현하기란 불가능하겠지요. 그 대신 선생님께 바라고 싶었던 것, 서운했던 것을 몇 가지 적어보고 싶습니다.

선생님께선 그 어느 선생님께서 하시는 것보다 학생들과 함께 하시고, 하나가 되려고 노력하신다는 것은 누구라도 알 것입니다. 그러나 솔직히 말씀드리면 선생님께선 그 누구보다도 학생들과 거리가 멀었던 분이셨던 것도 사실입니다. 소리를 지르지 않으셔도, 몽둥이를 들고 다니지 않으셔도 어딘지 모르게 어른으로, 선생님으로서의 분위기를 자아내셨습니다. 정말로 전 선생님과 씨름도 해 보고 싶고 같이 농담도 해가며 친해지고 싶었는데 선생님께선 도무지 틈을 주시지 않으셨습니다. 제가 하고 싶은 것을 못한 것이 지금도 못내 아쉽습니다. 지난번 아이들과 함께 선생님 만났을 때 그토록 쉽게, 허물없이 농담도 하고 장난도 칠 수 있다는 사실에 전 놀랐습니다. 그리고 또 하나, 꼭 말씀드리고 싶은 것이 있습니다. 학급에 어려운 일이 생겼을 때 너무 혼자서만 짊어지고 나가시며 고민하지 마시고 학생들에게도 해결하도록 맡겨 두십시오.

제가 너무 많은 것들을 말씀드렸지요? 앞으로 어느 위치에 있더라도 **'의식 있는 개인, 진취적인 집단'**이라는 급훈, 중3 때의 가르침을 새겨 바른 사람으로 살아가겠습니다.

건강하시고 올해가 가기 전에 좋은 소식 있으시길 기원합니다.

– 1991년 4월 27일 강남구 올림

03

비바람이 불어도

• 3-01 벽에 갇히기를 자청하여

선생님,

벽에 갇히기를 자청하여 그것을 나의 완성이라 생각했던 것은 답답하리만치 안이한 생각이었나 봅니다. 주춤하여 평범을 극히 가치 없는 것으로 깎아버린 저를 깨닫습니다. 만족할 수 없어도 웃으면서 생활하는 것이 중요할는지는 모르지만 자칫 잘못으로 가지를 잘라버리는 것이라는 것을 알았습니다. 그래서 이젠 고개를 들고 땅을 보던 눈을 하늘로 돌려 클 수 있는 데까지 커 보기로 결심합니다. 많은 노력과 만남과 우울, 그리고 거기에서 오는 작은 행복감은 언제든지 저를 지켜 주리라 믿습니다.

선생님, 다른 이가 저에 대해 일종의 실망을 가지게 되더라도 저 스스로 판단하여 진실임을 느낀다면 굽히지 않겠습니다. 제 안에 저 아닌 타인이 나타날 수 있으면 그것으로 한계 가진 인간의 잘못을 용서받을 수 있을 겁니다. 약속 같은, 들림으로 맺어지는 약속이 아닌 보아서 알 수 있는 약속을 드립니다. 지금도 때로 흔들리고 오해하고 오해받고 그런 것들이 두렵기는 하지만, 삶의 최종적 남음이 사랑이라 믿으며 진정으로 깨끗하게 살고 싶습니다.

선생님, 단지 선생님께서 저의 오로지 자신만을 지키려는 외침인지도 모르는 이야기들을 알고 계신 것으로 저는 좋습니다. 그리고 어른이 되어가는 과정을 결코 추하게 하지 않으렵니다. 아주 가끔, 순간의 순수를 귀히 여기고 보이는 보이지 않는 벽들을 무너뜨리면서 감동 있는 삶을 갖겠습니다.

선생님, 도덕시간에 관용에 대해 배우면서 누구나가 인간으로서의 약점을 가지고 있기 때문에 서로 용서할 수 있어야 한다는 이야기를 스스로 비웃었습니다. 그러나 지금은 진하게 가슴에 닿습니다. 누구나, 선생님도 그렇고 저도 그렇고, 다들 존경해 마지않는 성현일지라도 혼자 안고 있는 황당함과 공허는 있을 것입니다.

태어날 때부터 혼자이기에 사랑과 미움, 존재의 가치마저 혼자인 우리들, 선생님, 언제나 진실하신 모습을 뵐 수 있었으면 좋겠습니다. 어떻게 생각하시든 이제 막 시작하려는 아이의 발돋움을 거짓이라 하지는 마십시오. 설사 만남이 흩어지는 뭉게구름처럼 되어버리더라도 순간의 순수가 중요하다고 생각합니다. 선생님, 모두의 홀로 감을 혼자 짊어지실 생각을 하지 마십시오. 차라리 창을 열고 빛나는 별들을 보는 것이 찾아오는 슬픔을 비로소 아름답게 할 것입니다.

선생님, 어쩐지 어른이 되어버린 사람들의 고독이 더 진하다는 생각이 듭니다. 항상 제자로 남고 싶은, 그저 스쳐가는 제자가 아닌 진실했던 제자로 남고 싶은 효경이 선생님께 속된 욕심이 아닌 완성을 향한 인간의 노력이라 생각하시길 바라며, 어쩌면 무례일지도 모를 글을 올립니다.

많은 아름다운 사랑과 진리를 알고자 하는 순수한 이들의 눈빛이 함께하시길 빌겠습니다. 저는 겸손하게 자만하지 않으며, 커다란 그릇에 물을 가득 붓고 덥히려 노력하겠습니다. 그렇지만 선생님, 오히려 그것이 더 큰 자만인지 모르겠습니다.

속임과 꾸밈을 벗어나는 일은 대단히 어렵습니다.

- 1985년 1월 10일 효경 올림

• 3-02 젊음은 고통과 번뇌를

선생님께

젊음은 고통과 번뇌를 낳게 합니다. 꼭 인생의 두꺼운 껍질을 깨듯이. 왜 고통과 번뇌는 괴로운 종류의 것일까요? 즐거움과 환희의 씨앗이 되지 못하고…. 어둠의 정적 속에서 괘종이 울릴 때면 「내가 왜 사는 것일까? 이렇게 사는 것이 사는 것일까? 남들도 이렇게 살아왔을까?」를 생각해야 했고, 괘종의 초침이 새벽녘을 가리킬 때면 마냥 즐거울 것만 같은 남들과 지금의 나를 비교해야만 했습니다.

선생님!

요즘 세상은 한 인간을 우습게 만들기에 적합한 것 같습니다. 아니, 조물주의 잘못으로 웃겼다 울렸다 하게 하는 것인 줄도 모르고…. 정말 우스운 세상이고 슬픈 세상입니다. 저도 한 인간으로서 이상과 가치를 지니고 이 우스꽝스런 세상을 살아가려고 발버둥치고 있다고 생각하니, 한심한 생각이 듭니다. 딱딱한 빵 한 조각 같은 현실 속에서 높이높이 쌓아올렸던 이상도 꿈도 무너져 버리고, 제가 사랑했어야 했던 것들도 차츰 식어 없어지고 제가 행복했어야 했던 순간들도 사라져버렸습니다.

선생님께선 풋풋하고 싱그러운 아이들의 모습을 보며 짜증나는 것들을 날려 버리곤 하시지만, 전 검게 물든 높고 드넓은 하늘을 바라보며 모든 괴로운 일들을 날려 보내요. 별이 뜬 밤이면 가장 크고 반짝이는 별이 아닌, 가장 작고 초라한 별을 찾아 대화도 나누구요. 며칠 전엔 별님에게 이런 질문을 했어요.

"별님! 별님! 이 지상에서 가장 아름다운 것이 별님은 뭐라고 생각하시나요?"

그랬더니 별님은 이렇게 대답했어요.

"엄마의 눈."

이 말을 들은 저는 그만 슬픈 표정을 짓고 말았어요. 저는 아직 엄마의 눈이 얼마나 아름다운 것인지 한 번도 느껴보지 못했기 때문에….

선생님께선 이 세상에서 무엇이 가장 아름답다고 생각하세요? 저는 바람과 별과 꽃과 구름과 해와 달, 무지개, 아침, 이슬… 헤어짐이 전개되지 않는 무수한 자연과의 만남이에요. 정말 아름답다고 생각되지 않으세요?

어제 안병욱 교수님의 수상집을 읽는데 이런 글귀가 있더군요.

「행복과 불행의 교체는 우리 인생의 기본적 리듬이다. 그러므로 우리는 기다리는 지혜와 참는 지혜를 배워야 한다. 불행할 때에는 기다릴 줄 알아야 한다. 행복할 때에는 불행이 닥쳐왔을 때 참는 지혜를 배워야 한다.」

이제야 「불행하다고 여겨지는 순간까지도 행복할 수 있다」라고 하신 선생님의 말씀을 조금은 이해할 것 같습니다.

선생님! 저는요, 정말 행복해지고 싶어요. 정말로. 언제쯤이면 이 숨 가쁜 고통에서 헤어날 수 있을지, 꼭 빈껍데기 인생을 살고 있는 것 같아요. 꿈도 희망도 사라진지 오래고 마음의 조각들은 여기저기로 떨어져 나가고….

선생님! 제 마음의 조각들을 모아 단단히 붙여놓은 후에 밝은 표정으로 선생님 만날게요. 몸 건강히 안녕히 계세요.

- 1985년 5월 20일 선생님을 사랑하고 존경하는 선희 올림

• 3-03 아침의 밝은 해

아침의 밝은 해, 한 시도 헛되이 지나쳐 버릴 수 없다.
오늘 이 하루는 우리의 조그마한 일생

보람 있는 하루, 보람 있는 일생, 오늘이 보람 없으면 허무한 것, 현재의 내가 하는 일에 전력투구하는 것이 가장 바람직하다.

선생님,

안녕하세요.

매일 아침 등굣길에 다짐해 보는 이 말들, 그러나 전 선천성 의지 박약아인지 1시간도 채 못 되어 잊어버립니다. 물론 오늘 아침에도 그랬고요.

선생님, 이 숫자가 무슨 숫자인지 아시겠어요? 〈113일〉, 오늘 아침에도 예전과 같이 칠판에 113일~108일까지 1주일 계획표가 적혀 있어요. 그 위에 월요일 지각생 8명도 함께 적혀 있구요. 지난 7, 8월은 제가 살았던 날들 중에서 가장 헛되이, 빨리 지나간 날들이었어요.

선생님,

요즘 제 심정이 어떤지 표현한다면 꼭 오늘 날씨 같을 거예요. 비오다 바람 불다 햇빛 비치다가 먹구름 끼다가 그냥 해가 져버린 오늘… 이해하실 수 있으시겠어요? 이렇게 무서울 수가 없어요. 지금 이 상태로는 제가 머물만한 곳이 없어요. 저, 되게 한심하지요? 전지금 혼나야 돼요. 벌 받아야 해요. 요즘은 아무도 절 나무라는 사람이 없어요. 저 좀 혼내주세요. 엄마, 아빠도 아무 말씀 없으세요. 담임선생님께서도 물론 절 벌주시진 않겠지만 전 지금 혼나고 싶어요. 벌 받고 싶다구요.

선생님,

친구들과 수다 떨면서도 그 가운데 허허로움을 느끼는 것은 무슨 이유일까요?

전 늙은 고목보단 차라리 작은 송사리가 되고 싶어요. 고목은 홍수에 떠내려가지만 송사리는 그 홍수를 거슬러 상류로 올라간다잖아요.

전 이제부터 꼭 대학을 목표로 살지는 않을래요. 지금 제가 하는 일에 최선을 다 하면서 살고 싶어요. 지금 이 순간에 배운 것만이라도 내가 알아야 되겠다는 생각으로 단순하게 살고 싶어요. 단세포 동물처럼요.

선생님,

저 오늘 많이 횡설수설했지요?

죄송합니다. 이렇게 부끄럽고 창피한 글은 누구에게도 보이고 싶지 않아요. 그러나 선생님께는 덜 부끄러울 것 같아요. 선생님께서 제 편지를 받으시고 절 이상한 아이라고 흉보셔도 어쩔 수 없어요. 제가 생각해도 요즘 제 마음은 조변석개니까요. 그래도 이런 이야기 드릴 분은 선생님밖에 없으니 어쩝니까?

선생님, 뵙고 싶어요. 조만간 찾아뵐게요.

건강하시고 안녕히 계세요.

- 1987년 8월 31일 재숙 올림

• **3-04 못난 제자가 이제야**

선생님,

그동안 안녕하셨는지요?

못난 제자가 이제서야 편지를 올립니다.

선생님의 엽서를 받는 순간 전 깊은 잠에서 깨어난 듯싶었습니다. 지난 1년간의 일들이 꿈속의 일처럼 느껴졌습니다.

고2라는 시간은 지금까지 제가 살아온 날들 중에서 가장 악몽 같은, 생각조차 하고 싶지 않은 시간입니다. 1학년 때 난 외톨이가 되어야 한다고 스스로 위로했지만 2학년 땐 그럴 필요가 없었습니다. 전 외톨이였으니까요. 앞으로 살면서 겪어야 할 것들을 1,2학년 때 모두 치른 것 같아 홀가분하기까지 합니다. 2학년 첫 상담 이후 전 담임선생님과의 사이에 문을 닫았습니다. 처음으로 한 집단 상담이었습니다. 3월, 선생님은 가정환경조사서에 아빠가 써 넣으신 '가정환경이 어려워서~'라는 것을 보시고 말씀하셨습니다. 아니 그걸 아이들 앞에서 읽으신 후 말씀하셨습니다. '뭐야, 니네 집이 그렇게 가난해!' 그날 아이들 앞에서 구겨진 자존심은 담임선생님에 대한 반항심으로 변했습니다. 선생님 성격이 원래 그러시기도 하고 1학년 때부터 잘 알아서 일부러 제게 신경 써 주신다고 하신 말씀일 수도 있는데 저는 더 부담스럽고 싫었습니다. 저를 더 예뻐해 주시는 것이 저를 더 어두운 사람이 되게 했습니다.

세상에 태어나서 사람을 그렇게 미워하고 싫어했던 것은 처음이었습니다. 그 선생님은 별명도 남달랐고, 정말이지 행동도 특이한 분이셨습니다. 당연히 저희 반 아이들과 자주 부딪쳤습니다. 날마다 날마다 정신적 스트레스가 쌓여 갔습니다.

수학여행을 다녀온 후 개인 상담을 할 때 선생님께서 제게 말씀하셨습니다. 제 눈을 보면 무섭다구요. 반항심과 독기로 가득 차 있다구요. 그리고 제가 중병 환자라고 하셨습니다. 바로 보신 거예요. 그럴지도 모릅니다. 그 후로도 계속 저는 조회시간이나 종례시간, 수업시간에 고개를 드는 일이 없었습니다. 그 때문에 혼나기도 했습니다. 물어보시면 대답도 않았습니다. 그것 때문에 야단을 맞기도 했습니다. 단체기합이다 뭐다 해서 벌도 많이 받고 손바닥이나 등도 맞았습니다.

집에서나 학교에서나 스트레스 받기는 마찬가지였습니다. 집에 가는 것도 싫고 학교 가는 것도 싫었습니다. 아빠의 술 취한 모습도 보기 싫고 엄마의 우는 모습도 보기 싫고 거칠어져 가는 동생도 보기 싫었습니다. 학기 초에 사귄 친구가 둘 있었습니다. 둘 다 공부 잘하고 예쁘고 성격도 좋고, 그리고 부자였습니다. 토요일이면 점심 때 짜장면이나 돈까스를 먹자고 했습니다. 전 아무날도 아닌 평범한 날 짜장면을 먹을 수 있는 사람이 아닙니다. 제 지갑 속에 들어있는 것이라곤 대문 열쇠와 현관 열쇠, 그리고 사물함 열쇠뿐이었습니다. 친구들은 매일 수업이 끝나면 떡볶이 먹으러 가자고, 만화 보러 가자고 졸랐습니다.

'싫어, 난 안 갈래, 너희들끼리 가.'라고 해도 막무가내였습니다.

'나 돈 없어.'

'내가 사 줄게.'

결국은 바보처럼 이리저리 끌려다녔습니다. 처음으로 만화가게에도 가보고 처음으로 학교 앞 분식점이란 데도 가보고 카페란 곳도 가봤습니다. 친구 생일이라고 돈까스를 사 주었습니다. 전 제 생일이 먼저 지나간 게 다행이다 싶었습니다. 성적은 성적대로 뚝뚝 떨어졌습니다. 32등, 35등, 38등… 더 이상 갈 곳이 없었습니다. 밤새 내내 울고 나서 퉁퉁 부은 눈으로 학교 가서 아이들 앞에서 웃어야 하는 제가 싫었습니다. 오기로 마구 먹어대기도 하고 오지도 않는 잠을 청하기도 했습니다. 누군가를 붙잡고 얘기를 하고 싶고 누군가에게 기대고 싶고 누군가를 붙잡고 엉엉 울고 싶었습니다. 그렇지만 아무도 없었습니다.

1학년 때 담임선생님을 찾아갔지만 차마 입이 안 떨어졌습니다. 선생님께서도 저에 대해 알고 계시긴 하지만 얼굴을 마주보면 입이 붙어버리고 맙니다. 가장 친한 친구를 찾아갔습니다. 그렇지만 소용없었습니다. 제 얘기는커녕 오히려 친구의 푸념을 듣고 왔습니다. 왜냐면 그 친구는 저보다 더 극한 상황이었으니까요. 그 친구에 비하면 전 오히려 괜찮은 거였습니다. 인생의 목표도 목적도 잃어버렸습니다. 완전히 눈 뜬 장님이었습니다.

어느 날부터인가 철없는 짓을 하기 시작했습니다. 100원, 200원 생기면 수면제를 사기 시작했습니다. 그 수면제를 보면서 마음의 편안함을 느꼈습니다. 그렇지만 그게 바보 같은 짓이었다는 것을 교련시간에 알았습니다. TV에는 수면제를 먹고 죽는 사람이 많이 나오지만 수면제를 다량으로 먹어도 일정 시간 안에 발견되면 대부분 다 살아난다는 교련선생님의 말씀이셨습니다. 깜짝 놀랐습니다. 마치 제 마음을 꿰뚫어 보는 것 같았습니다. 교련선생님은 몇 주일에 걸쳐서 그런 쪽의 이야기만 해 주셨습니다. 마음을 바꿨습니다. 다시 깨어난다는 것은 그냥 산다는 것보다 더 싫으니까요. 선생님, 전 결국 용기도 배짱도 없는 사람이 되었습니다.

상과반으로 옮겨 볼까 하고 쫓아다녀 보기도 했지만 그것도 이미 늦었습니다. 주산이며, 타자, 부기를 따라갈 재주가 없었습니다. 수업료를 못 내서 교무실에 갔을 때 언제까지 낼 거냐는 선생님의 질문에 모른다고 했습니다. 그때는 깜빡 잊고 안 낸 아이들도 많아서 제 뒤로도 많은 아이들이 줄을 서 있었습니다.

'너희가 그렇게 가난해? 내일까지 내!'

담임선생님께서 소리치셨습니다. 독촉장인지 뭔지를 가지고 나오면서 찢고 있는데 한 아이가 따라 나오면서 저 보고 너도 아직 성적표 안 보여준 거냐고 묻더군요. 그래서 그렇다고 대답했습니다.

며칠 전에 1학년 때 담임선생님을 찾아갔습니다. 자주 가곤 합니다. 놀러왔다고 웃으면서 얘기하다가 무심결에 3학년 올라오니까 이곳저곳 돈 드는 곳이 많다고 한 저에게 선생님께선 쬐끄만 게 별 소리 다 한다고 하셨습니다. 저도 그렇게 생각합니다. 그런데 그런 얘기가 나오니까 콧날이 시큰해졌습니다. 저도 모르게 거기서 울었습니다. 참으려고 했는데, 원래 그러려고 찾아갔던 게 아니었는데, 눈물이 많은 게 탈이었습니다.

그날 집에 돌아왔을 때 저를 기다리는 것이 있었습니다. 그건 바로 선생님의 엽서였습니다. 하늘을 나는 것 같았습니다. 정말 울고 싶었습니다. 낯익은 글씨, 제가 늘 편지통을 들여다보며 기다린 건 친구들의 편지가 아니라 그것이었는지도 모릅니다. 1년 동안 뭘 했는지 생각이 안 납니다. 엽서 한 장이 절 잠에서 깨운 겁니다.

다음날 학교에 갔을 때 1학년 때 담임선생님께서 교실로 찾아오셨습니다. 정식적인 것은 아니지만 선생님들끼리 모은 장학금 같은 것이 있는데 그걸 탈 수 있게 해 주셨습니다. 성적이 좀 걸리긴 하지만 어쨌든 1기분 수업료의 부담을 덜었습니다. 선생님을 괜히 찾아갔나 봅니다. 전 물질적인 도움을 바랬던 게 아니었는데 기분이 이상했습니다. 엄마는 잘 됐다고 하셨지만 그 얘기를 들은 그날 아빠는 술을 드시고 오셨습니다. 아빠가 돈 마련해 놓을 테니 그걸로 내라고 하셨습니다. 저는 아빠한테 화를 냈습니다. 선생님께서 어렵게 해 주신 건데 어떻게 물리냐고요.

아빠의 술 취한 모습만 보면 화가 납니다. 우리 아빠가 아니라 낯선 아저씨처럼 느껴집니다. 아빠는 가진 게 없어도 남 돕는 걸 좋아하는 분이신데 오히려 도움을 받는 것이 싫으신 것입니다. 자식의 수업료도 직접 못 대준 것이 가슴 아프신 것입니다. 아빠의 마음을 조금 더 빨리 이해했더라면 그렇게까지 쌀쌀맞게 대하진 않았을 텐데, 부모님께 너무나 큰 불효를 하고 있습니다. 제가 점점 못되게 변해가는 것을 느낍니다. 아빠가 저한테 미안하게 생각한다는 것도 귀찮고 엄마가 아프다고 하시는 것도 이제 지겹습니다. 절 좀, 건드리지 말고 가만히 놔두었으면 좋겠습니다.

언젠가 제가 우는 것을 본 현대문 선생님께서 책을 들고 여쭤보러 갔을 때 자세하게 가르쳐주시고 나서 선생님이 참고서 사줄 테니까 필요한 거 있으면 다 말하라고 하셨습니다. 너무 놀랐습니다. 뭐라고 표현해야 할지 몰랐습니다. 좋은 기회였을지도 모르지만 전 없다고 했습니다. 선생님께선 솔직히 말하라고 하셨지만 그럴 필요가 없었습니다. 전 벌써 살만큼 다 샀으니까요. 그리고 설사 하나도 못 샀다고 할지라도 그러긴 싫었습니다.

전요, 아빠가 안 계신 아이도 아니고 천막 치고 사는 아이도 아닙니다. 전 가난하지 않습니다. 한 번도 우리가 가난하다고 생각해 본 적이 없습니다. 다만 아빠가 돈이라는 것과 인연이 없을 뿐이지요. 조금 속상하긴 했지만 그렇게 말씀해 주신 선생님이 고마웠습니다. 절 귀여워해 주신다는 것은 알았지만 그렇게까지 신경 써 주실 줄은 몰랐습니다. 그 선생님은 너무너무 편찮으셔서 수업도 조금밖에 안 하시고 50이 다 되도록 결혼도 안 하신 분이신데 선생님도 3년 전까지는 무척 힘들게 사셨다고 하시면서 그동안 악착같이 돈을 모으셨다고 하셨습니다.

지난주에 일어난 갑작스런 일들(선생님 엽서, 수업료, 현대문 선생님 등) 때문에 정신이 없었습니다. 폭풍우가 한 차례 지나간 것 같습니다. 하지만 한편으론 행복했습니다. 누군가가 저를 지켜보고 있다는 사실이 저를 기운차게 했습니다. 멀리서나마 제가 잘 되기를 바라고 있는 사람이 있다고 생각하니 마음이 든든해지는 것 같았습니다.

선생님, 저희 집 4월 28일에 이사 갑니다. 여기서 멀지 않은 곳인데 주인집에서 집을 수리하겠다고 해서요. 그 동네엔 거의가 저희와 같은 사람들이 삽니다. 시유지에 지은 집들인데 완전히 재래식인가 봐요. 벌써부터 동생의 표정이 좋지 않습니다. 그래도 엄마는 후졌거나 나쁘거나 간에 우리 집을 사서 가는 거라고 빨리 갔음 좋겠다고 하십니다. 기와집이 아니면 어떻고 안 좋은 집이면 어때요. 잠만 잘 수 있으면 되잖아요.

선생님, 편지 쓰다가 밤을 꼴딱 샜습니다. 제가 오늘 너무 수다스러웠죠? 참 별 이야기를 다 했네요. 그동안 쌓였던 스트레스를 말로, 글로 다 풀다 보니 말만 늘었나 봅니다. 시간 나면 선생님도 찾아뵙고 편지도 자주 쓸게요. 하지만 기약은 없어요. 3학년이랍시고 마음만 무거워서 여유가 없어요. 편지 못 드리더라도 죽은 게 아니니까 걱정하지 마세요. 예쁘게 하고 선생님 찾아뵐 테니까 선생님, 맛있는 거 사주셔야 해요. 라면곱빼기 뭐 그런 거 말이에요.
4월 28일에 모의고사가 있어요. 3월에도 봤는데 200점도 못 넘었어요. 선생님께서도 그 점수로 어떻게 대학 갈 거냐고 하시겠죠? 이번엔 200점 넘어야 할 텐데⋯ 1학년 때 담임선생님이 200점 못 넘으면 찾아올 생각 말라고 하시는 거 있죠.
선생님, 언제나 건강하세요.

— 1988년 4월 4일 03:43 말썽꾸러기 제자 혜숙 올림

• 3-05 봄도 익을 대로 익어

선생님께

봄도 익을 대로 익어 이젠 여름처럼 느껴지기도 하는데 선생님께선 어떻게 지내시는지요?

새삼스럽게 올해도 스승의 날 축가를 부르게 되었는데 특별히 다른 느낌을 받진 않으셨는지 모르겠습니다. 교권 실추니 뭐니 매스컴에서 하도 떠들어 대어 스승의 날 취지가 바래지지나 않았는지 하는 생각입니다.

한 하늘 아래서 머리를 하늘로 두고 같은 땅을 딛고 선 젊은이들이 왜 최루탄과 화염병으로 젊음을 낭비하는지 모르겠다고 저의 국어선생님께서 말씀하시더군요. 목숨은 하늘이 내려준다고 했는데 분신, 투신자살 같은 일로 버릴 수 있는 것일까요? 알 수 없는 일들로 신문은 뒤덮여 있고 대학 안 가도 출세할 수 있다고 하지만 맞닥뜨린 현실 앞에서 그 말은 한낱 환상에 지나지 않고, 동전의 양면처럼 대립되는 많은 일들이 아직은 간직하고 있어야 할 학생들의 순진함을 물들게 하는 것은 아닌지요?

여학교 아이들에게도 주입식으로 먹이를 주시나요? 저것이 먹이니까 덥석 물라고 훈련시키고 계시나요? 원리원칙, 공부도 중요하지만 인성을 갈고 닦는 것이 더 중요하다는 것을 누구나 알면서도 먹이잡기 훈련에만 열중해야 하는 현실이 어쩐지 서글퍼집니다.

앞으로 대입시험, 취직시험, 진급시험 등 시험, 시험, 또 시험으로 가득한 날들이 계속되겠지요. 현실도피적인 생각일지 모르지만 앞날이 막막하게 느껴지곤 합니다. 중학교 때까진 역사를 공부했지만 이젠 그것도 배우지 않습니다. 과거를 모르고 어떻게 미래를 계획할 수 있는지 답답하기만 합니다. 우리 글 한 줄 읽는 것보다 영어 단어 하나 외우는 것을 더 중요하게 여기는 곳이 이곳 대한민국이 아닌가 하는 생각도 듭니다. 내 것을 알아야 남의 것도 알고 싶어진다는 것을 아는지 모르는지 답답할 때가 많습니다.

속상하고 힘들 때도 많지만 실업계 고등학교라 친구들이 인간적이고 좋습니다. 열심히 살겠습니다. 안녕히 계십시오.

– 1991년 5월 종문 올림

* 아직도 글씨를 잘 못써서 죄송합니다. '제자'라는 표현이 쑥스럽다고
말씀하신 것이 기억나 그냥 이렇게 썼습니다.

04

겨울은 봄을 준비하고

• 4-11 조금은 이쁘고

선생님께

선생님, 조금은 이쁘고, 조금은 착하고 조금은 성실한 순이 선생님께 작별 인사를 드립니다. 좀 더 이쁘지 못하고 좀 더 착하지 못하고 좀 더 성실하지 못한 상태로 떠나게 되어 이제사 후회스러움을 느낍니다.

선생님, 누군가 선생님은 가로수이고 학생은 특히, 여학생은 나그네라고 한 말이 기억납니다. 나무그늘 아래에서 잠시 쉬었다가 떠나 버리면 다시 오지 않는 나그네라고 말입니다. 하지만 전 그런 나그네이고 싶지 않습니다. 선생님의 뜻에 미치지도 못하고 기대에도 어긋났지만 떠나간 후에라도 선생님 그늘에 머물고 싶습니다.

선생님, 지나온 시간 속에서 좋은 선생님, 좋은 친구로 계셨습니다.

제겐.

언제나 진실하신 선생님의 모습 뵐 수 있으리라 믿습니다.

안녕히 계십시오.

– 1986년 2월 작은 플라타너스의 씨 순이

아주 큰 플라타너스인 선생님께

• 4-12 지금 전 창을 열고

선생님,

지금 전 창을 열고 있습니다. 그런데도 전혀 춥지 않고 봄기운을 느낍니다. 며칠 동안 비도 오고 하늘도 흐려 봄이 오는 것도 쉽지 않다는 생각을 합니다. 원래 제가 변덕쟁이잖아요. 그래서 날씨 따라 변하는데 요즘은 특히 좋은 기분이 아닙니다. 특별한 이유가 있는 것도 아닌데 환절기인 모양입니다. 어쩌면 삼학년 탓인지도 모르겠습니다. 이월까지만 해도 따스했는데 삼월인 지금, 봄기운이 느껴짐에도 오히려 춥습니다.

선생님.

삼학년에 올라와 국사를 배우기 시작했습니다. 전 중3을 아주 오래 기억하고 있습니다. 오늘도 국사수업을 받으면서 중3으로 돌아가고 있었습니다. 선생님께선 앞에 계시고 내 앞과 옆에는 윤경, 수정, 희선이 있고.

지금 국사선생님도 아주 재미있고 열심이십니다. 국사 공부 열심히 할 것입니다.

제가 많이 망설이다가 한 일이 다른 아이의 마음을 아프게 했습니다. 토요일, 친구의 아픈 마음과 눈물을 보며 전 얼마나 속상하고 미안했는지 모릅니다. 그 아이의 말을 다 듣고 아무 말도 할 수 없었습니다. 변명도 할 수 없었습니다. 친구와 헤어진 후 저 자신이 밉고 세상이 미워서, 그리고 미안해서 막 울고 싶었는데 울 수가 없었습니다. 누군가 위로해 주고 네가 미안해 할 필요가 없다는 말을 듣고 싶었는데 아무도 그렇게 해 주지 않았습니다.

집에 돌아와 암담한 기분으로 넋을 놓고 있는데 선생님께서 전화를 하셨습니다. 제가 얼마나 기뻐했는지 선생님은 아실까요? 선생님은 항상 제가 힘들 때만 어떻게 아시는지 연락을 주십니다. 선생님 전화 받고 기분이 참 좋아졌고, 삼년 전 아주 바보 같고 고집쟁이고 못생긴 아이를 아직도 기억하고 가끔은 걱정해 주시는 선생님이 계셔 전 얼마나 행복했는지 모릅니다.

사실 제가 선생님께 선생님의 작은 열매이고, 나무 밑을 그냥 지나가는 나그네의 한 사람이 되고 싶지 않다고 말씀드렸지만 그동안 작은 걱정을 했습니다. 이젠 선생님께서 저의 나무이길 거부하시는 것은 아닐까 하는. 왜냐하면 전 선생님께 투정만 부리고 속상한 얘기만 드렸잖아요. 그래서 조금 두려웠습니다.

선생님,

전 참 행복합니다.

어떤 아이가 말하길 '넌 정이 너무 많아. 준만큼 받지도 못하면서. 현대 사회는 그렇지 않아.' 제가 그랬죠. '준만큼 받고, 받을 만큼만 주고, 난 싫어. 난 내가 하는 행동이 옳다고 생각되고, 남에게 피해를 주지 않는다면 비록 그것이 현대 생활에 어울리지 않는다고 해도 난 그렇게 행동할 거야.' 사실 말은 그렇게 했어도 마음이 울적해지는 것은 사실이었습니다. 그 말을 나눈 곳이 전철역이었는데 많은 사람들이 종종거리며 지나가는데도 이 많은 사람 중에 날 사랑해 주는 사람, 아니 아는 사람도 없구나 생각하니 시베리아 벌판 한 가운데 내동댕이쳐진 느낌이 들었습니다.

조금만 사랑해야 할까요?

아니요, 전 제가 사랑할 수 있는 한 모든 것에 사랑을 줄 것입니다. 햇빛에도, 빗줄기에도. 너무 많은 사랑 때문에 때론 슬픔도 있겠지만 전 참 많은 것을 사랑할 것이고 그런 사랑할 수 있는 마음 가졌다는 것을 기쁨과 행복으로 알겠습니다. 세상엔 자신밖에 사랑할 줄 모르는 사람, 자기 자신조차 사랑하지 못하는 불행한 사람도 있으니까요.

선생님,

전 촌스러울 만큼 순수하고 싶고, 아이이고 싶습니다.(아이이고 싶다는 생각에서 전 이미 어른이 되어버린 것은 아닐까요?) 전 제가 생각해도 멋지고 세련된 어른이 될 수 없을 것 같습니다. 친구들이 저보고 시골아줌마 같다고 합니다. 기분이 나쁘지 않습니다. 건강하십시오. 나중에 덜 건강한 사람이 맛있는 것 사 주기로 해요. 전 이길 자신 있어요.

– 1988년 3월14~15일 내일이 오면 오늘과 다른 생활을 하려
노력할 종순이 올립니다.

덧붙이는 말: 선생님, 너무 큰 욕심일는지 모르나 제 지난 삼년, 선생님
은 항상 제 곁에 계셨습니다. 제 미래에도 선생님께서 제 곁에 계셨음 좋겠
습니다. 그늘에서 나와 세상을 다니다 힘들면 선생님 나무 밑으로 들어가
넋두리도 하고 감싸주는 마음도 배우고 싶습니다.

• 4-21 겨울답지 않은 날씨에

박의동 선생님께

겨울답지 않은 날씨에 겨울비만 처량하게 부슬부슬 내리는 밤입니
다. 겨울은 겨울다워야 제 맛이고 매력이 있지요. 모든 것이 다 마찬
가지겠지만.

얼마나 오랜만에 드리는 글인지 모르겠군요. 그동안 연락 한 번 못
드려서 죄송해요. 괘씸하다고 생각하셨겠지요?

지난 일 년 하는 일 없이 바빴었고, 시험 뒤에는 마음이 더욱 바쁘
고, 발표 뒤에는 마음이 생기질 않았고 등등… 핑계는 항상 많은 법
이지요.

벌써 들으셨을지도 모르겠지만, 저 떨어졌어요.

 누구나 선망하는 S대 사범대 물리교육과, 그저 모든 분들께 죄송스러울 뿐이에요. 죄를 지은듯하고, 한없이 내가 못나 보이고. 떨어졌다는 슬픔보다는 해가 뜨고 해가 질 때마다 움츠러드는 나의 모습을 느끼면서 몇 갑절 서럽고 슬프고, 맘 놓고 울어나 봤으면.

 발표 후 며칠을 지내고 전처럼 명랑해졌는데 오늘 친구들을 만나고 이렇게 쓰는 거예요. 다 붙은 친구들이죠. 경림, 정은, 수연… 매일 떨어진 친구들하고만 전화하고 만나고 했었는데, 안 그럴 줄 알았는데 조금 묘한 기분이 들었어요. 말로는 표현 못할 그런… 또다시 좀 서러워지는 거 있죠. 이런 것이 내게는 조금의 도움도 주지 않는다는 것을 알면서도 어리석게도 감정의 지배를 벗어나지 못하곤 해요. 대학에 떨어졌다는 그 사실보다 나를 더욱 화나게 만드는 것은 어떤 일에도 냉정하게 대처할 수 있다고 자부하던 정애가 우울감, 열등의식, 자학 이런 단어들 밑에서 끙끙거리고 있다는 사실이에요. 물론 전에 우월감이나 교만, 자만에 젖어 살았던 것은 아니지만 말이에요.

 가만히 앉아있다가도 재수생이라는 소리만 나오면 나도 모르게 눈물이 핑 돌고, 물론 아무도 모르게 닦아내곤 하죠. 종로학원에 가서 등록하고 오던 날 세상일이 다 귀찮더군요. 집에서는 후기대라도 쳐보라고 하시지만 사실 거길 보내고 싶으셔서 그러시는 것이 아니고 일 년을 더 고생해야 한다는 것이 안쓰러워 그러신다는 것을 저는 잘 알고 있어요.

 이제는 오기가 생겨요. 내년에는 당당하게 물리교육과가 아닌 물리학과에 가겠어요. 아빠도 첨엔 재수 못한다고 하시더니 지금은 될 때까지 해 보라셔요. 저도 그럴 생각이구요. 물론 옳은 생각인지, 그른 판단인지 잘 모르겠지만.

힘들 거라는 건 각오하고 있어요. 물론 방황도 할 테고, 눈물도 흘려야겠지요. 하지만 남보다 일 년이 늦었다는 생각보다는 위대한 물리학자가 되기 위한 일순간의 움츠림이라고 생각하고 싶어요. 개구리가 더 높이뛰기 위해 움츠리듯이.

선생님, 뵙구 싶어요. 시험 끝나고 학교로 한 번 갔었는데 그날따라 안 나오셨더라구요. 방학 중에라도 학교 나오실 일 있으시면 제게 연락 좀 주세요. 친구들과 한 번 찾아뵐게요.

선생님, 늦었지만 새해 복 많이 받으세요. 저도 올 한 해 복 많이 받고 튼튼하고 건강하게, 그리고 씩씩하게 공부할게요. 내년에는 웃는 얼굴로 파마도 좀 하고 그렇게 선생님 뵐 수 있도록요.

선생님, 건강하세요.

- 1989년 1월 10일 정애 올림

• 4-22 장마의 시작을 알리는

박의동 선생님께

장마의 시작을 알리는 비가 내립니다.

지루한 장마의 시작이라는 걸 알면서도 오랜만에 내리는 시원한 비라서 그런지 싫지 않아요. 저 비가 그치고 나면 화분에 심어놓은 접시꽃이며 만수국이 한층 더 제 빛을 발하겠지요.

선생님, 그동안 안녕하셨지요? 건강은 어떠신지요?

전 잘 지내요. 밥 잘 먹고, 잠도 잘 자고. 예상했던 것보다 지금의 이 생활이 즐거워요. 고등학교 때와는 다른 자유, 아무도 말하는 사람이 없고 지켜야 할 엄격한 규칙도 없어요. 단지 자기 책임만 남아 있죠. 좀 고달프긴 해도 재미있다는 생각도 들어요. 그러나 항상 한 구석 가슴 속에 들어 있는 이름 모를 슬픔… 잘 모르겠어요.

밤에 버스를 타고 가다가 차창 밖을 내다보면 갑자기 눈물이 나곤 해요. 그리고 저를 가장 슬프게 만드는 건 누군가 내 소속을 물었을 때 선뜻 대답할 수 없다는 거예요. 단지 내밀 수 있는 건 주민등록증 하나. 갑자기 나 혼자 무섭고 넓은 들판에 내 던져져 버린 것 같다는 느낌이 들어요. 이것이 커가는 과정인가요. 누구나 다 이런 슬픔을 느끼며 사는 건가요. 아니면 '재수'라는 두 글자를 등에 메고 일 년을 넘기고 있어서인가요?

선생님.

세상에는 참 잘난 사람들도 많아요. 학원에 공부 잘 하는 아이들이 얼마나 많은 줄 아세요? 그런 애들이 왜 시험에 떨어졌는지 이해가 안 가요. 그 속에서 저는 제가 얼마나 나약하고 못난 존재였던가를 새삼 느껴요. 그러면서 한편으론 서글퍼지기도 하고 또 한편으로는 세상이란 이런 거구나 하면서 수긍도 하구요.

저희 학원 선생님들께서도 모두 좋은 분들이세요. 물론 몇 분은 제외하구요. 이해타산적이고 금전 관계로 맺어진 관계란 다 그렇고 그렇겠지 했는데 영 딴판이더라구요. 오히려 중고등학교 때 선생님들보다 더 끈끈한 정이 생기는 경우도 많은가 봐요. 그리고 학생들도 워낙 우수생들이라 그런지 대부분 얌전하고 성실해요. 그래서 그런지 어떨 때는 가슴이 막 답답하고 짜증이 날 때도 있어요. 맘 놓고 소리나 질러 봤으면 좋겠다는 생각이 가끔 들어요. 그래도 공부할 만한 분위기는 잡혀 있어요.

이제 얼마 남지 않은 것 같아요. 열심히 해야겠죠. 그리고 할 거예요.

선생님, 건강하세요. 그리고 오다가다 들리는 '교원노조', 잘 모르지만 선생님은 어떻게 지내실까 걱정돼요.

선생님 정애는요, 언제나 정애에요. 걱정 마셔요.

- 1989년 7월8일 정애 올림

• 4-31 겨울은 깊어가고

선생님께

겨울은 깊어가고, 그보다 더 큰 추위가 기다리는….

선생님 바로 그- 겨울입니다. 어느새 3년의 시간들이 지나고 또다시 다다르게 된 길 모퉁이에 이렇게 서 있습니다. 그 너머에 무엇이 있는지 가늠하기조차 두렵습니다. 고3의 겨울은 누구에게나 이렇듯 공평한 추위를 선사합니다.

선생님 전요, 여전히 지나간 시간들에 대해 자신이 없습니다. 그런데도 어머니의 눈길에 담겨 있는 소망을 꼭 이루어야 하는 저입니다. 사실은 바로 저 자신을 위해서이기도 하지만요. 이 높고도 험난한 고개를 힘차게 넘어서기 위해서라면, 저는 무엇에든 의지해야 합니다. 어머니의 간절한 소망의 눈빛, 친구들의 미소, 아버지의 격려, 건투를 비는 말들에도. 늘 그러셨듯이 선생님께서 저를 격려해 주신다면….

시간은 야속할 정도로 어김없이 전진합니다. 이제부터 제가 해야 할 일을 모르지는 않습니다. 그러나 그러기 위해서는(아는 것을 실천하기 위해서는) 저에게 힘이 필요합니다. 그 하나는 바로 제 자신의 의지와 노력이겠지요. 그리고 또 하나는 저를 지켜주는 분들의 소망들입니다. 선생님, 제게 힘을 주세요. 꼭 응원해 주실 거죠?

선생님, 전 아직 이렇게 부탁만 드리는 어린 아이입니다. 지켜보아 주세요.

건강하세요.

                                    - 1988년 11월24일 윤경 올림

* 시험 끝나고 찾아뵙겠습니다. 언제나 제 얘기뿐인 편지가 부끄럽습니다.

• 4-32 또다시 많은 시간들이

선생님께

또다시 많은 시간들이 흘렀습니다.

안녕하시지요? 건강하시구요.

새로운 이 한 해를 어떤 모습으로 시작하셨을까 궁금합니다.

지난 3월 한 달이 제게 어떤 시간들이었는지 감히 다 말씀드리지 못할 듯합니다. 새로움으로 가득 찬 하루하루였습니다. 지루하지 않은 시간들, 새로운 세계, 많은 사람들을 진심으로 좋아하게 되었습니다. 선배들도, 교수님들도, 과 동기들도…. 그리고 새로 만나고 겪는 하나하나가 소중하고 특별한 시간들이었습니다. 아직은 학업보다 새로운 세상에 대한 기쁨과 열정에 사로잡혀 있습니다. 자유로움, 다양성 그 모든 것들을 사랑하지 않을 수 있을까요? 물론 선생님께서도 이미 겪으셨던 것들이겠지만요.

M.T를 다녀오고 많은 얘기들로 밤을 지새우고, 때론 첨 맛보는 술도 홀짝일 수 있었습니다.(죄송해요.) 이 세상에 대한 날카로운 비판도, 한없이 다정한 눈빛도 모두 모두 가슴 속에 아로새겨야 할 소중한 것들입니다.

새로운 생활에 빠져들면서 가슴 한 구석엔 세상에 대한 미안함도 있습니다. 어쩌면 특권이랄 수도 있는 이런 시간들을 보다 많은 사람들과 공유할 수 없다는 것이 슬프기도 합니다. 그래서라도 보다 열심히 살아가야겠습니다.

선생님,

지난 시간 동안 선생님의 말씀이 늘 저와 함께 했습니다. 정말 감사합니다. 앞으로도 계속 도움 주시기를 감히 청합니다.

건강하십시오.

- 1989년 여름 89010**번 윤경 올림

05

단상

● **변소에서**

교직생활 3년째, 의욕과 열정이 활화산처럼 불타던 시절이었다. 말 잘 듣는 아이, 질서정연한 생활, 최고의 결과만을 강요하던 풋내기 청년 교사 시절이었다. 그해엔 6학년 담임을 맡았었는데 각 학년이 한 학급씩으로 이루어진 시골의 작은 초등학교에서 육학년과 그 담임의 역할이 막중했었다. 육학년 선생님은 제일 무서운 선생님이기도 했고.

갓 들어온 일학년 꼬마들이 학교생활에 조금씩 익숙해져가는 사월 무렵, 며칠째 계속되는 과음으로 아침부터 속이 거북하여 화장실(이라기보다 변소라는 말이 어울리지만)을 드나들어야 했다. 그런데 작은 시골학교의 변소는 구조상 선생님들이 사용하기엔 불편하고 난처할 때가 많았다. 양철지붕의 작은 건물 한쪽은 남자아이들이 나란히 서서 소변을 보도록 되어 있고(소변기가 따로 없고 길쭉한 발판에 나란히 서서 벽을 향해 일제히 발사하는 구조였다.) 칸막이가 된 곳은 1·2학년(여), 3·4학년… 1·2·3학년(남) 하는 식으로 여섯 칸이었는데 맨 끝이 교사용이었다. 학생은 전부 백오십 명 남짓할 뿐이었지만 변소가 너무 비좁아 쉬는 시간이면 난장판이요, 아수라장이었다. 사내녀석들의 짓궂은 장난까지 한몫 끼어서.

아무튼 그날, 기회를 노리던 나는 셋째 시간 수업이 시작되자 학급 아이들에게 잔뜩 엄포를 놓은 다음 변소로 줄달음쳐 갔다. 담배까지 한 대 뽑아 물고 느긋하게 앉아있는데 갑자기 주변이 시끄러워지기 시작했다. 곧이어 뜀박질소리가 들리고 아이들이 변소로 몰려들었다. 전혀 예상치 못한 일이라 조금은 당황했다. 일학년 아이들이었다. 사내 녀석들의 오줌 누는 소리가 들리고 여자 아이들은 칸막이가 된 곳을 차지하려고 아우성이었다. 여자 아이들은 한 아이가 볼일 보러 들어가면 그 다음 차례는 문을 등진 채 지켜주고 나머지는 그 앞에 줄을 서는 것이 당시 그 학교의 변소 풍경이었다. 나는 곧바로 옷을 추스르고 나오려다가 수업시간 중이니까 곧 조용해지리라는 생각에 그냥 주저앉았다. 바로 옆 칸이 4·5·6학년 남자용이고 이어 하급생 남자용이니까 안심을 했던 것이다. 더욱이 선생님용은 감히 넘보지 못하리라 믿었다.

그러나 예측은 완전히 빗나갔다. 남자용 변소를 거침없이 차지해 오더니 마침내 교사용 변소문까지 두드리기 시작했다. 할 수 없이 인기척을 냈다. 내 생각으론 선생님이 쓰시는 곳이니까 소리만 나면 모두 줄행랑을 칠 것으로 예상했었는데 그것도 빗나갔다. 몇몇 녀석들이 수군거리더니 다시 노크를 하는 것이었다. 난감했지만 엉거주춤한 상태에서 나도 문을 두들겼다. 이번엔 좀 크게. 그런데 이게 또 화근이었다. 모든 것이 호기심덩어리인 그들에게 그 상황은 결코 놓칠 수 없는 궁금증 그 자체였던 것이다. 게다가 선생님은 화장실도 안 가고 사는 줄 아는 일학년 아이들이 아닌가? 한 녀석이 출입문 송판 사이의 틈으로 안을 들여다보기 시작했다. 그때엔 정말 당황했다. 그제야 쉬는 시간엔 윗 학년 아이들 때문에 일학년은 수업시간에 잠깐씩 용변을 보게 한다던 박 선생님의 말이 생각났다. 그야말로 혹 떼려다가 몇 개나 더 붙이게 된 나는 문틈으로 들여다보려는 아이들에게서 도저히 벗어날 수 없음을 깨달았다. 결국 자신을 밝히기로 하고 '이놈들, 장난치면 혼난다.' 라고 점잖게 타일렀다. 변소 문을 사이에 두고. 한데 그 아이들의 반응이 더욱 기가 막혔다.

'어, 육학년 선생님이잖아?' 어쩌구 하더니 그 중 한 녀석이 출입문을 등지고 돌아서면서 대뜸 '선생님 다음은 내 차례!' 하는 것이 아닌가? 처음엔 육학년 담임의 권위도 통하지 않는 아이들이 짜증스러웠지만 이젠 웃음이 나와 견딜 수 없었다. 문을 열고 밖으로 나왔다. 그제야 몇 녀석들이 달아나고 당돌하게 문을 막아섰던 아이만 두 손으로 빨개진 얼굴을 가린 채 쩔쩔매고 있었다.

나는 거의 순간적으로 그 아이를 번쩍 안아 올렸다. 몸부림치면서도 손가락 사이로 가만히 쳐다보던 그 눈빛은 천진스러움 그 자체였다. 다른 아이들이 몰려와 낄낄거릴 때까지 나는 냄새 풍기는 변소에서 그 아이를 안고 있었다. 김애리, 우리 반이었던 영나의 동생이었다.

- **종아리를 맞다**

한번은 좀 특이한 곳에서 일 년 간 지낸 적이 있었다. 학교가 너무 멀어 등교하기 어려운 1,2학년 학생만 모아 가르치는 분실(분교가 아님)이었다. 그 해엔 1학년 다섯, 2학년 넷을 합친 아홉 명이 전부였다. 본교에 다니는 언니나 형들과 함께 집을 나서기 때문에 수업은 늘 꼭 두새벽에 시작되었다. 40분 수업을 하면 오후 한시까지 7교시를 끝낼 수 있었다. 학습시간도 넉넉하고 환경도 자연 그대로인 산골 서당과도 같은 곳이었다.

학교에서 지내는 시간이 많기 때문에 숙제는 거의 없었다. 이따금씩 책임감이나 약속이라는 개념을 심어주기 위해, 또 본교 생활에 적응할 수 있도록 과제를 부과하면 모두 잘 하는데 두 녀석은 늘 예외였다. 쌍둥이 중 형인 효선과 산꼭대기에 사는 순억이었다. 쉬운 낱말 몇 개를 적어주고 집에 가서 두 번만 써오라고 해도 다음 날 보면 손도 대지 않은 채 그대로였다. 달래기도 하고 손가락도 걸어보고 매까지 댔지만 두 녀석에겐 소용이 없었다.

하루는 숙제를 내준 후 점심을 먹고 효선의 집으로 가 봤다. 집이 보이는 산자락을 돌자 홀랑 벗고 냇가에서 놀던 두 녀석이 나를 보았는지 옷도 버려둔 채 집으로 뛰어 들어가는 것이었다. 웃으면서 따라 들어갔더니 두 녀석이 팬티만 걸치고 방바닥에 넙죽이 엎드려 아까 적어준 낱말을 쓰고 있었다. 내 눈치를 흘끔흘끔 살피면서. 나는 두 녀석의 물 묻은 어깨도 쓰다듬어 주고 잔뜩 추켜 준 후 씩씩한 인사까지 받으며 사립문을 나섰다. 산모퉁이쯤에서 슬쩍 돌아봤더니 쌍둥이 녀석들은 키 낮은 나무울타리 뒤에서 기회만 엿보고 있었다. 쓴 웃음을 지으며 다시 몇 걸음을 옮겼을 땐 이미 냇물에서 첨벙거리고 있었다.

다음날 아침, '선생님 안녕!' 하는 인사를 받으며 교실에 들어섰다. 그런데 놀랍게도 효선의 숙제는 어제 내가 옆에 서 있을 때 쓴 곳에서 끝나 있었다. 낱말 하나를 다 쓰지 못한 상태에서. 그때엔 화가 났다기보다 '이 녀석들 참 힘들겠구나' 하는 생각이 들었다. 이런 식으로 효선, 순억과 싸우면서 한 학기를 보냈다.

여름방학이 끝난 후에도 효선과 순억은 여전했고 한글 해독이 잘 안 되는 상황이었다. 수없이 타이르고 약속하고 또 벌도 주던 어느 날, 아이들을 모두 돌려보내고 두 녀석만 남겼다. 시선을 맞추지 못하는 녀석들의 손을 잡고 한동안 신세타령 겸 하소연을 하다가 마당가에 세워져 있는 싸리비를 풀어 회초리를 만들어 오도록 시켰다. 아이들은 영문을 몰라 눈망울만 굴리는데 나만 스스로 감정을 못 이겨 비장해지기까지 했었다. 효선의 커다란 눈엔 벌써 물기가 고여 있었다. 어린 마음에도 무언가 심상찮은 분위기를 느꼈던 모양이었다. 그들을 물끄러미 바라보던 나는 말없이 돌아서서 내 바지를 걷어 올렸다.

멍하니 서 있는 녀석들에게 '너희들이 한글도 제대로 못 읽고 또 약속을 지키지 않는 것은 내가 잘못 가르친 것이니까 오늘은 선생님이 맞겠다. 그 회초리로 날 때려라'고 말했다. 처음엔 제가 잘못했노라며 웅얼거렸지만 내가 거듭 말하자 효선이 내 종아리를 치기 시작했다. 몇 대 때리다가 그만두려니 했는데 거의 무표정한 얼굴로 계속 때리는 것이었다. 아프기도 했고 어떻게 마무리 지어야 할지 몰라 당황스러웠다. 결국 내가 효선의 팔을 잡았고 그 녀석도 찔끔찔끔 울기 시작했다. 순억에게도 기회를 주었더니 그 녀석은 더 세게 때리는 것이었다. 그날 그 녀석들에게 내가 혼이 난 것이다. 바지를 내리고 매를 받아 교실 구석에 세워둔 후 빡빡 깎아 밤송이 같은 두 녀석의 머리통을 쓰다듬으며 아무에게도 선생님 때렸다는 말을 해선 안 된다고 당부한 후 돌려보냈다. 그 녀석들은 눈물이 마르지 않은 얼굴로 교실을 나서며 풀 죽은 인사를 했다. 계획된 것도 그 무엇을 기대한 것은 더욱 아니었기 때문에 마음이 착잡했었다.

그 후 신통하게도 두 녀석은 태도가 바뀌었다. 장난기 넘친 초등학교 2학년짜리의 태도가 변한다고 한들 얼마나 달라질까만 약속은 철저히 지켰다. 숙제의 양을 조절해 보아도 책임량을 해 냈고 글도 조금씩 읽기 시작하더니 금방 따라왔다. 난 매 맞은 곳의 상처로 한동안 절뚝거렸지만 그 녀석들만 보면 신이 났다. 까닭을 모르는 하숙집 아줌마는 어쩌다가 발목을 다쳤느냐고 반복해서 물었고…. 지금까지 교직 생활을 계속해 오면서 가슴이 답답할 때마다 아이들에게 종아리라도 맞고 싶은 충동은 얼마나 많이 느꼈던지….

• 야영 일기

첫날 누리단 34명, 지도교사 7명, 도합 41명이 이른 아침 학교 운동장에서 북한산 야영장으로 떠났다. 비용 아끼려고 냉방도 제대로 안 되는 예비군 수송차량에 짐을 실었다. 3박 4일 살림살이는 양쪽 트렁크를 채우고도 많이 남았다. 나머지 짐들을 버스 통로에 차곡차곡 쌓아 올리자 아이들은 완전히 짐차라며 입을 쩍 벌렸다. 출발도 하기 전에 덥다고 아우성인데 이것도 야영 프로그램의 일부라며 윽박지르다시피 불만을 잠재웠다. 구파발에서 북한산으로 들어가는 도로변을 노점상이 메우고 있어 차량 소통이 제대로 안되니까 도착하기도 전에 짜증이 밀려왔다. 마침내 한적한 길이 나오고 엉성한 군위병소를 통과하자 인적이 끊긴 별천지가 전개되었다. 멀리 인수봉의 뒤통수가 보이고 수려한 풍광이 지금까지의 무더위를 잊게 만들었다. 예전에 유격장으로도 쓰였고 아직 군휴양시설이 남아 있는 북한산 자락에서 서울 지역 300여 명의 누리단 3박 4일 야영이 시작되었다.

점심 식사 후 과정 활동에 들어갔는데 아이들은 시조 짓기, 암호풀이, 추적 활동 등 사고력을 요하는 활동에서 좋은 성적을 거두었고, 각종 신체 활동에도 비지땀 흘려가며 정말 열심히 참여했다. 한여름이라 맑은 계곡물이 흐르는 산속인데도 더웠다. 저녁을 먹고 어두워진 후 아이들에게 목욕하러 갈 테니까 옷이랑 세면도구 챙기라고 전하자 환호성이 터져 나왔다.

낮에 보아 둔 상류 쪽 개울가에 아이들 모아놓고 선생님들이 밖에서 지킬 테니까 지금부터 깨끗이 씻고 나오라 이르자 이번에는 비명을 지르기 시작했다. 괴성을 질러 대던 아이들도 3학년이 개울로 들어서자 하나 둘 따라 들어갔다. 10분쯤 지나자 아이들은 온통 웃고 떠들고 난리가 났다. 도시에서 자란 여학생들이라 개울에서 멱감아 보기는 난생 처음이었을 것이다. 1시간도 더 지난 후 젖은 머리카락 말리며 영지로 돌아오는데 아이들은 하늘에 가득 찬 별을 쳐다보느라 정신이 없었다.

다음 날 아침 6시에 깨워 세면도구 챙긴 다음 간이 연병장에서 간단한 아침 모임 후에 잠시 부모님을 생각하는 시간을 갖고 어제 목욕하던 곳에서 세면을 시켰다. 아침 저녁으로 들르는 그곳을 아이들은 북한산 선녀탕이라고 불렀다. 하루 밥 세끼를 꼬박 지어먹도록 강조하자 하루 종일 밥만 하는 것 같다며 엄마가 생각난다고 했다. 아침 6시 기상부터 밤 10시 '부모님께 편지쓰기'까지 계획에 따라 야영 활동을 진행시켰다. 그때 같이 활동했던 분이 류지훈 선생님인데 서로 뜻이 잘 맞아 아이들 지도가 수월했다. 이틀이 지나자 옆 학교 남학생들의 양식이 떨어져 손가락만 빨고 있다면서 각 조마다 넉넉히 준비한 주부식을 저들끼리 알아서 나누어 주기도 했다.

마침내 마지막 날 밤, 참가자 전원이 모여 다짐의 시간을 갖게 되었다. 저녁식사 후 캠프파이어와 장기 자랑 등에 대한 기대를 안고 인솔하는데 2학년 시영이 아프다며 남겠다고 했다. 누굴 같이 남길까도 생각했지만 아이들이 들떠 있어 시영이만 텐트에서 쉬도록 하고 전원 행사장으로 이동했다. 1시간 반쯤 지났을 무렵 우리 학교 지도교사를 찾는 방송이 나와 무대로 갔더니 아이가 많이 아프다며 영지로 가보라고 했다. 아차 하는 마음에 아이들을 다른 선생님들에게 맡기고 한 걸음에 달려갔다. 다른 학교의 지도교사 한 분이 시영의 텐트 앞을 지키고 앉아 있었다.

텐트를 열고 들어가자 시영이 엉거주춤하게 앉은 채 인사를 하는데 열기가 느껴져 이마를 짚어 보니 불덩어리였다. 옆에 있는 다른 학교 선생님에게 상황을 물었다. 아이들을 다 보내고 텐트에서 쉬고 있는데 여학생의 신음소리가 들려 기겁을 했다는 것이다. 순간적으로 성폭행? 아님 사고? 라는 생각에 소리 나는 곳으로 달려갔는데 한 여학생이 텐트 밖에서 엉금엉금 기어 다니더라는 것이다. 즉시 텐트에 들여보내고 의무병들이 달려와 열을 쟀는데 39도가 넘더라고 했다. 잠시 후 들것을 가져온 병사들은 현재 상비약밖에 없어 빨리 병원에 가야 한다며 서둘렀다.

야영장 본부 차량에 아이를 싣고 구파발에 있는 종합병원으로 달렸다. 응급실에서 주사 맞고 링거를 꽂은 채로 입원했는데 시간이 지나도 열은 내리지 않고 헛소리까지 해댔다. 엄마는 연락이 안 되고 언니도 당장 갈 수 없다며 전화를 다시 해 달라고 했다. 한 시간쯤 지나자 열이 내리고 아이가 정신을 차렸다. 웃으면서 며칠 만에 푹신한 침대에 누워 있으니 피로가 싹 가신다며 농담을 했다. 비로소 마음이 놓여 사람 놀라게 하는 방법도 가지가지라며 꿀밤을 먹였다.

12시 넘어 정신 차린 후 새벽녘에 잠들 때까지 시영이와 참 많은 얘기를 나누었다. 평소에 말이 없는 아이였는데 말문이 열리자 끝도 없는 이야기가 쏟아져 나왔다. 다음날 아침엔 언니가 도착하고 상태도 호전되어 한숨을 돌렸다.

그때 누리단 활동을 함께 했던 아이들, 특히 첫해 아이들은 나이든 후에도 만날 때마다 북한산 야영 이야기를 한다. 정말 힘들었지만 야영의 진수를 맛보았다면서 선녀탕과 별 본 이야기도 빠뜨리지 않는다.

의욕에 넘치던 교사 초임 시절, 아이들과 함께 할 수 있는 일, 함께 하고 싶은 일이 정말 많았다. 때로 교장선생님이 만류하거나 선배선생님들이 걱정할 때마다 속으로 코웃음을 쳤던 게 그때 내 자신의 모습이었다. 나이가 들고 수많은 사건 사고를 목격하면서 아이들을 지도할 때 언제 어디서나 왜 조심해야 하는지를 배워 나갔다. 학교에서는 이죽거리거나 삐죽이던 아이들도 막상 상황이 발생하면 선생님을 얼마나 철석같이 믿고 의지하는지를 느낄 때마다 새삼 어깨가 무거워지곤 했다. 무한 신뢰라고 해도 지나친 말이 아닐 것이다. 돌이켜 보면 아이들과 생활하면서 참 아찔한 순간들이 여러 번 있었는데 험한 꼴 안 보고 이즈음에 이른 것은 참으로 감사할 따름이다.

• 미정

여자중학교, 서울에서의 첫 부임지는 여중이었는데 초등학교 근무를 그만둔 후 짧은 대학 생활을 마치고 어렵게 돌아온 교직이어서 새로운 각오로 시작하였다. 아이들은 봄날의 병아리들처럼 예뻤지만 원래 무뚝뚝한 내 성격 탓에 그들의 비위를 맞추기엔 늘 역부족이었다. 내 책상에 아침마다 화분이나 꽃을 갈아 놓느라 순서를 다투는 아이들이 교무실 밖에서는 눈길도 주지 않았고, 몰래 편지를 보내는 아이가 교실이나 복도에서 만나면 쌀쌀맞기 짝이 없었다. 도대체 어느 쪽이 그 아이의 진심인지 종잡을 수 없었다. 놀림도 받고 충고도 자주 들으면서 맞은 서울에서의 학교 생활 4년째, 그해엔 맡은 아이들이 2학년인데다가 밝은 분위기여서 마음이 한결 편했다. 어찌 보면 극성스러운(좋은 의미에서) 아이들이 모인 학급이었다.

장마철이 시작된 유월 말쯤이었다. 컴컴해진 교무실에서 무슨 일인가에 골몰해 있다가 날 부르는 소리에 고개를 들었다. 바로 뒤에 미정이 새침한 표정으로 서 있었다. 몇 번 계속해서 날 부른 모양이었다. 나중에 생각해 보면 심각한 모습은 아니었던 것 같은데 그때엔 가슴이 철렁 내려앉았다. 김미정, 그 아이는 똑똑하고 사리가 분명한데다가 이따금씩 당돌할 정도로 따지거나 입바른 소리를 해대던 녀석이어서 순간적으로 '이크, 또 무슨 일이 터졌구나' 하는 생각에 정신이 번쩍 들었다. 여자 아이들이니까 치고받거나 부수는 일이 적은 대신 사소한 문제로 학급 전체가 헝클어지는 예가 잦았으며 그럴 때마다 난 속수무책이었다.

미정의 눈치를 슬금슬금 살피는데 그 녀석이 툭 던지듯 말을 걸어왔다.

"선생님, 바쁘세요?"

드디어 올 것이 왔구나 싶어 잔뜩 긴장하면서 말꼬리를 흐렸다.

"아니, 뭐 괜찮다만…."

"저, 잠깐만요…."

"응?"

미정이 잠깐만 나가자고 졸랐다. 아이들과 싸우기엔 교무실이 더 유리한 고지였으므로 우물쭈물 자꾸 망설이자 미정은 숫제 내 옷자락을 잡아끌기 시작했다. 참으로 뜻밖이어서 해괴하다는 생각까지 들었다.

미정은 차갑고 깔끔한데다가 자존심으로 똘똘 뭉친 아이라서 내가 '서울 깍쟁이'라는 별명을 붙였을 만큼 접근하기 어려운 녀석이었다. 어쩌다가 내 손길이 자신의 옷깃에 스치기라도 하면 기겁을 하고 달아나 옷을 털어내는 녀석인데 날 잡아끌고 있으니 해괴한 일이랄 수밖에.

다행스럽게도 불길한 징조는 아닌 듯하여 주춤주춤 따라갔더니 교무실 출입문 밖까지 나가서야 멈추어 섰다. 미정은 한동안 어쩔 줄 모르고 얼굴까지 빨개지면서 '저, 저…' 하더니 '선생님, 손 좀…' 하는 것이었다. 이 녀석이 갑자기 왜 이러는가 싶어 어정쩡하게 두 손을 내밀었다. 미정은 재킷 왼쪽 주머니에서, 또 바지 주머니에서 무엇인가를 부지런히 꺼내어 내 손바닥에 수북이 쌓아 놓더니 '선생님 혼자 드세요!' 하곤 뒤도 안 돌아보고 달아났다.

"얘, 미정아, 미정아!"

다급하게 불렀지만 그 녀석은 잠깐 뒤돌아보며 씩 웃더니 그대로 뛰어가 버렸다.

그 표정, 눈을 보며 참으로 오랜만에 까마득히 잊고 있었던 어떤 아이의 눈빛, 표정을 기억해 냈다. 김애리. 그 녀석은 초등학교 일학년짜리 쬐끄만 아이였으니까 안아줄 수 있었지만 미정은 다 큰 녀석이라 그럴 수도 없었다. 한동안 그 자리에 얼빠진 듯 서 있다가 교무실로 들어와 미정이 쥐어준 것들을 책상 위에 쏟아 놓았다. 비닐봉지로 된 즉석커피, 인삼차 몇 봉지, 알사탕 등등···. 아마도 엄마 몰래 여기저기에서 한두 개씩 꺼내어 주머니에 넣어와, 하루 종일 만지작거리며 망설이고 또 망설이다가 용기를 내어 찾아왔을 테지. 그 녀석 참···.

• 대자보

여자중학교에서 4년을 보내고 남자중학교로 발령을 받아 갔는데 3학년 담임에 배정되었다. 3월 2일 아침, 전체 조회시간이 끝나고 내가 맡은 반을 찾아 올라갔을 때엔 아이들도 아직 자리가 정해지기 전이라 교실 전체가 어수선한 상태였다. 의도적으로 출입문을 소리 내어 여닫고 들어갔는데도 몇 녀석들이 잠깐 돌아볼 뿐 누가, 뭣 하러 왔는지 관심도 없었다. 탈도 많았고 사연도 많았던 동마중학교 남자 아이들과 그렇게 첫 대면을 했다.

내 체격이 작은 편인데다가 여자중학교에서 지내다가 온 터라 아이들의 덩치가 엄청나게 커 보였다. 게다가 교복 없이 자율복장으로 생활하던 시기여서 아이들 사이로 들어가면 나는 보이지도 않았다. 키빼기가 서 발 장대에 외형은 산만한 녀석들이지만 하는 짓은 더도 덜도 아닌 꼭 중3이었다. 그 덩치에도 내가 밀어 대면 스스로 밀렸고 한 대 치면 적당히 엄살도 부리면서 쿵짝을 맞출 줄 아는 녀석들이어서 큰 어려움 없이 생활할 수 있었다. 다만 고입연합고사 때문에 방과 후 보충수업에 방송수업까지 하고 나면 매일 6시에 끝났는데, 성적이 좋은 아이들일수록 시험에 대한 긴장감으로 더러 날카로워지는 경우도 없지 않았다.

　연중 가장 큰 행사라고 할 수 있는 체육대회도 끝나고 들떴던 분위기도 가라앉은 유월 어느 날 아침이었다. 이젠 정말 연합고사 대비에 매진할 때라고 다짐하면서 출근했는데 어쩐지 교무실 분위기가 심상치 않았다. 마침 생활지도부 임 선생님이 내려와 있기에 물어 보았다.
　"무슨 일?"
　"선생님 반에 문수(가명)라고 있죠?
　"근데?"
　"아무래도 사고 친 것 같애요."
　"문수가?"
　반문하지 않을 수 없는 게 문수는 늘 입이 부은 채 다니긴 해도 성적에 민감하고 워낙 공부밖에 모르는 아이였다. 사고 칠 녀석이 아니었던 것이다.
　"이거 한 번 보실래요?"
　"뭔데?"
　B4 크기의 종이를 내미는데 손글씨로 뭔가를 쓰고 복사한 것이었다.
　'동마중학교 3학년 학생입니다. 체육대회행사에 참여한 사람은 가산점을 준다고 해서 힘든 마스게임을 했는데 이제 와서 안 된다고 합니다. 이것은 학생을 속이는 것으로 있을 수 없는 일이라고 생각합니다…' 뭐 이런 내용이었다.

"어디서 났어요?"

"벽보로 붙인 걸 떼 왔다니까요."

"어디, 복도? 교실?"

"학교에만 붙였으면 말도 않게요."

"그럼?"

"학교뿐 아니라 전철역에 도배를 했다니까요."

"문수가?"

한 번이라도 가 본 사람은 알겠지만 서울 왕십리역 지하 보도는 성동구청 로터리를 관통하는 곳이어서 엄청 길었다. 그 보도 기둥에 항의문을 깔아버렸다는 것이다. 이른바 대자보 사건이었다. 아침에 바로 연락이 와서 수거되긴 했지만 담임도 있고 교감, 교장선생님도 있는데 그런 방법밖에 없었을까 싶어 이해가 되지 않았다.

그 학교에서는 매년 잠실학생체육관에서 체육대회 행사를 치렀다. 개회식 후 집단체조 시범 프로그램 진행을 위해 3학년 대상으로 희망자를 모집했지만 참여율이 저조했다. 당시 체육부장님이 궁여지책으로 참가 학생에게 학기말 체육 성적에 가산점을 주겠다고 공지를 했다. 가뜩이나 체육 실기에서 평균 점수를 다 깎아먹곤 했던 문수가 그 미끼를 한 입에 덥석 물었던 것이다. 행사는 잘 끝났는데 막상 특정 학생만 가산점을 준다는 것이 현실적으로 어려워 해당 학생들에게 이해를 구하고 가산점 부여는 취소하는 것으로 했다. 그 선생님은 간경화가 진행 중이어서 많이 편찮으신 분인데 아이들에게 먹을 것들을 나누어 주면서 본인이 다니는 교회에 나오라고 전도 활동을 하다가 민원이 제기된 적이 있었던 분이었다.

그런 상황에서 이번 일은 점수에 목을 매는 문수에겐 날벼락이었고 모든 걸 곧이곧대로 생각하고 실천하는 그 아이에겐 참을 수 없는 사기극으로 비쳐졌던 것이다. 선생님한테라도 먼저 얘기하지 꼭 그런 방법 밖에 없었느냐고 물었을 때 문수는 예의 그 불만 섞인 목소리로 선생님들에게 말씀드려도 시정되지 않을 게 뻔한데 그럴 필요가 있겠느냐고 반문했다. 크게 틀린 말은 아니지만 안타까운 생각이 많이 들었다.

선도위원회가 열리고 부모님까지 나와 사과하면서 가벼운 징계로 일단락은 되었지만 문수는 끝까지 그 선생님과 학교의 처사―예컨대 의사 표현에 대한 처벌, 그 처벌에 의한 우등상 등 졸업식 수상 대상 제외 등―를 진정으로 수긍하지 못한 것은 어쩌면 당연한 일인지도 몰랐다. 몇 번 상담도 하고 이야기도 나누었지만 마음의 문이 닫혀 있어 안타까웠다. 공부와 점수 이외의 모든 것에 대해 관심을 접고 사는 문수를 보면서 어른들이 만든 오늘날 중학생의 모습이 아닐까 하는 생각에 마음이 무거웠다. 그 학교에서는 학생들에게 1주일에 2~3회 생활록을 쓰도록 했는데 문수가 쓴 글 중 이런 내용이 있었다.

'내가 지금까지 생각해 온 건데 3학년에서 3반은 성적 1등이고 우리 반은 꼴찌에 가깝다. 3반 선생님은 지식 습득 중심이고 우리 선생님은 어떤 낱말로 표현한다면 인간 교육이다. 그러나 지금 이 시기엔 지식 습득이 필요하다. 필요할 경우 매를 대서라도 정신을 바짝 차리게 해야 한다고 생각한다. 3반의 성적이 우수한 것은 바로 그 때문일 것이

다. 훈화나 인성 교육은 시험 끝나고 하는 것이 낫다고 생각한다.'

그 체육선생님은 대자보 사건이 발생한지 꼭 2개월 후에 세상을 떠나셨다. 참으로 안타깝고 송구스런 마음이 간절했다.

• 담임선생님 골탕 먹이기

내가 마지막으로 근무한 학교는 북한산 기슭에 자리 잡은 중학교로 시설은 낙후된 상태였지만 주변 환경이나 널찍한 교정이 아름다운 곳이었다. 점심 시간, 교직원 식당 창 쪽 식탁에 앉으면 바로 눈앞에 화계사 일주문이 손에 잡힐 듯 문양 하나까지도 선명히 보였다. 양쪽으로 잣나무 늘어선 야트막한 언덕으로 올라가는 진입로도 일품이었고 높직한 본관에서 바라보면 멀리 수락산과 불암산이 한눈에 들어오는 곳이었다. 봄이 깊어지면 학교 전체가 온통 꽃동산이었다. 오전 11시, 오후 6시에 은은하게 들려오는 화계사 종소리 또한 그 학교에서만 누릴 수 있는 소중한 자산이었다. 자연 환경 때문인지 학생들이 순박하고 정서가 안정된 편이었다.

11월, 늦가을인데도 기온이 갑자기 떨어져 바람이 차가웠다. 그날은 하루 종일 흐려있었을 뿐 아니라 밤새 비가 올 거라는 예보가 있었던 터라 교장선생님이 학생들 하교할 때 창문 좀 닫고 가도록 지도했으면 좋겠다고 일부러 연락을 해 왔다. 학생들을 지도할 때 담임교사를 통하는 것보다 직접 방송으로 전달하는 것이 효과적일 때도 있긴 하지만 남용할 경우 역효과도 나기 때문에 늘 조심스러웠다. 아무튼 그날은 비가 많이 온다고 했기 때문에 학급과 특별실 등 교내 전체에 안내 방송을 했다. 오늘 밤 비가 많이 올 예정이니까 청소 끝나고 하교할 때 교실과 복도 창문을 꼭 닫고 가도록 지도하고 담임선생님께서 확인해 주십사 하는 내용이었다. 퇴근 전 한 바퀴 돌아본 결과 한두 군데 빼고는 유리창이 모두 닫혀 있었고 그날 밤 예보대로 비도 많이 내렸다.

다음날 아침, 이른 시간인데 3학년 부장이 학급 아이들 몇 명을 교무실에 데려다 놓고 뭔가 심각하게 이야기하는 모습이 눈에 띄었다. 수업이 시작되어 학생들은 모두 올라가고 담임을 겸하고 있는 3학년 부장이 한 손으로 머리를 짚으며 내 자리로 왔다.

"아침부터 왜 저기압이지? 누가 속 썩여요?"

"이걸 어떻게 설명해야 할지….."

"뭔데?"

"어제 수업 끝나고 창문 꼭 닫도록 지도하라고 교감선생님께서 방송하셨잖아요?"

"그래서?"

"어제 종례 때 당부하고 청소 후 확인까지 했는데 아침에 와 보니 창문이 다 열려 있고 난리도 아닌 거예요."

"확인까지 했다며?"

"그러니까요."

"도대체 무슨 말인지 모르겠네."

"저도 기가 막힌다니까요"

"?"

"어제 종례하러 올라갔더니 아이들이 휴지를 잘게 잘게 뜯어서 복도와 교실 바닥에 잔뜩 뿌려놓은 거예요."

"……."

"누가 그랬냐고 아무리 물어도 모른 척 하길래 아이들을 따로 불러 물어 보았는데 반장과 친구애가 그랬다는 거예요.?"

"그래서?"

"두 녀석을 불러 혼을 냈죠. 그런데 잘못을 인정하려 들지 않는 겁니다."

"……."

"나중에 타일러 보내고 며칠 동안 벌 청소하기로 약속했는데, 나원 참."

"그랬는데?"

"이 녀석들이 교무실에서 혼난 후 책가방 가지러 교실에 갔다가 교실 바깥쪽 창을 활짝 열어제낀 거예요."

"왜?"

"담임에게 야단맞고 잔뜩 열 받은 상태로 교실에 갔는데 교감선생님 방송이 생각나더라는 거예요. 문단속 잘 하라고 했으니까 문 열어 놓으면 보기 싫은 담임 혼나겠지 하는 생각으로 문을 열어 놓았다네요."

순간적으로 머리가 띵 하는 느낌이었다. 평소에 방송을 꺼리긴 했지만 그럴 수도 있구나 하는 생각 때문이었다.

"그 아이들이 한 걸 어떻게 알았지?"

"그걸 본 아이가 있었던 거죠. 방과 후 수업 때문에 늦게 가다가 본 거예요."

"본인들이 인정해요?"

"예, 근데 잘못했다는 생각은 없어요. 그게 다가 아니에요."

"그럼?"

"청소함의 청소도구가 다 사라졌어요. 몇몇 아이의 교과서 등 소지품도 증발해 버렸구요."

해당 학생의 보호자까지 나와 확인한 결과 담임에게 꾸중을 들은 두 아이가 늦은 시간에 교실로 올라가 청소 도구함을 열고 걸레, 빗자루 등을 화장실로 옮긴 후 창을 열고 북한산 쪽으로 모조리 던져버렸다고 했다. 화장실 건물이 철망을 사이에 두고 북한산과 붙어 있다시피 한 구조였기에 가능한 일이었다. 청소 도구뿐 아니라 엉뚱한 학생들의 책 등 사물도 다 던져 버렸다는 것이다. 교실에서 청소도구와 친구들의 물건까지 가져다가 화장실에 쌓아 놓고 컴컴한 창밖으로 미친 듯이 내던지는 상황이라니, 그것도 비까지 추적추적 내리는 한밤중에 여학생들이…. 생각하기에 따라서는 머리칼이 쭈뼛 서는 장면이었다. 내면적으로는 학생들과의 관계와 담임교사까지 얽힌 복잡한 사연이 있어 일어난 사고였지만 그 도화선을 내가 제공했다는 것 때문에 심란했다. 무심코, 내 편의대로 한 방송이 그런 부작용을 낳을 수도 있구나 하는 생각에 마음이 착잡했던 것이다.

- 9시 등교

잔뜩 쌓인 공문서 열람과 분류로 아침부터 정신이 없는데 KBS 우정화 기자가 전화를 걸어왔다. 일전에 학생 생활 지도 현장을 취재하기 위해 찾아와 짧을 대화를 나눈 적이 있었는데 그 후로 교육적 이슈가 있을 때면 곧잘 연락을 해 오던 기자였다.

"안녕하세요? 저 우기자에요. 기억나세요?"

"무슨 바람이 불었을까? 전화를 다 하시고?"

"뭣 좀 물어볼 게 있어서요."

"어려운 것 아니면 대답해 드리죠."

"좋아요, 아주 쉬운 거 하나 물어볼게요."

"이번엔 뭡니까? 궁금한 게."

"경기도에서 곧 시행한다는 9시 등교요. 어떻게 생각하세요?"

"방송 나가는 겁니까?"

"어쩌면요. 음성 변조로 나갈 거예요."

"길게 아니면, 짧게 대답할까요?"

"간단한 게 좋겠죠?"

"한 마디로 코미디에요. 웃기는 짬뽕이죠."

"어째서요?"

"번지수를 잘못 짚었으니까요."

"확실한 거예요?"

"얘기 길게 해도 돼요?"

"들어 보죠 뭐."

전에 근무하던 학교가 상계동 끝에 위치한 수락중학교였다. 수락중학교와 수락고등학교 교문이 나란히 붙어 있고 수락초등학교가 중학교와 담 하나 사이였다. 진입로가 2차선인데 인도가 좁아서 처음 부임했을 때 저 도로 하나에 세 학교 학생들이 어떻게 등교할까 내심 걱정스러웠다. 한데 그 걱정은 첫 출근하던 날 풀렸다.

학기 초라 7시 30분쯤 나갔는데 등교 중인 고등학생들이 차도까지 가득 메우고 있었다. 8시가 되자 고등학생들은 완전히 사라지고 중학생들이 떼를 지어 등교하기 시작했다. 정확하게 8시 30분이 되자 그 길은 초등학생으로 넘쳤다. 오래 교직 생활을 해 왔지만 신기하고 경이롭기까지 한 광경이었다.

사람들은 이상하게 일제 잔재라는 말을 너무 쉽게 쓰는 경향이 있고 만병통치약이라도 되는 양 오남용도 심하다. 문화와 질서는 하루 아침에 생기는 것이 아니다. 아이들의 생활을 분석해 본다면 더 좋은 자료를 얻을 수 있겠지만 9시 등교는 어렵게 생각할 필요도 없다. 이제 학교 생활 시작하는 일곱 살짜리 초등학교 1학년과 곧 사회로 나갈 준비를 해야 하는 열여덟 살 고3 학생들이 똑같이 9시에 등교해야 한다는 단세포적 발상이 용인되는 사회가 신기할 뿐이다. 수업량과 대학입시, 사회 구조가 그대로 견고한데 아이들만 9시에 나오라니, 강아지가 웃을 일이다.

뭐든지 일제 잔재라고 붙이면 모든 게 바뀌어야 한다는 단순 논리, 30분 혹은 한 시간을 앞당기면 아이들이 충분히 잘 수 있고 밥도 먹을 수 있다는 기막힌 이론, 마치 누가 누가 더 새로운 것을 내놓나 내기라도 하는 듯한 모습을 보면 한숨이 나올 뿐이다. 이건 해방 이후 서양에서 공부한 수많은 교육학자들이 어설픈 교육 이론으로 학생들을 실험용 쥐 취급했던 지금까지의 한국 교육사가 여전히 반복되고 있는 것 외에는 아무것도 아니다. 그 자리에 가만히 두기만 해도 선생님들은 아이들을 정말로 잘 가르칠 자신이 있는데 말이다.

불과 6,7년 전 교과 집중이수제를 시행하면서 모든 중고등학교의 교육과정을 8과목으로 강제 감축시켰을 때 현장에서는 불가한 이유를 조목조목 들어 재고를 요청했지만 결국 강행되었고 5년 만에 유야무야되고 말았다. 어려운 이유를 들라면 쉬지 않고 10가지 이상을 줄줄이 댈 수 있을 것이다. 근본적으로 수업량이 그대로인데 과목수를 줄이면 아이들 부담이 가벼워진다고 생각하는 억지 논리가 한심스러웠다. 한 번 꼬이기 시작한 교육과정이 자리 잡으려면 얼마나 오랜 시간 혼란을 겪어야 하는지 학교 밖의 사람들은 이해하기 어렵다. 느닷없는 중2 복수담임제, 중2 마라톤, 또 말도 안 되는 선행학습금지법(공교육 정상화 촉진 및 선행교육 규제에 관한 특별법: 지난 번 우기자와 인터뷰 때 어불성설이라고 단언했었는데 법률까지 만들면서 호들갑을 떨더니 1년이 채 안되어 뒤집히고 있다.) 등등 혼란스러운 것은 대입수능 뿐만 아니다. 교육계 전체가 중심을 잃은 채 흔들리고 있다. 매일매일 코미디를 보고 있는 느낌이다. 문제는 그 혼란에 따른 피해가 고스란히 자라는 학생들에게 돌아간다는 점이다.

우 기자의 한숨 소리가 전화기를 통해 흘러나왔다.

"정말 문제가 많긴 하네요. 어떡해요?"

"어떡하긴요. 우리가 있잖아요. 선생님들, 이제 뒤치다꺼리에 나서야죠."

　방송국 기자와의 이야기는 이렇게 끝났지만 내가 코미디로 정의한
9시 등교는 그 속내를 들여다보면 현재 한국 교육의 단면을 보여주는
상징적인 사건이다. 즉흥성, 한건주의, 강제성… 그리고 비교육적,
비민주적 추진 과정 등 그 모든 것들이 요동치는 한국 교육의 현주소
이기 때문이다.

3 부

세상 사는
이야기

길을 묻는 내게 세상이 답하다.

모든 것들에게 눈 열고 귀 기울이라고.

> 아버지와 다투시다가도 자식들의 눈치를 보느라 언성을
> 낮추시는 어머니의 모습을 보면 서글퍼진다. 사소한 것이라도
> 당신 뜻대로 않으시고 의논조로 말씀해 오실 때면 깊은 슬픔마저
> 느껴진다. 나가 죽어라, 뒈지지도 않고 귀신은 뭐하느라
> 저런 놈 안 잡아 가느냐고 꾸짖으실 때엔 서로에게 보이지 않는
> 강한 믿음이 있었지만 이제 그런 끈들이 행여 끊어질세라
> 조심조심 살피시는 것 같아 서글프고 안타까워지는 것이다.

'어머니' 중에서

01

살아있음에 대하여

삶과 죽음은 별개인 것처럼 생각하지만 오래 살다 보면 일생을 나처럼 평범하게 보낸 사람조차도 그 두 가지 개념은 함께 있거나 최소한 아주 가깝다는 것을 체득하게 된다. 자신의 경험이나 가까웠던 사람과의 이별을 통해 익숙해지다가 점차 죽음에 이르는 것이 아닐까 생각해 본다.

내가 살아온 시기는 정치 사회적 격변기였음에도 불구하고 전쟁도 없었고 지속적 경제 성장 등 외형적으로는 안정된 시절이었다. 다소 가난하고 어려운 유년기를 보내긴 했지만 산골 벽촌이었기에 숱한 역사적 진통으로부터 비켜나 있었다. 특별히 굴곡진 사건 없이 대학을 마치고 다양한 사회 경험도 겪지 못한 채 교원으로 안주했기에 죽음을 논할 만한 상황은 거의 없었다. 그럼에도 불구하고 산 날이 길다 보니까 개인적으로 죽음 직전까지 이르렀던 적이 없지 않았다. 성장 후 죽음에 가까이 다가서 본 경험은 그 사람의 사고와 인생관을 바꾸는 중요한 계기가 되기도 한다. 살아 있음 그 자체에 대한 의미가 남다르게 여겨지는 것이다. 돌아보면, 지나고 나서 보면 누구나 아찔한 상황은 자주 겪지만 나의 경우 세 번 정도는 저승의 문턱까지 다녀왔다고 해도 지나친 말이 아닐 것 같다.

나는 1954년 2월 3일, 강원도 오지 마을이었던 명주군 왕산면 대기리 양지마을 큰댁 도장방에서 태어났다. 한국전쟁이 막바지에 이르던 1953년 3월, 아버지에게 징집 영장이 떨어지자 서둘러 혼례를 치르고 어머니는 큰댁에서 시집살이를 시작하셨다. 곧바로 살림은 났지만 아버지가 입대를 하셨기 때문에 큰댁에서 사는 거나 마찬가지였다. 그렇잖아도 먹고살기 힘들었던 산골이었는데 전쟁 끝 무렵이라 궁핍함은 이루 말할 수 없었다. 몸도 약했던 어머니는 힘든 중에 나를 낳으셨는데 거의 미숙아 수준이었다. 울음소리도 힘이 없었고 아기가 워낙 병약해서 젖을 빨지 못할 정도였다고 한다. 산모가 허약한데다가 산후 조리를 제대로 받을 수 없었기에 젖도 나오지 않았을 것이다. 숟가락으로 젖이나 미음 끓인 물을 입에 넣어 주었지만 받아먹지 못하자 할머니는 애당초 인간 구실하기 글렀다며 내버려 두라고 하셨다. 어머니는 속이 탔지만 신랑도 없는 시집살이라 눈치 보기 바빴고 감히 시어머니의 명을 거스를 엄두도 낼 수 없는 처지였다. 다 큰 아이, 어른도 얼어 죽고 굶어 죽는 예가 허다하던 시기에 비실거리는 갓난아기 하나 버리는 것쯤은 일도 아니던 시절이었다. 더구나 9남매 대식구의 살림에 손 하나가 아쉬운 때 며느리가 병든 아이와 붙어 있는 것을 용납할 집안은 없었을 것이다.

할머니의 명령대로 갓난아기를 포대기에 싸서 방구석에 처박아 두었는데 일하는 틈틈이 눈치 보아 가며 젖을 물려도 소용이 없으니까 결국 어머니도 포기할 수밖에 없었다. 그런데 숨 떨어지면 내다 버리려고 할머니가 시간 날 때마다 포대기를 들춰 보면 울지도 못하면서 숨을 할딱거리고 있었다고 한다. 차마 살아 있는 피붙이를 버릴 수 없어 하루에도 몇 번씩 살펴보아도 여전히 숨이 붙어 있었던 것이다. 아직 눈도 못 뜨는 갓난아기가 생사의 갈림길을 헤매면서 3,4일이 지났는데도 숨이 안 떨어지니까 할머니가 그놈 명줄이 질기긴 질기구나, 죽지는 않을 팔자인 것 같으니 어떻게 목숨이라도 부지시켜보라며 날 어머니 품에 다시 안겼다고 한다.

간신히 숨은 쉬고 있었으나 어머니 표현을 빌리면 아이가 비쩍 말라 거미 같았고 서너 살 되면서 기침이 심하고 피를 자주 토했기 때문에 보는 사람마다 사람 구실하기는 어려울 거라고 단정 지었다고 한다. 성장한 후에도 사람 목숨은 사람이 함부로 하는 게 아니라는 걸 어른들은 날 예로 들어 말씀하시곤 했다.

초등학교 다닐 무렵에도 그릇에 담긴 양잿물을 물인 줄 알고 들이마시는 바람에 동네가 발칵 뒤집혔던 일, 멱 감다가 물에 빠져 간신히 살아난 일, 소 먹이러 깊은 산에 들어갔다가 길을 잃어 죽을 뻔 했던 일, 눈길에서 허기를 만나 꼼짝달싹 못했던 일 등 어려움을 겪기는 했으나 갓난아기 때와 같이 죽음 직전까지 간 적은 없었다. 애기 때 이야기를 들을 때마다 나는 함부로 죽을 사람이 아니라는 생각이 들었고, 어린 시절 누구나 한두 번씩 상상해 보듯이 세상이 끝장나도 나만은 영원히 죽지 않을 것 같은 환상에 빠지기도 했다.

두 번째 죽음의 문턱에 갔던 것은 대학교 1학년 때였다. 첫 대학은 학비가 거의 무료인데다가, 취직이 보장되고 병역까지 해결되는 교육대학을 다녔다. 지금은 없어진 강릉교육대학인데 캠퍼스가 강릉시 초당동 무성한 솔밭 속에 있어 시원하고 제법 운치도 있었다. 에너지가 넘칠 때이긴 했지만 수업도 많고 당시에는 RNTC(하사관후보생 과정) 훈련을 같이 받았기 때문에 일과가 끝나면 언제나 기진맥진이었다.

학교 생활에 어느 정도 적응해 가던 5월 초순경, 그날 수업 다 마치고 너무 배가 고파 학교 밖에 있는 가게에서 같은 반이었던 정희와 함께 빵을 사 먹으며 스쿨버스를 기다리고 있었다. 그 가게는 학교 앞 삼거리 정미소 건물 구석진 귀퉁이에 있었다. 가게 앞 평상에 앉으면 맞은편 학교 방향이나 좌측 강문 쪽으로 난 도로는 시야가 트였으나 건물에 가려진 오른쪽 도로는 전혀 보이지 않았다.

스쿨버스는 삼거리에 이르기 전에 학생들을 태우기 때문에 차를 타려면 길을 건너가야 하는 상황이었다. 도로는 비포장으로 진흙이 다져지고 굳은 노면에 잔모래가 살짝 깔려서 자전거 타기에 안성맞춤인 시골길이었다.

빵을 절반쯤 먹었을 때 맞은 편 학교에서 출발한 스쿨버스가 교문을 통과하는 것이 보였다. 정희가 먼저 일어나 빵을 먹으면서 길을 건너는데 나는 먹던 음료수가 남아 있기에 천천히 일어날 준비를 하고 있었다. 스쿨버스가 거의 도착하고 먼저 건너간 친구가 빨리 오라고 소리를 지르는 바람에 자리를 정리하자마자 차만 바라보고 냅다 뛰었다.

바로 그때, 가게 앞에서는 사각이어서 전혀 안 보이는 오른쪽 도로에서 택시 한 대가 전속력으로 달려오는 게 보였다. 그 택시는 삼거리 한 쪽에서 버스가 오고 있으니까 먼저 지나치기 위해 속도를 높였고 그 순간 내가 달려 나가면서 맞닥뜨리게 된 것이다. 글로는 '택시한 대가 전속력으로 달려오는 것이 보였다'고 표현했지만 뛰어나가면서 곧바로 택시와 충돌하는 형국이었다. 당연히 택시는 급브레이크를 밟았지만 일단 과속인데다가 앞서 설명했듯이 도로구조상 제동이거의 안 되는 길이었다.

도로를 가로질러 뛰어가다가 과속으로 달리던 택시가 내 오른쪽 옆을 들이받기 직전, 주변의 모든 것이 정지되면서 순간 혹은 찰나라고 표현할 수밖에 없는 짧은 시간에 나는 너무나 많은 생각을 하고 있었다. 우선 상황 판단, 멈추거나 뒤로 돌아서기엔 택시가 너무 가까이 있었고 앞으로 달리려면 차폭만큼 지나가야 되는데 그러기엔 이미 늦은 상태였다. 몸을 틀어 차 밑으로 들어가 바퀴 사이에 엎드리거나 눕는 것도 시간적으로 불가능했다.

상황 판단과 거의 동시에 택시에 치어 죽을 수밖에 없다는 생각도 같이 떠올랐다. 충돌할 때 많이 아플까? 시체가 흉하지는 않을까? 가만 아침에 속옷은 갈아입었던가? 좀 전에 빵 값은 냈던가… 그 짧은 혼돈의 시간에 정말 별의별 생각이 다 떠올랐다.

죽음을 떠올리면서 거의 동시에 그래도 혹시 방법은 없을까도 생각했다. 돌아서기는 늦었고, 나아가거나 엎드리기도 어렵다면 뛰어오르는 것은 어떨까? 그래, 그게 좋겠군. 뛰어오르려면 먼저 책가방을 놓고… 그래도 마지막까지 최선을 다해야지. 자, 이제 날아 봐?

정지했던 시간이 슬로비디오처럼 천천히, 아주 천천히 움직이기 시작했다. 먼저 책가방을 던지면서 오른쪽으로 방향을 틀고 택시와 정면으로 섰다. 무릎을 살짝 굽혔다가 뛰어오르면서 두 팔을 쫙 벌렸다. 무릎 부분이 앞 범퍼 끝에 걸렸지만 차가 달리는 속도 때문에 나는 보닛 위로 엎드린 채 앞 유리창에 거미 인간처럼 달라붙었고 그런 상태로 택시는 10여 미터를 더 미끄러져 갔다. 그 무렵 택시는 거의 현대자동차의 소형 포니였기 때문에 보닛이 짧아서 나처럼 키 작은 사람도 유리창에 걸치고 엎드리면 무릎 아래쪽은 보닛 밖으로 나왔다. 길게 설명했지만 이 모든 생각과 동작은 순서대로 진행된 것이 아니라 동시에, 순간적으로 이루어졌다.

일단 멈추었다가 아주 천천히 가던 시간이 드디어 정상적으로 움직였다.

찌지지 직…!

귀에 거슬리는 타이어 마찰음과 고무 타는 냄새, 그리고 사람들의 비명소리가 난무하는 가운데서 마침내 차가 멈추었다. 관성 때문에 차창에 달라붙어 있던 나는 차가 멈추자 스르르 창에서, 보닛에서 미끄러져 내려 택시 앞 범퍼 밑에 엉덩방아를 찧으며 주저앉았다.

자동차가 멈춤과 동시에 일시적으로 정지되었던 사고 체계가 다시 정상 작동하면서 스쿨버스를 타야한다는 오직 한 가지 목적이 선명하게 떠올랐다. 천천히 일어나 옷에 묻은 먼지를 털면서 아무렇게나 던져져 있는 책가방을 찾아 들고 버스를 향해 잠시 중단했던 질주를 이어갔다. 버스에 도착하자 많은 학생들이 내려서 놀란 표정으로 나를 지켜보고 있었다. 잘 알고 지내던 선배 한 분이 다가와서 나를 멈춰 세우더니 괜찮으냐고 물었다. 고개를 끄덕이자 그 선배는 택시기사가 많이 놀랐을 테니까 인사라도 하고 오라며 나를 돌려세웠다. 다시 멈추어 선 택시를 향해 거의 기계적으로 뛰어갔는데 주변에 사람들이 모여 있다가 날 이상한 눈으로 쳐다보면서 길을 터 주었다.

열린 창문으로 들여다보니 운전사는 아직도 핸들에 머리를 깊숙이 묻은 채 움직이지 못하고 있었다. 거기다 들이대고 '아저씨 미안합니다.' 하고 인사를 하는데 내가 아닌 다른 목소리가 말하는 것 같았다. 인사를 마치고 다시 되돌아와서 스쿨버스에 올랐다. 출입문 가까운 자리에 앉아 있던 선배 여학생이 자리를 양보해 주어 고맙다는 인사도 없이 털썩 주저앉았다. 그때까지도 이성이라기보다는 단순하고 본능적인 움직임이었다. 버스가 출발하고 거의 20여 분쯤 돼서야 제정신이 돌아왔다. 믿어지지 않는 아까의 상황이 하나하나 떠오르면서 식은땀이 온몸에서 흘러내리기 시작했다. 나도 모르게 독백처럼 중얼거렸다.

'이젠 덤이야, 남은 인생은 덤이라고.'

다양한 뜻으로 사용되는 삼재수라는 말이 있는데 나는 그걸 세 번 정도의 죽을 고비라는 뜻으로 받아들이고 있다. 대학 1학년 때 겪었던 죽음 문턱의 경험은 그동안 내가 무서워했던 여러 가지 상황을 우습게 만들었다. 아직도 정신적·육체적 고통은 두렵지만 죽고 사는 데 대한 겁이 없어진 것이다. 정선 벽촌 초등학교에서 근무할 때 인적 끊긴 심심산중의 괘병산이라는 암산 꼭대기에서 곧잘 혼자 야영을 했다. 산짐승들이 출몰하는 산골이라 그 동네 사람들조차 간덩이가 부었다며 혀를 내둘렀다. 높은 바위들로 이루어진 괘병산 정상에는 임자 없는 무덤도 하나 있었다.

지금까지 살아오면서 마지막으로 죽음에 가까이 다가갔던 것은 태백시 철암에서 근무할 때였다. 머물 곳이 마땅치 않아 오래 전부터 철암에서 자리를 잡고 살던 고종사촌 누님 댁에서 하숙을 하고 있었다.

바로 전 해인 1979년 10월 26일 박정희 대통령 피격 사망 후 정치적 혼란은 그해 12.12사태로 신군부가 전면에 등장하면서 일촉즉발의 살얼음판 정국으로 이어지고 있었다. 그러던 중 김대중씨가 투옥되자 호남지방의 민심이 격앙되고 계엄군의 무리한 유혈 진압으로 사태는 걷잡을 수 없는 상황으로 치달았다.

마침내 5월 18일, 그날따라 어수선한 정국만큼이나 마음이 착잡해 저녁 식사 후 철암 시장통을 돌아다니다가 가전제품 판매업소 TV 화면에서 보게 된 광주시위 광경은 격렬한 전쟁을 방불케 하고 있었다. 화염병과 최루탄이 가득한 거리에서 교복이나 교련복을 입은 고등학생, 대학생들이 총기로 무장한 채 군용 차량으로 이동하는 장면이 보이고, 중상을 입은 계엄군들의 유혈 낭자한 모습이 화면에 클로즈업되어 나타났다. 계엄군 치하에서 뉴스가 군경의 피해 중심으로 전달되고 있었기 때문에 자세한 내용을 모르는 대부분의 국민들은 당연히 방송 의도대로 과격한 시위에 대해 비판적 시각을 가지고 걱정하는 분위기가 지배적이었다.

하숙집으로 돌아와 몸을 씻고 책을 폈지만 정신이 산만하여 글씨가 눈에 들어오지 않았다. 그런 와중에서 책도 보고 글도 끄적이며 시간을 보내다가 밤이 이슥해서야 자리를 펴고 누웠다. 하지만 총기로 무장하고 얼굴을 가린 학생들, 피 흘리는 병사를 부축하는 계엄군 모습 등이 교차되면서 걱정도 되고 마음이 뒤숭숭하여 잠이 오지 않았다. 꼭 한 달 전인 4월 16일엔 이웃 동네 정선군 사북읍 동원탄좌 광부들의 시위로 그 지역이 3일간 무정부 상태에 빠지면서 세상을 놀라게 했다. 경찰지서를 비롯한 모든 관공서가 시위대에게 점령당했는데 정상적인 기능을 한 곳은 학교뿐이었다고 사북초등학교에서 근무하던 임길택 선생님이 전해 준 이야기도 머리를 맴돌았다.

강릉에 계신 부모님 생각, 다음 주부터 준비에 들어가야 할 월말고사, 우리 반 아이들 등 이런저런 생각으로 머리가 복잡하더니 점차 시장통 TV에서 본 시위 장면이 강하게 떠오르면서 이러다가 큰일 날 텐데 하는 생각이 머리 전체를 차지하기 시작했다. 점차 다른 생각은 모조리 사라지고 총을 든 고등학생과 피를 흘리며 부축 받던 계엄군의 모습이 교차되면서 저건 군부에 빌미를 줄 뿐이라, 정말 안 되는데… 하는 생각만이 나의 모든 사고 영역을 장악했다. 이러다가는 정말 나라가 큰일 나는데 하는 생각이 되풀이되면서 표현은 좀 이상하지만 그 생각 하나에 나의 모든 것이 매달리는 형국이 되어버렸다.

너무 오래 같은 자세로 있었기 때문에 여기저기 불편한 느낌이 들어 돌아누우려고 했으나 몸이 움직여지지 않았다. 팔과 손은 물론이고 손가락까지 거의 마비상태였다. 눈을 뜨려고 해도 눈까풀이 천근만근이었다. 처음엔 어라, 지금 꿈을 꾸고 있네. 진짜 꿈인가? 하는 생각에 손으로 꼬집으려고 해도 움직일 수 없었다. 어쩌다 손등으로 손이 가도 감각이 느껴지지 않았다. 의식 한 귀퉁이에서는 아, 이런 과정을 거치면서 머리가 돌고 정신병자가 되는구나 하는 생각이 끼어들었다. 실제로 구구단을 외워 보려고 해도 하얀 백지 상태인 듯 아무것도 떠오르지 않았다.

머릿속에서는 오직 한 가지 장면, 시위대와 계엄군, 그리고 한 가지 생각 정말 이러면 안 되는 데만 꽉 붙잡고 놓지 않으려는 상황이 이어졌다. 나중에는 발과 손끝부터 온몸이 조금씩 바위처럼 굳어지는 것을 확연히 느낄 수 있었다. 비로소 누구에겐가 이 상황을 알려야 한다는 경고음이 울리기 시작했다. 몸이 마음대로 움직여지지 않는 것은 물론 목소리도 전혀 나오지 않았다. 오랜 시간 이리저리 꿈틀거리면서 엎드렸다가 간신히 엉거주춤한 상태로나마 몸을 일으켜 자리에 앉는데 성공했다. 이제는 데모 장면도 흐릿해지고 어떻게든 소리를 내서 누구에게라도 내 위급 상황을 알려야 한다는 의식만 남아서 나의 모든 것을 지배했다.

간신히 일어나 꼼지락꼼지락 장지문 쪽으로 이동한 다음 잘 움직여지지 않는 몸을 앞뒤로 천천히 흔들다가(실제로 흔들렸는지는 모르지만 의도는 그랬다.) 문 쪽으로 넘어뜨렸다. 다행스럽게도 장지문으로 몸이 넘어가면서 우지끈 퉁탕 소리가 났고 안방 쪽에서 인기척이 들리는 것 같았다. 아득히 먼 곳에서 누님과 매형이 뭐라고 다급히 외치는 소리를 들으면서 여태껏 안간힘을 다해 잡고 있던 의식의 끈을 놓아버렸다. 누님 내외는 러닝셔츠에 팬티 차림인 나를 마룻바닥으로 끌어내어 놓고 마구 흔들면서, 얼굴에 찬물을 뿜어대고 손발을 주무르면서 병원에 연락하는 등 한바탕 난리가 났었다고 한다.

얼마 후 으슬으슬한 추위와 축축한 느낌에 눈을 떴다. 나를 내려다보고 있는 누님과 매형의 얼굴이 보였다. 온몸이 물에 젖어 흥건한 상태에서 우선 손발이 말을 들었고 다리도 움직여졌다. 아직도 머리나 온몸이 묵직한 느낌은 있었지만 몸을 틀어 누워 있던 마루에서 일어날 수 있었다. 얼른 구구단을 외워보았다. 2×7=14, 4×9=36, 7×8=56…
모든 게 선명하게 떠올랐다. 살았다는 생각보다 아 정신병자는 면했구
나 하는 안도감에 몸을 부르르 떨었다. 잠시 일어나 앉았던 나는 마루
에서 내려가 맨발로 좁은 마당을 천천히 걸어 보았다. 나는 거의 의식
을 못했는데 나중에 누님에게서 듣기론 팬티 차림으로 마당을 왔다 갔
다 하면서 '아 다행이다', '정말 다행이다'를 반복하더라는 것이었다.

　말로만 듣던 연탄가스 중독이었다. 술이라도 한 잔 걸쳤더라면, 격
렬한 광주 시위 장면을 TV로 볼 수 없었더라면, 만약 그 장면을 붙
잡고 나라를 걱정하는 '우국충정'으로 잠을 설치지 않았더라면 나는
그날로 조용히 이승을 떠나지 않았을까?

　1980년 5월 18일은 우리나라 역사에서 매우 중요한 날로 기록하고
있지만 나의 개인사에서도 생사의 갈림길을 오고 간 잊을 수 없는 날
이 되었다.

02

어머니

비가 오거나 눈이 내리면, 특히 첫눈이라도 내리는 날이면 공부에 싫증난 여학생들은 내게 재미있는 얘기 하나만 해 달라고 조르곤 했다. 대학 때 미팅한 거나 첫사랑 얘기… 뭐 그런 것들을 듣고 싶다며 매달렸다. 언젠가 아이들이 떼쓰는 소리를 듣다가 창밖으로 거세게 퍼붓는 빗줄기를 보면서 어머니가 생각났다.

"너희들은 저렇게 쏟아지는 비를 보면 무슨 생각을 해?"

"선생님은요?"

"난 우리 엄마가 생각나."

"왜요?"

그 아이들에게 처음으로 내 어릴 적 얘기를 했다. 딱 두 반에서 두 번. 처음엔 아이들도 좀 시큰둥한 분위기였고 나도 별 생각 없이 시작했는데 모두 이야기 속으로 빠져들어 갔다. 내가 얘기를 마쳤을 때 난 쑥스러워 겸연쩍게 웃고 있었지만 아이들은 정적 속에 묻혀 있었다. 몇몇 아이들의 눈이 빨개진 것을 보고 사소한 내 이야기도 다른 사람의 마음을 움직일 수 있다는 것을 알게 되었다.

아무리 추운 겨울이어도, 당장 갈 길이 막막해져도 눈 내리는 모습은 사람의 마음을 들뜨게 한다. 그 결과야 어찌되건 힘차게 내리꽂히는 여름 빗줄기 또한 보는 이의 가슴을 시원하게 적셔주는 것이 사실이다. 특히 폭설과 폭우는 악천후이면서도 사람들을 잠시 비현실적인 생각에 잠기게도 하고 또 살아온 날들의 어떤 순간이나 상황을 떠올리며 미소 짓거나 쓴웃음을 삼키게도 하는 묘한 힘을 가졌다.
난 지금도 계절에 관계없이 쏟아지는 비를 보면 언제나 어린 시절에 학교 다니면서 맞았던 비의 냉기와 함께 어머니를 떠올린다. 뼛속까지 스미는 찬비의 을씨년스러움, 그리고 어머니가….

우리 세대의 어린 시절, 많은 사람들이 한두 번쯤 자신의 출생에 대해 의문을 가져본 적이 있을 것이다. 너 다리 밑에서 주워 왔다더라는 식의 흔한 농담에 반신반의하다가도 엄마가 사소한 일로 눈물이 찔끔 나오도록 혼찌검이라도 낼라치면 '우리 엄마가 진짜 친엄마일까' 하는 철없는 생각을 해 본 사람도 많을 것이다. 나 또한 혹시 우리 엄마가 계모일지도 모른다는 단순한 생각에서부터 내가 만일 고아라면 하는 상상에 이르기까지 정말로 내 출생에 관한 많은 의문을 간직하고 어린 시절을 보냈다. 내가 첫아들이고 그 아래로 딸만 내리 다섯을 두었으니까(동생 둘은 어려서 잃었지만) 귀한 외아들이라 귀염 받으며 살겠다고 모두들 부러워했는데 사실은 전혀 그렇지 않았다.

한국전쟁이 끝날 무렵인 1953년, 아버지가 소집영장을 받자 생사가 기약 없었던 그 시절, 씨라도 받아 두자는 할아버지의 성화로 같은 동네에 살던 어머니와 서둘러 혼사를 치렀다. 전쟁은 끝났지만 아버지가 수없이 생사의 고비를 넘나들 때 내가 태어났고 사년 여를 어머니와 나는 큰댁 그늘에서 살아야 했다. 아버지가 제대하신 후 여동생이 태어나자 나는 완전히 뒷전으로 밀려버렸다. 부모님이 모두 무뚝뚝하셔서 좀처럼 애정 표현을 하지 않는 성격인데도 내 여동생에 대한 아버지의 사랑은 각별하셨다. 나는 기회 있을 때마다 동생을 꼬집고 때리고 걷어차기도 했지만 내 질투에 대한 대가는 무지막지한 욕설과 매뿐이었다.

지금 돌이켜 보아도 그때 어머니께서 내게 일상적으로 퍼부으셨던 욕설은 끔찍하여 필설로 옮기기 어려울 지경이다. 뿐만 아니라 어머니께서는 내가 그 누구와 싸우든 내 편을 들어주신 적이 없으셨다. 학용품이나 무얼 사달라고 졸랐을 때 단돈 일 원짜리 하나라도 순순히 주시지 않았다. 동리 잔칫날 기름질 하러 가셨을 때 다른 엄마들은 멀리서 노는 아이까지 불러다가 두부 조각이라도 먹여 보내는데 우리 어머니는 영 딴판이셨다. 괜히 어머니 부근에서 얼쩡거렸다가는 당장 귀신이나 잡아갈 놈으로 매도되었다. 동리 잔칫집이 아니라 친척 댁에서 대소사로 음식 장만할 때도 사촌들은 과자부스러기 등을 얻어 들고 자랑을 하는데 난 어머니 눈에 띄지 않도록 최선을 다해 은신해야 했다.

아이들이랑 산에 소 먹이러 가거나 놀러갔다가 길을 잘못 들어 밤늦게라도 내려오면 다른 아이들의 부모들은 광솔불을 붙여 들고 찾아 나서는데 나는 자칫 잘못하다가는 식은 저녁밥도 못 얻어먹기 십 상이었다. 친척집이나 친구들 집에서 여러 날을 자고와도 찾는 법 이 없으셨다. 어딜 싸돌아다니다가 이제야 기어들어 오느냐는 욕설 이 며칠 만에 보는 외아들을 맞으시는 인사였다. 항상 어머니가 싫었 던 것은 아니었는데도 어린 마음에 서운한 감정이 쌓여만 갔다. 그렇 다고 내가 기죽어 지낸 것은 아니어서 어머니 마음에 안 드시는 짓은 용케 골라가며 저지르다 보니 정다워야 할 모자지간이 외견상 밤낮 없는 싸움판의 연속이었다.

성장하면서 우리 엄마가 계모일거라는 생각은 결코 단순한 서운함 과 상상력이 아니라 사실일거라는 마음으로 굳혀지기에 이르렀다. 특히 빗줄기를 보면서 차디찬 냉기와 함께 어머니가 떠오르는 것도 어릴 때 겪었던 어머니에 대한 서운함이 사무쳤기 때문이다.

그때 내가 다니던 초등학교는 집에서 사 킬로미터 정도 떨어진 곳 이었는데 길이 멀고 험하여 매일매일 등하교 하는 것 자체가 하나의 큰 일거리요, 모험이었다. 개구쟁이들에게 산과 계곡에 널린 모든 것이 놀이터였고 장난감이었으며 탐구의 대상이었던 것이다.

그런데 여름철에 내리는 큰비는 호기심의 대상이자 공포의 상징이 기도 했다. 넘치는 물은 계곡으로 난 모든 길을 없애버리기 일쑤였고 이따금씩은 인명 피해가 나기도 했다. 학교에서 공부를 하다가도 비 가 많이 내리면 학교 전체가 술렁거렸다. 2교시쯤 끝나면 소사아저 씨가 교실을 돌면서 큰터 가는 길이 물로 넘치고 있으니 그쪽 아이들 은 책보 싸서 돌아가라고 일렀고 수업 중에도 학부모들이 찾아오면

용수골, 양지마을 하는 식으로 교실이 조금씩 비어 가는 것이었다. 겉으론 아무 일 없다는 듯이 태연했지만 이처럼 비 때문에 학교가 중간에 파하는 날은 내겐 끔찍한 날이었다. 자존심 상하고 스타일 구기고 하는 것이 문제가 아니라 우리 엄마는 역시 계모임이 틀림없다는 사실을 확인하곤 울음을 삼켜야 하는 날이었기 때문이다.

아무리 비가 많이 와도 우비를 준비해 준 적이 없었던 어머니셨지만 어차피 우비야 있으나 없으나 온몸이 비로 젖기는 마찬가지라 그건 얘깃거리도 아니었다. 문제는 쏟아진 비로 갈 길이 물에 잠겨 버렸을 때 내가 겪어야 하는 비참한 상황이었다. 농촌일이 아무리 바쁘고 또 자식에게 무관심한 부모라 해도 계곡물이 길을 휩쓸 정도가 되면 누구나 자식 걱정에 학교로 찾아오기 마련인데 우리 부모님은 내가 초등학교를 졸업하기까지 육년간 비가 많이 왔다고 날 데리러 온 적이 한 번도 없으셨다. 단 한 번도.

아무튼 우리 동네로 가는 길이 위험하다 싶으면 선생님께서는 동네 아이들을 모두 모아 놓고 어른들과 함께 귀가하도록 당부하셨다. 다른 아이들은 어머니나 누나 등 가족과 함께 구멍 낸 비닐포대라도 뒤집어쓰고 다정하게 가는데 난 그들 뒤를 물에 빠진 생쥐 꼴이 되어 따라가야 했다. 그래도 자존심은 있어서 누구에게도 지지 않으려고 기운차게 황포돛대도 부르고 백마강도 불러대지만 빗소리에 묻혀 누구의 관심도 끌 수 없었다. 드디어 계곡물로 길이 막힌 곳에 이르면 내 유행가 소리는 절규에 가까워졌다. 다른 아이들은 모두 어른들 등에 업혀 냇물을 건너는데 뒤따라가던 난 아무도 보아주지 않아 혼자서 발을 동동 구를 수밖에 없었기 때문이다. 무리해서라도 혼자서 건

널 수 있으면 책보를 머리에 이고라도 건너겠는데 도저히 안 되겠다 싶을 땐 정말 물에 빠져 죽고 싶은 심정이었다. 이미 물을 건너 저만치 가던 사람들이 이러지도 저러지도 못해 쩔쩔매고 있는 날 발견하고 다시 물을 건너와 등을 돌려댈 때 남의 엄마 등에 업혀야 하는 어린아이의 심정을 어떻게 표현할 수 있을까? 아무리 오랜 세월이 지난다고 해도 그때의 당혹감은 잊혀지지 않을 것이다.

어쨌든 천신만고 끝에 무사히(?) 집에 돌아와 보면 부모님은 일 때문에 바쁘실 때도 있지만 대부분의 경우는 두 분 모두 윗방이나 안방에서 이불 뒤집어쓰고 꿈속을 헤매고 계셨다. 몇 번이나 문소리를 키워가며 드나들어도, 강아지 옆구리라도 걷어차서 내 존재와 울분을 알리려고 해도 도무지 소용이 없었다. 혼자 방구석에 쪼그리고 앉아 울다 지쳐 잠들었다가 누군가 깨워서 일어나 보면 저녁 먹을 시간이었다. 밥 먹으라고 깨운 것인데 귀찮기도 하고 아직 분이 덜 풀려 싫다고 누워버리면 그것으로 끝이었다. 부모님께서는 어떤 경우에도 한 번 주어서 마다하는 음식을 두 번 다시 권하는 예가 없으셨다. 배고픔을 참다못해 한밤중에 몰래 부엌으로 나가서 먹다 남은 찬밥이나마 챙겨 먹는 것도 내 손으로 해야 했다. 이런 식으로 지내다 보니 어머니에 대한 반감은 점점 커져서 매사에 청개구리마냥 말썽을 부렸다. 거기에 비례하여 어머니의 고함과 욕설은 더욱 높아질 수밖에 없었고.

초등학교를 졸업하고 중학교에 입학하게 되었을 때 내가 정말로 기뻤던 것은 어머니와 떨어져 살 수 있다는 해방감이었다. 그때 내가 다니던 학교에서 서른 명 정도가 같이 졸업했는데 그 중 다섯 명이 강릉에 있는 중학교로 진학을 했다. 일손도 모자라는 처지였던 부모님께서 어떻게 날 중학교에 보내주셨을까 하는 따위의 관심은 안중에도 없었고 그냥 집을 떠난다는 것에 대한 기대로 충만해 있었다. 삼월을 기다리던 그때 그 겨울의 가슴 떨림이란 황홀함 그 자체였다.

소도시에서의 중학 생활, 일단 집은 벗어났지만 생각처럼 수월한 것은 아니었다. 나이가 비슷한 사촌들이 있는 큰집에 더부살이로 지내야 했는데 한 달쯤 지나자 집이 그리워지기 시작했다. 처음엔 아니라고 강하게 머리를 저었지만 시간이 지날수록 어머니 생각에 잠을 이룰 수 없었다. 그토록 귀찮아했던 동생들, 그리고 내 분풀이 대상이었던 강아지까지도 보고 싶어졌다. 학교가 싫어서가 아니라 빨리 집에 가고 싶어 방학을 손꼽아 기다리게 되었다. 고향 마을엔 나처럼 외지에서 유학하는 학생들이 몇 명 있었는데 방학 무렵이 되면 집집마다 자식을 맞기 위해 음식을 장만해 가면서 방학을 기다리는 모습을 많이 보아왔기 때문에 우리 어머니도 이젠 날 반갑게 맞으리라는데 의문의 여지가 없었다.

드디어 방학을 하고 다음 날 동네 친구들과 함께 그리운 고향으로 향했다. 하복을 깨끗이 다려 입고 온갖 폼을 다 재면서 마을 어귀로 들어서자 다른 친구들은 누군가가 마중 나와 있다가 가방을 받아 들고 반가움에 어쩔 줄 몰라 하는데 난 그때도 혼자였다. 그래도 기대를 버리지 않은 채 우리 집이 보이는 곳에 다다랐을 때 부모님께서는 집 앞 감자밭에서 김을 매고 계셨다. 내 딴에는 너무 반가워 지금까지의 서운했던 감정도 잊고 엄마를 부르며 밭으로 달려갔는데 그제야 허리를 펴신 어머니는 대뜸 옷 버린다며 집으로 가라고 소리치곤 그냥 하던 일을 계속하시는 것이었다. 그때의 무안함과 서운함, 그리고 절망감이란….

그래도 며칠은 동생들과도 함께 놀아주고 또 그동안 달라진 것들을 살펴보느라 서운함도 잊고 지냈지만 일주일쯤 지나면서 완전히 그때 그 시절로 되돌아가 버렸다. 내 작폐가 늘어나면서 내게 쏟아지는 어머니의 고함도 더욱 높아만 갔고.

그렇게 달라진 것 없는 생활로 중학교 첫 방학을 보내던 어느 날, 장롱 꼭대기 서랍을 뒤지다가 우연히 초등학교 때의 졸업사진을 보게 되었다. 졸업생이 서른 명 안팎이었기 때문에 졸업기념사진이라는 것이 졸업생 전체 사진과 남녀별로 찍은 사진 한 장씩이 전부였다. 졸업한 지 기껏 6개월 정도 지났을 뿐이었지만 너나없이 꾀죄죄한 모습들의 흑백사진은 감회를 새롭게 했다. 한데 사진 두 장 모두 귀퉁이가 닳고 해져 있을 뿐 아니라 접힌 자국 때문에 어떤 친구는 얼굴을 알아볼 수 없을 정도로 낡은 사진이 되어 있었다. 나는 대뜸 바로 아래 동생에게 소리를 버럭 질렀다. 누가 내 사진을 이렇게 망가뜨려 놓았느냐고. 그러자 온갖 잔소리에 구박만 받으면서도 오빠라고 하루 종일 따라다니던 동생들이 정색을 하고 손을 내저었다. 엄마가 그랬다는 것이었다.

"엄마…가…맨…날…오빠…사진…보느…라…고…그랬…단…말이야."

'어, 이게 무슨 소리? 세상에….'

순간적으로 아찔한 현기증을 느끼며 발받침으로 놓았던 목침에서 천천히 내려왔다. 십여 초나 될까 말까 하는 시간에 내가 살아온 십삼 년 생애가 파노라마처럼 스쳐 지나갔다. 안개 자욱한 혼돈 속에 뒤죽박죽 쌓여 있던 내 삶의 모든 부분들이 척척 제자리를 잡아가는 것이 눈에 보이는 듯 선명했다.

오! 쾌재라! 그날 이후 내 생각과 생활, 그리고 모든 것이 완전히 바뀌어 버렸다. 아니 다시 시작되었다. 그것은 결심이나 약속, 다짐 그런 추상적인 것이 아니요, 자신을 다그치며 재촉하는 몸부림은 더욱 아니었다. 당연히 그래야 하는 본래의 내 생활이 자리를 찾은 것처럼 구체적이고 자연스럽게 이루어졌다.

점차 나이가 들어가면서, 산성비 어쩌고 하는 소리를 듣는 서울에 살면서도 길 가던 중에 비를 만나면 서두르지 않았고 강한 빗줄기가 아닌 한 내리는 비를 그냥 맞으며 걷곤 했다. 습관이 되다시피 한 점도 있지만 이상하게도 그래야 될 것 같고 또 그러고 싶을 때가 많았다. 그 빗줄기 속에서는 언제나 쉴 새 없이 줄기차게 온갖 욕설을 퍼부으며 다그치시던 한창 때의 어머니를 만날 수 있기 때문이었다.

지금은 아버지와 다투시다가도 자식들 눈치를 보느라 언성을 낮추시는 어머니의 모습을 보면 서글퍼진다. 사소한 것이라도 당신 뜻대로 않으시고 의논조로 말씀해 오실 때면 깊은 슬픔마저 느껴진다. 나가 죽어라, 뒈지지도 않고 귀신은 뭐하느라 저런 놈 안 잡아가느냐고 꾸짖으실 때엔 서로에게 보이지 않는 강한 믿음이 있었지만 이제 그런 끈들이 행여 끊어질세라 조심조심 살피시는 것 같아 서글프고 안타까워지는 것이다.

　아! 흐르는 세월을 잡을 수 없음이여!

03

영등포 1984

아침 저녁으로 가을의 서늘함을 느끼게 하는 9월 하순, 여러 차례 벼르기만 했던 사촌형님 댁을 방문하기로 했다. 아래윗집에 살면서 유년기를 거의 붙어 지내다시피 했고, 중고등학교를 큰댁 더부살이로 사느라 미운 정 고운 정이 들대로 든 형님이었다. 사촌형님은 결혼 후 서울에서 터를 잡았고, 내가 뒤늦게 서울로 발령을 받게되자 한 번 찾아뵈어야지 하면서 마음만 먹고 있다가 2년이 다 되어서야 은평구 어디에 산다는 형님을 찾아 나선 것이다. 그동안 생소한 도시생활에 적응하는 것도 쉬운 일이 아닌 데다가 한창 짓궂은 시기의 여학생들 뒤치다꺼리에 세월의 흐름을 잊고 살았기 때문이다. 마장동 정육시장을 드나들다가 알게 된 분에게서 한우 꼬리를 찜용으로 손질해 달래서 받아 들고 버스에 올랐다. 일요일인데다가 버스가 바로바로 연결되어 어렵지 않게 형님 댁을 찾아갈 수 있었다.

형수님도 반가워하고 어린 조카들도 한창 귀여울 때라 하루 종일 쌓인 이야기 나누느라 시간 가는 줄 모르고 보내다가 저녁까지 먹고 빚 갚은 뒤의 홀가분함을 느끼며 형님 가족과 작별 인사를 나누었다. 결혼 전부터 오랜 기간을 서울에서 생활했던 형수님의 길 안내에 따라 올 때와는 다른 차를 탔는데 내가 갈아탈 장소를 착각했는지 버스가 강 건너 영등포를 지나고 있었다. 차장 아가씨에게 성수동으로 가려면 어디에서 내려야 하는지 몇 번 물어봤는데 대답이 신통치 않아 반대 방향으로 가는 버스를 탈 수 있겠다 싶은 곳에서 무작정 내렸다.

일단 한강을 도로 건너가야 했기에 길 반대편 버스정류장을 찾아 부지런히 걸었다. 분명히 방금 전에 영등포 번화가를 지났는데 거리 풍경이 완전히 바뀌어 있었다. 벽을 잇대어 지은 나지막한 이층 건물들이 인도 옆으로 늘어서 있어 긴 담장을 따라 걷는 듯한 느낌을 주는 그런 거리였다. 집집마다 대문이 있고 사람도 사는 것 같은데도 창으로 비치는 불빛이 거의 안 보였고, 가로등도 드물어 거리 전체가 어두컴컴한데 여기저기에서 남녀가 실랑이를 벌이는 모습이 눈에 띄었다.

그 무렵엔 영등포 일부 지역에 윤락가가 형성되어 있었지만 서울 사정이나 지리에 어두웠던 나로서는 그저 낯선 동네일뿐이었다. 아무래도 길을 잘못 든 것 같은 불안한 생각에 버스정류장을 찾아 서둘러 발걸음을 옮기는데 웬 아가씨가 가까이 다가오더니 다짜고짜로 팔짱을 끼면서 몸을 밀착해 왔다. 기겁을 하고 뿌리쳤지만 너무 찰싹 달라붙어 떨어지지 않았다.

"아저씨, 잠깐 놀다 가세요."

"이것 좀 놓고 얘기합시다."

"에이, 순진하긴, 이런 곳 처음이죠?"

"아, 이거 좀 놓을 수 없어요?"

"그러지 말고 잠깐 놀다 가세요. 서비스 끝내주니까."

"이거 정말 못 놔?"

내가 정말 어리숙하게 보였나 싶어 언성을 높이면서 팔을 세게 뿌리쳤다.

"어라, 이 아저씨가 사람 치네? 그래 어디 더 쳐 봐! 쳐 보라니까?"

자세히 보니 나뿐 아니라 여러 곳에서 여자들이 남자들과 드잡이를 하고 있었다. 안 되겠다 싶어 팔을 빼려고 힘을 주면서 여자를 밀어냈다. 여자는 더 바짝 팔을 끌어안더니 갑자기 소리를 지르기 시작했다.

"아이구, 이 아저씨가 사람 잡네! 아야! 도와 줘요!"

돌변한 아가씨의 태도에 어쩔 줄 몰라 하고 있는데 여기저기서 대여섯 명의 여자들이 달려오더니 온몸을 잡아끌고 밀어대기 시작했다. 처음에는 장난 반 호기심 반이었지만 나중엔 다급해졌다. 죽기 살기로 달려드는데다가 폭력을 썼다가는 덤터기 쓰기 꼭 알맞은 상황이라 속수무책이었다. 그때까지만 해도(지금이라고 뭐 별로 달라지진 않았겠지만) 어리바리하기 짝이 없는 촌놈이었던 나는 당황한 나머지 팔을 잡아 빼려고 애썼지만 필사적으로 잡고 늘어지는 그 여자들을 떼어낼 수 없었다. 상대의 나이도 어려 보여 어디에 손을 대야 할지 난감했고 남자 체면에 여자에게 쫓겨 줄행랑을 친다는 것도 황당했던 것이다.

여자들은 나를 어느 집 대문으로 밀어 넣으려고 안간힘을 다 쓰는데 문지방에 버티고 용을 쓰기도 우스꽝스러워 일단 안으로 들어갔다. 내가 대문 안으로 들어서자 무협소설에서나 나옴직한 두터운 대문에 큼직한 빗장이 가로질러 걸렸다.

"다 아시면서 괜히 순진한 척 하지 말아요. 서비스 잘해 줄 테니까 잠깐만 놀다 가요, 응?"

처음 나를 잡았던 아가씨가 다시 다가서자 나는 반사적으로 물러섰다. 처마 밑 전등에 비친 아가씨의 모습이 참혹했다. 바짝 마른 몸에 머리카락은 헝클어지고 요란한 꽃무늬 원피스는 갈갈이 찢겨 형체를 알아보기 어려웠다. 게다가 허리를 짚고 있는 왼쪽 손가락 하나는 중간이 뭉텅 잘려나가고 팔다리도 할퀸 자국, 멍 자국, 담뱃불에 지진 자국 등 갖가지 상처로 멀쩡한 곳이 없었다.

"이러지 맙시다. 갈 길이 바쁘고 놀 생각도 없소, 난 나가겠소."

아가씨가 대문간을 떡하니 가로막고 섰다.

"아저씨, 정말 멍청한 거야, 모자라는 거야? 분위기 파악이 그렇게 안 돼요?"

"난 분위기 파악도 안 되고 끌려왔을 뿐이니까 물러서요, 내 발로 나가게"

"아저씨, 정말 이러기예요?"

"아, 물러서요!"

문을 열기 위해 그 아가씨를 옆으로 밀쳤다. 순간 여자가 과장된 몸짓으로 땅바닥에 널브러졌고 곧이어 고음의 목소리가 밤하늘을 찢으며 울려 퍼졌다.

"아이고, 이 아저씨가 사람 잡네!"

깜짝 놀라 주춤거리는데 또다시 몇 명의 여자들이 이 방 저 방에서 쏟아져 나오더니 어쩌다가 이렇게 다친 거야, 어쩌구 하면서 이번에는 나를 2층으로 밀고 당기면서 끌고 가기 시작했다. 삐걱거리는 나무계단에서 버틸 수도 있었지만 팔을 뿌리치고 내 발로 걸어 올라갔다. 여자들은 나를 비어 있는 한 방으로 밀어 넣더니 문을 닫고 가버렸다.

두어 평이나 될까 말까한 좁은 방엔 지저분한 이불 한 채가 나뒹굴고, 색 바랜 도배지가 너덜거리는 천정에서는 촉수 낮은 형광등이 푸르스름하게 빛을 발하고 있었다. 그 방안 구조, 음습한 냄새, 그리고 본래의 모습을 잃어버려 기괴함까지 느껴지는 여자, 황석영이 '어둠의 자식들'에서 묘사한 윤락가의 풍경 그대로였다.

앞을 생각도 못하고 멍하니 서서 궁리를 거듭하고 있는데, 그 여자는 벽에 기대앉아 담배 연기를 길게 뿜으며 메마른 음성으로 말을 걸어왔다.

"아저씨, 세상 다 그런 거 아니에요? 고상한 척 하지 말고 앉아요."

"……."

"미스 강이에요, 이런 몸으론 영업도 못해요. 이 꼴로 만들었으니 책임져야죠?"

"……."

"아, 뭐해요?"

"아가씨, 우리 이러지 맙시다. 아가씨와 함께 놀 생각도 없고, 갈 길도 바빠요."

"누구나 처음엔 다 그렇게 얘기하더라구요. 남자란 다 똑같다니까."

"이거 정말⋯."

"아, 뭐 해요? 앉으라니까."

파리한 형광등 불빛에 비친 여인, 앳된 모습이 남아 있는데도 짙은 화장으로 겉늙어버린 듯한 얼굴은 온갖 상처에 땀으로 범벅이 되어 나이를 짐작할 수 없었다. 한참을 우두커니 서 있던 나는 지갑을 꺼냈다. 방법이 없으면 돈 몇 푼 쥐어 주고서라도 이 궁지에서 벗어나고 싶었던 것이다.

"아가씨, 얼마면 되겠어요?"

"이런 씨발, 누굴 거지로 알아? 아저씨, 그렇게 돈이 많아?"

갑자기 아가씨의 욕설과 함께 언성이 높아지자 문이 벌컥 열리며 우락부락하게 생긴 청년들이 들이닥쳤다.

"뭐야? 왜 그래?"

"아, 짜증나. 저 아저씨가 날 거지로 아네, 글쎄."

"사장님, 보아하니 다 알만한 분 같은데 아이들이 불쌍하지도 않아요? 몸으로 먹고 사는 아가씨들인데 저렇게 만들어 놓고 그냥 가시면 안 되지요."

"아니, 정말 많이 상했네. 사람을 이렇게 만신창이로 만들어도 되는 거야?"

"⋯⋯."

청년들이 한두 마디씩 협박조로 툭툭 던진 후 다 나가고 그 중에서 나이 지긋한 사내가 혼자 남아 날 어르고 달래기 시작했다. 아가씨에게 돈이라도 집어주려고 펼쳤던 지갑 속의 선도위원증이 눈에 띄었다. 각 학교마다 한 명씩 생활지도 담당교사에게 서울지방검찰청동부지청장 명의로 발급해 준 신분증이었다. 생활지도 교사들이 교외 지도 다닐 때 유흥업소 단속이 어렵다고 호소하자 출입증 삼아 만들어주었던 것이다. 막다른 골목에서 혹시나 하는 심정으로 빨간 줄이 선명한 선도위원증을 꺼내어 앞에 서 있는 사내에게 건넸다. 그 사내가 나를 한번 쳐다보더니 신분증을 받아 들고 불빛에 비추어 보았다.

"전 학교에서 생활지도를 담당하고 있습니다. 보시면 알겠지만 사실 저는 이런 곳을 단속하러 다녀야 할 입장입니다. 미안하지만 더이상 여기에 머물고 싶지 않습니다. 이젠 나가겠습니다."

그게 어떤 효과가 있을지도 의문이었고 또 내가 생각해도 요령 부족이라는 느낌이 들었지만 나름대로 단호하게 내 뜻을 피력했다. 그 순간 아가씨가 벌떡 일어나 사내의 손에서 내 신분증을 낚아채더니 방바닥에 주저앉아 이리저리 살펴보는 것이었다. 그리곤 날 싸늘한 눈초리로 쳐다보며 한 술 더 떴다.

"얼씨구, 선생이야? 이거 웬 떡, 오늘 밤 공무원 아저씨랑 한 번 놀아 봐야겠네."

내가 난감한 표정으로 서 있자 그 사내가 손을 내밀어 신분증을 달라고 했으나 아가씨는 팩 돌아앉으며 딴전을 피웠다.

"나, 선생이랑 연애 한번 하겠다는데 왜 그래?"

"그거 이리 내놔!"

"에이, 재수 없어!"

사내가 언성을 높이자 아가씨가 신분증을 집어던지며 두 손으로 얼굴을 감싸고 훌쩍이기 시작했다.

"사장님도 참 너무하시네요. 불쌍한 우리 아이들 좀 도와주면 안 되나요?"

"……"

"할 수 없죠. 알겠습니다. 돌아가시죠."

그 사내가 신분증을 집어 들어 내게 건네며 옆으로 물러섰다. 나는 신분증을 받아 간수하면서 미닫이로 된 방문을 열었다. 문을 막 나서려는데 흐느끼다시피 울던 아가씨가 앙칼지게 쏘아붙였다.

"야, 니가 선생이야? 그래, 선생이 기껏 그 정도야? 너 같은 놈도 선생이라고, 그 밑에서 배우는 년들이 딱하고 불쌍하다. 이 잘난 놈…."

그것은 처절한 몸부림이요, 절규였다. 뒷말은 그녀의 울음에 묻혀 더 이상 들리지 않았다. 방에서 막 나오려다가 문지방을 가로타고 선 채 그 자리에서 우뚝 걸음을 멈추었다. 그 아가씨의 말을 듣는 순간 온몸이 불에 덴 듯한 충격을 받았던 것이다. 아니, 정신이 번쩍 들었다는 것이 더 정확한 표현인지도 모르겠다. '너 같은 놈'이라는 단 한마디 말 속에 담긴 너무나 많은 함의가 순간적으로 깨달아졌기 때문이었다. 그만하라는 사내의 짜증 섞인 말에도 울음을 그치지 않는 아가씨를 등 뒤에 둔 채 한동안 서 있다가 밖으로 나왔다. 방을 나온 나는 돌아서서 두 손으로 얼굴을 가린 채 울고 있는 그 아가씨를 향해 머리 숙여 정중하게 사과했다.

"아가씨, 오늘은 정말 미안합니다."

어두운 길거리에서 아가씨를 처음 만나 다투다가 집으로 끌려오고, 조금 전 방문을 열 때까지의 내 모든 언행이 가식과 허세였으나 마지막으로 한 사과는 진정성을 담은 나의 마음 그대로였다. 삐걱거리는 나무 계단을 다 내려올 때까지도 그 아가씨의 울음소리는 그칠 줄 몰랐다. 처연하다는 표현이 절로 나올 정도여서 마음이 아프고, 정말 미안했다. 한편으론 앞뒤가 꽉 막힌 내 자신이 한없이 부끄러웠다.

정신없이 그 집을 나와 버스를 타고 하숙집으로 돌아오면서도 그 아가씨의 마지막 말 한 마디가 준 충격에서 헤어나기 어려웠다. 밤늦은 시간, 텅 빈 버스에 흔들리면서 내일 아침이면 만나게 될 우리 반 아이들 모습을 한 명 한 명 떠올려 보았다. 어디 한 군데라도 때 묻은 곳이 없는 순수 그 자체인 우리 아이들, 난 그들에게 과연 무엇을 줄수 있을까 반문하면서.

아직도 그때 일을 생각하면 얼굴이 화끈거린다. 그리고 온몸이 상처투성이인데다 새끼손가락까지 뭉텅 잘려 나간 그 아가씨가 얼굴을 가리고 울던 모습이 너무나 생생하게 떠오르곤 한다. 온통 내 혼을 다 빼놓다시피 하던 당시 우리 반 아이들처럼 그 아가씨도 티 없이 맑고 고왔던 시절이 있었으리라는 생각에 그때는 정말 가슴이 미어지도록 아팠다.

그리고 그 말, '너 같은 놈도…'만 생각하면 난 지금도 오금이 저려 온다. 여전히 편협한 속을 틔우지 못하고 작은 일에도 안달복달하며 살아가는 자신을 자주 보기 때문이며, 내게 배우는 아이들이 진정 불쌍해지지 않도록 내가 얼마나 노력하고 있는지를 생각하면 도무지 자신이 없기 때문이다. 그래서 내가 하는 일에 회의를 느낄 때, 아이들이 내게 벅차다는 느낌을 받을 때면 그 말의 의미가 더 강하게 와 닿는지도 모른다.

사람이 사는 법은 훌륭한 선생님이나 많은 책, 어려운 사상, 뛰어난 위인에게서만 배우는 게 아니라는 것을 그때 그 아가씨는 온 몸으로 일러주었다. 자신을 여자로, 아니 사람으로 보아주려고도 않았던 내게 말이다.

04

집단 항명, 그 이후

　지금은 사립학교 선생님이 공립학교로 이동하려면 공식적으로 시험을 쳐서 옮겨오지만 예전에는 사립학교의 재정 부담을 덜기 위해 연장자 중에서 희망자를 공립학교로 보내던 시절이 있었다. 30여 년을 사립에서 근무하다가 공립으로 옮겨 오신 선배 선생님과 같이 근무한 적이 있었다. 그분은 기회 있을 때마다 자식 5남매가 세칭 일류대 졸업하고 유수한 직종에 취업, 모두 번듯하게 출가까지 마무리한 것을 일삼아 자랑하셔서 동년배 주임 선생님들에게 눈총을 자주 받았다. 매우 성실하셔서 담임까지 맡으셨는데 공교롭게도 나와 같은 3학년 담임이었다. 같은 학년 담임이다 보니까 이런저런 일로 작은 마찰이 빚어지곤 했는데 특히 아이들을 지도하는 과정에서 유독 당신이 맡고 있는 학급 아이들을 감싸고돌아 난처할 때가 많았다.

　물상을 가르치던 한 총각 선생님이 그 반 수업을 하다가 계속 엉뚱한 짓을 하고 버릇없이 구는 학생을 지도하는 과정에서 그 학생의 안경이 벗겨져 교실 바닥에 떨어지게 되었다. 안경테가 부러지자 물상 선생님은 순간적으로 놀라서 안경을 집어 주며 사과를 했고 아이도 별말이 없었다. 그 선생님은 안경을 고칠 수 없으면 사 줄 생각도 했고 그런 이야기를 담임선생님에게도 말씀드렸다.

그러나 별일 없이 넘어가는 줄 알았던 안경 사건은 이틀 후에 다시 문제가 되었다. 그 학생이 망가진 안경과 함께 손해배상청구 서류를 물상 선생님에게 불쑥 내민 것이다. 혼자 온 것도 아니고 친구들과 떼거리로 와서 선생님을 몰아세우는 상황이 되어버렸다. 그렇잖아도 고쳐지지 않으면 안경을 사 줄 생각이었다고 달랬지만 이와 똑같은 거라야 한다면서 고집을 피우자 물상선생님은 언성을 높였고 아이들은 두고 보자는 식으로 빈정대면서 가버렸다. 게다가 수업시간에도 선생님을 힐끔힐끔 쳐다보면서 저희들끼리 잡담만 한다는 것이었다.

돈이 문제가 아니라 다투고 달래는 과정에서 상처를 받은 물상선생님이 크게 상심하는 것을 보고 나라도 아이들을 한 번 불러서 지도를 해야겠다는 생각으로 먼저 대선배인 담임선생님과 상의를 했다. 선생님은 알았다고 하면서도 잘못했으면 배상하는 것이 당연하다는 식으로 시큰둥하게 말씀하셔서 기분이 좀 상했는데 사실 여부는 모르겠지만 담임선생님이 아이들에게 배상 청구하도록 시켰다는 이야기가 아이들 입을 통해 흘러나왔다. 물상선생님을 좋아하는 아이들이 와서 일러바친 것이다. 물상선생님은 더욱 힘들어 했고 몇몇 선생님들이 공분을 표시했지만 중재할 뾰족한 수가 없었다.

결국 당시만 해도 의협심이 남달랐던 내가 팔을 걷어붙이고 나서게 되었다. 교직원 체육대회가 예정되어 있어 오전 수업 후 아이들이 모두 하교하자 교무실에서 선배 선생님과 마주 앉았다. 내가 드릴 말씀이 있다고 말문을 열자 분위기를 알고 있었던 그 선생님은 불쾌한 표정을 감추지 않았다.

"저, 선생님 지난 번 말씀드렸던 그 아이 얘긴데요….."

"무슨 얘기?"

"그 안경 부러진 아이 말이에요. 좀 심하다는 생각이 들어서요."

"근데 왜 남의 일에 박 선생님이 자꾸 끼어드는 거요?"

"남의 일이 아니라 우리 학교 선생님과 아이들 일이잖아요."

"내가 알아서 할 테니까 박 선생은 자기 일이나 잘 해요. 쓸데없이 나서지 말고."

"쓸데없이라니요?"

"그럼 쓸데없는 일이 아니고?"

"선생님이 자꾸 그렇게 싸고도니까 아이들이 선생님한테 대들고 그러잖아요?"

"싸고돌아? 그렇게 함부로 말해도 되는 거야?"

"아니, 사실이 그렇잖아요. 잘못은 지적하고 배상할 게 있으면 하고 그게 순서 아니에요?"

"이런, 이 호로자식 같으니….."

"호로자식? 말씀 다 하셨습니까?"

미처 하교하지 못한 아이들이 교무실을 오가며 흘끔거렸고, 몇몇 선생님들이 나를 뜯어말렸다. 얼굴이 벌겋게 달아오른 채 분을 삭이지 못해 어쩔 줄 몰라 하는 선배 선생님에게 내가 결정타를 날리고 말았다. 시정잡배라도 해서는 안 될 험한 말로 비수를 꽂은 것이다.

"선배면 선배답게 본을 보여야지, 이건 도대체 말이 안 통한다니까."

"거기 잠깐 서 봐, 이게 도대체 보이는 게 없나? 뭐라고?"

내가 끌려 나가면서 언쟁은 중단되었지만 많은 사람들에게 상처를 남긴 채 어정쩡한 상태로 임시 봉합이 되었다. 몇몇 선생님들이 화해를 시도했고, 그 선생님도 나이 든 사람이 참아야 하는데 못난 모습 보여 미안하다고 하셨지만 흔쾌히 받아들이지도, 진심으로 사과도 못한 채 얼버무려졌다. 그런데 그것으로 끝난 게 아니었다. 예뻐 보이기만 하던 아이들에게서 배신당했다는 생각, 어디서부턴가 서로 간의 믿음이 약해지고 있다는 느낌이 강해지는 가운데 후속 사건이 터진 것이다.

그 학교에는 청소년 단체가 두 개였는데 오래전부터 활동했던 걸스카웃과 1980년대에 새로 생긴 한국청소년연맹(누리단)이었다. 야영을 하거나 교외 활동을 할 때면 모든 남교사들이 자기 일처럼 도와주곤 했기 때문에 여학생들을 데리고 다녀도 어려움이 없었다.

그해 5월 어느 주말을 이용한 걸스카웃 선서식이 교정에서 야영과 함께 진행되었다. 운동장 텐트 설치 등 활동 보조와, 외부인 통제 때문에 당연히 대부분의 젊은 남자 선생님들이 참여하였고 아이들은 자정이 넘도록 돌아다니며 시끌벅적 소란을 피워댔다. 교장선생님도 퇴근하지 않고 늦게까지 행사 현장을 둘러보다가 우연히 남교사가 텐트 속에서 아이들과 같이 있는 장면을 목격하고 걸스카웃 담당교사에게 언성을 높였다. 남교사가 어떻게 여학생 텐트에 들어가느냐면서 당장 그 선생님을 나오도록 하라는 것이었다. 얼떨결에 텐트로 달려간 담당교사는 우물쭈물하면서 그 선생님을 불러냈다. 교장선생님은 따끔하게 한 마디 하는 것을 잊지 않았고 당사자는 얼굴이 벌게진 채 쩔쩔매는 상황이 벌어졌다.

대부분의 남교사들은 야영장 외곽에서 불침번을 서면서 가볍게 맥주를 마시고 있다가 나중에 이 말을 듣고 모두 분개하기 시작했다. 텐트 건 말고도 남선생님들이 행사장에서 술까지 마시면서 노닥거린다고 교장선생님이 한 말씀 하셨다는데는 모두 어이가 없었다. 걸스카웃 담당 교사는 본인 잘못이 아닌데도 미안해하며 쩔쩔맸고 야영에 참여했던 남교사들은 갑론을박으로 밤을 지새웠다. 관리자가 보기에 문제가 있다고 판단되었더라도 그런 식으로 처리하는 것은 지나친 처사라며 분개해 마지않았다.

주말이 지나고 월요일 아침 직원회의 시간, 교장선생님은 학생들의 행사를 도와주는 것은 좋지만 몰지각한 행동을 해서는 안 된다는 말로 선생님들의 상한 마음에 또다시 소금을 뿌렸다. 그날 밤, 주점에 모인 남교사들은 학교장의 언행에 대해 너나없이 울분을 토하기 시작했다. 안경 사건으로 어수선해 있던 시점에서 일어난 사안이었기에 받아들이는 강도가 더 심했던 것이다. 도저히 그냥 넘어가서는 안 된다는 공감대가 형성되고 일차적으로 교육과정 외의 행사에 남교사들이 일체 참여하지 않겠다는 뜻을 교감·교장선생님에게 전달하기로 했다.

남교사들은 금요일 밤 다시 모여 월요일 직원회의 시간에 우리의 뜻을 공개적으로 밝히자는 간 큰 계획을 세웠다. 고양이 목에 누가

방울을 다느냐는 시점에서 논란을 거듭하다가 선제 발언을 내가 하고, 나와 동년배였던 서재승 선생님이 후속 발언을 하기로 모의했다. 나보다 1년 먼저 그 학교에 부임한 서 선생님은 나와 비슷한 나이였지만 남을 배려하는 마음 씀씀이나 언행 등 바르게 사는 방법을 내게 몸으로 가르쳐 주신 정말 훌륭한 분이었다.

마침내 월요일 아침, 회의 시간에 누가 무슨 말을 하는지 도무지 귀에 들어오지 않았다. 단단히 약속했으니까 일어서긴 해야겠는데 시점을 잡을 수 없었다. 그때만 해도 학교장의 권위가 절대적이었고 직원회의에서 일개 평교사가 이러쿵저러쿵 항의성 발언을 한다는 것이 용납되지 않던 시절이었다. 회의 순서가 모두 끝나고 교무주임선생님이 폐회 선언을 하기 위해 마이크를 잡는 순간 자리에서 벌떡 일어섰다. 마이크도 없이 육성으로 발언을 시작했다.

"잠깐 드릴 말씀이 있습니다."

교무주임이 앉지도 서지도 못하고 엉거주춤한 채 교감, 교장선생님의 눈치를 살폈다. 모든 선생님들의 시선이 내게로 쏠렸고 순간적으로 얼굴이 확 달아올랐다.

"지난해 말, 고입연합고사 끝난 다음 날 아침 일찍 출근하여 그동안 시험 공부하느라 고생한 아이들 위로라도 하려고 3학년 교실로 올라갔습니다. 학급으로 들어가기 전에 다른 반 아이들을 복도에서 만났습니다. 그동안 고생했노라고, 시험은 잘 봤느냐고 물어보는 제게 아이들이 이렇게 말하더라구요. '선생님, 우리 학교에서 준 프린트에서는 시험문제가 하나도 안 나왔어요. 다른 학교 아이들은 수업내용

중에서 다 나왔다고 하던데.' 망치로 머리를 얻어맞은 듯 아찔했습니다. 그 아이들의 말뜻이 무엇이겠습니까? 전 학교와 교사에 대한 불신이라고 생각했습니다. 물론 반성도 했지요. 하지만 왜 아이들이 그런 생각을 하게 되었을까를 곰곰이 생각해 왔는데 최근에 일어난 일련의 사건들을 보면서 '아, 바로 이것이로구나' 하는 생각을 하지 않을 수 없었습니다."

처음엔 다소 머뭇거렸지만 말문이 터지자 나도 놀랄 만큼 청산유수로 흘러나왔다. 그만큼 쌓인 게 많았는지도 몰랐다. 선생님들은 굳은 모습으로 정면을 주시했고 교장선생님은 눈을 감은 채 자리를 지켰다. 도중에 교감선생님이 뭐라고 하려다가 도로 자리에 앉는 모습이 보였다.

"얼마 전, 수업 태도가 안 좋은 학생을 지도하는 과정에서 안경이 교실 바닥에 떨어져 망가진 일이 있었습니다. 그 학생이 그날은 가만 있다가 며칠 후 자신을 지도하던 선생님께 똑같은 안경을 사 내라며 서류로 된 배상청구서와 함께 치료비용 내역서를 들이밀었다고 합니다. 그 일로 엉뚱하게 제가 담임선생님과 대판 싸우기도 했습니다. 서로를 믿지 못하고 손익만 따지는 것이 너무 안타까웠고 선생님도 잘못했지만 아이들도 필요하다면 추수지도를 해야 한다고 생각했기 때문입니다."

교무실은 숨 막힐 듯한 긴장감으로 무겁게 가라앉았다.

"지난 주 걸스카웃 선서식과 야영 행사가 교정에서 진행되었다는 것은 다 아실 것입니다. 텐트 설치와 취사를 돕고, 학생들의 안전도 지켜야하기 때문에 대부분의 젊은 남자선생님들은 주말을 반납하고 행사에 동참했습니다. 저는 이러한 봉사와 헌신이 우리 학교의 아름다운 전통이라고 생각합니다. 한데 남교사가 여학생의 텐트에 들어갔다는 이유로 면전에서 인격 모독에 가까운 지적을 받았습니다. 또 텐트 외곽에서 밤을 새느라 몇 잔 마신 맥주도 비난의 대상이 되었습니다. 저는 감히 말씀드리지 않을 수 없습니다. 교사에 대한 학교의 불신이 깊다면 학생이 교사를 절대로 믿지 않을 것입니다. 또한 이렇게 천덕꾸러기 상태에서야 어떻게 크고 작은 학교 일에 진정성을 가지고 협조할 수 있겠습니까? 아무리 생각해도 한 말씀 드려야 할 것 같아서 결례인 줄 알지만 두서없이 말씀드렸습니다. 들어주셔서 감사합니다."

그때는 야속했지만 선생님들의 박수가 안 나온 것이 정말로 천만다행이었다. 스피커에서 1교시 수업 시작을 알리는 차임벨 '소녀의 기도'가 맑게 흘러나오고 있었다. 내가 자리에 앉자 교무실 저쪽 끝에 있던 서재승 선생님이 벌떡 일어섰다.

"저도 한 말씀 드리겠습니다."

회의 종료를 알리려던 교무주임이 마이크를 잡은 채 서 있었고 교감선생님도 크게 당황하여 어쩔 줄을 몰라 하셨다. 교장선생님의 안색에서 불쾌감이 강하게 드러나기 시작했다.

"남자 선생님들은 숙직을 해야 합니다. 숙직실은 벽지부터 꼬질꼬질하고 이불은 냄새나고, 일주일에 한 번 꼴로 하는 당직이 정말 고역입니다. 다 찌그러진 세숫대야를 보셨습니까? 정말 이래도 되는 겁니까?"

평소에 윗분들을 깍듯하게 모시고 매너 좋기로 정평이 난 서 선생님은 막상 입을 열었으나 감정이 격해져 말을 잇지 못하고 있었다.

"이런 것들을 시정해 주십시오. 그리고 박의동 선생님의 말씀에 전적으로 동의합니다. 뭔가 달라진 모습을 보여주십시오. 감사합니다."

약간 횡설수설하는데다가 꾸벅 인사하고 앉는 모습에 악의가 없어 보여 선생님들의 표정이 조금씩 풀리고 있었다. 교장선생님도 조금은 밝아진 표정으로 교무실을 나갔다. 직원회의는 폐회 선언도 없이 끝나고 바로 수업이 이어졌다. 나는 잡히는 대로 교과서를 찾아들고 부리나케 교실로 올라갔다. 만약 수업이 없었다면 그 쑥스럽고 난처한 상황에서 얼마나 당황했을까 하는 생각에 지금도 쓴웃음이 나온다. 그 다음 날 숙직실엔 반짝이는 세숫대야가 새로 들어오고 이불 세탁, 숙직실 도배가 동시에 이루어졌다. 서재승 선생님의 소원이 이루어지는 순간이었다.

그 주 금요일, 주임 선생님들과 남교사 전부 저녁 식사를 함께 했다. 교장선생님이 막걸리 잔을 직접 돌리면서 내가 생각이 짧았던 것 같은데 화해할 수 있느냐며 웃으셨다. 우리들은 아무 조건 없이 그 화해를 받아들였다. 그때 교장선생님은 교직 경력 10년 미만에 낙하산으로 내려와 20여 년을 교장으로 근무하다가 정년을 하신 여자분이었다. 그 당시 흔해빠진 낙하산 교장이어서 선입관도 안 좋았고 처음엔 색안경으로 보았던 것도 사실이지만 그 후로 오랜 세월 동안 그분만한 교장을 만나지 못하였으니 참으로 아이러니가 아닐 수 없다.

지금도 그때 선생님들이 모이면 종종 당시의 이야기로 꽃을 피운

다. 서재승 선생님에겐 할 말도 많았을 텐데 기껏 세숫대야 얘기밖에 못했느냐고 놀리면 나이 든 지금도 쑥스러워 한다. 돌이켜보면 젊은 시절의 객기라곤 해도 너무 치기 어린 짓이었는데 교감, 교장선생님을 비롯하여 많은 선배, 동료 선생님들이 너그럽게 받아 주신 것 같아 고맙기도 하고 부끄럽기도 하다.

05

사내란 죄 많은 것들이지

이은성의 유작을 정리한 '소설 동의보감'의 내용 중 허준이 유의태 문하에서 쫓겨난 후 살 방도를 찾아 여러 달 헤매다가 취재 준비를 결심하고 집으로 돌아와 아내에게 그 뜻을 밝히면서 이야기를 나누는 대목에 이런 장면이 나온다.

"시장하실 터이니 진지상 차리겠습니다."

"점심까지 해 먹을 처지는 아니지 않소. 기다렸다가 저녁이나 식구들과 함께 먹읍시다."

"따로 차리는 점심이 아니올시다. 계시나 아니 계시나 어머님이 늘 서방님의 진지를 따로 떠 놓으시곤 하셨습니다."

한동안 아내를 바라보던 허준이 문득 자기 자신에게 탄식했다.

"…사내란 죄 많은 것들이지."

허준의 이 독백은 이 땅에 사는 모든 사내들에게 적용되는 것 같아 읽을 때마다 가슴에 와 닿는 구절이다. 내게만 해당될 수도 있겠지만.

중고등학교 교원들의 업무분장 가운데 기획이라는 것이 있다. 18학급 이상의 중고등학교에서 교원들의 조직은 보통 11개 부서로 나누어지고 각 부서 책임자를 부장이라고 하는데 예전에는 주임이라고 불렀다. 그 부장(혹은 주임) 밑에서 부서 업무를 계획하고 집행하는 일 혹은 담당자를 예나 지금이나 기획이라고 부른다. 교무주임(부장)과 교무기획, 연구부장(주임)과 연구기획 이런 식이다. 지금은 부장들이 젊고 일도 많이 하지만 예전의 시스템은 기획이 주로 업무를 처리하는 것이 일반적인 관례였다.

그 기획 중에서도 예전 교무기획의 업무량은 살인적이었다. 신학년도 준비, 입학식, 각종 시험, 여름방학식, 대입학력고사(예전에는 대입학력고사 시험장이 주로 중학교였다.), 겨울방학식, 학년말 업무, 졸업식, 신학년도 준비…, 다시 입학식. 도대체 일의 끝이 보이지 않았다. 더구나 지금처럼 컴퓨터로 문서를 작성하는 것이 아니라 모든 것이 육필로 처리되던 시절의 교무기획은 워낙 힘들었기 때문에 그 어려움을 자타가 인정해 주었다.

지금처럼 성과상여금이 있었던 것도 아니고 시간외 근무라는 제도가 활용되던 때도 아니던 시절, 주당 24시간의 수업을 하고 3학년 담임을 맡아 진학지도를 하면서 교무기획을 맡은 지 3년차, 늦장가를 들어 아직은 신혼인데 어둡기 전에 퇴근한 적이 없었다. 아무런 보상도 없이 인정받고 있다는 자부심, 내가 할 일이라는 사명감, 그리고 동료나 선배 교사들이 이따금씩 던져 주는 '박 선생님, 고생 많이 한다.'는 말 한 마디에 모든 것을 감내했던 시절이었다. 업무에 다소 실수가 있어도 덮어주었고, 무리한 부탁을 해도 누구 하나 토 달지 않고 도와주었기 때문에 일에 치여 살면서도 힘든 줄 모르고 밤을 새워가며 각종 자료를 만들 수 있었다. 몸은 피곤했어도 사람들에게 부대끼거나 스트레스를 받는 일이 거의 없었던 것이다.

나이 마흔이 다 되어 살림을 차리고 보니 초등학교 졸업 이후 대부분의 시간을 부모님과 떨어져 지냈기 때문에 혼자 사는 것이 습관이 되어 불편한 게 한두 가지가 아니었다. 아내도 수원까지 출퇴근하며 살림을 하는 상황이어서 가사를 나누어야 했지만 성격상 적극적으로 도와주지 못했다. 오히려 큰 소리치고 잔소리 늘어놓기가 일쑤였다. 뒤늦게 아내가 아이를 가졌어도 어려운 사정을 살펴 돕기보다는 내 편의 위주의 사고방식이나 가정 생활은 변하지 않았다. 그 이기적이고 가증스럽기까지 했던 행태라니, 지금 생각해도 부끄러울 뿐이다. 그렇다고 그때 일을 반성하는 만큼 지금의 생활 태도가 바뀌었다는 뜻은 아니다.

임신 4개월이 지나면서 아내의 몸도 무거워지고 먹고 싶다는 것도 많은데 한 번도 따뜻하게 손잡아 이끌어 주지 못했다. 그러던 어느 날 결국 사단이 생겼다. 늦게 일어나 출근 준비로 부산을 떠는데 아내가 배를 잡고 고통스러워하는 게 아닌가! 한편으로 겁도 났지만 솔직히 학교 빨리 가야 하는데… 하는 생각이 더 앞섰던 게 숨길 수 없는 사실이었다.

"저, 배가 이상한 것 같아요."

"뭘 잘못 먹은 거 아닌가? 아무거나 먹더니….."

"아니, 그게 아니고 아랫배가 아파요."

"그럼 얼른 병원 가봐야지."

"출근해야 할 텐데, 잠깐만 누웠다가 밥 차릴게요."

침대로 올라가는 아내를 보며 말은 않았지만 짜증이 밀려들었다. 어젯밤에 처리하던 보고 공문 얼른 가서 오전 중에 보내야 하는데, 집 나간 우리 반 아이는 오늘 나왔을까, 시험문제도 출제해야 하고 고입원서 작성 준비도 밀려 있고…. 아내는 아파서 꼼짝을 못하고 식은땀을 흘리는데 난 오로지 출근에, 학교에, 업무에, 아이들 생각뿐이었다. 그저 학교와 집밖에 모르던 미련하고 우매하기 짝이 없는 삶을 살았던 시절이었다.

"잠깐만 와 볼래요."

"왜?"

"아무래도 병원에 가야할 것 같아요."

"그렇게 아파? 좀 조심하지."

"어제부터 좀 이상해서 주의하느라 했는데….."

"그럼 병원이라도 가 봐야지, 일어나 봐요."

"좀 잡아 줄래요?"

짜증을 감추며 아내의 손을 잡고 침대에서 내려오도록 돕는데 이미 다리로 피가 흐르고 있었다. 늦게 결혼한데다가 아기가 들어서지 않아 스트레스가 이만저만이 아닌 중에 임신이 되어 아내가 너무 좋아했는데 돌연 유산이 된 것이다. 택시를 불러 병원으로 가는데 창백

한 아내는 낙심천만이었다. 바로 응급실로 들어갔다. 유산이라 의사가 나오는 대로 곧 수술을 해야 한다고 했다. 학교로 전화를 걸어 교감선생님에게 아내가 유산으로 병원에 같이 있기 때문에 좀 늦을 것 같다고 연락을 드렸다. 교감선생님이 여자 분이라 다소 위안이 되었다. 내가 안절부절 못하자 덩달아 마음이 조급해진 아내가 출근을 재촉했다.

"출근하셔야죠?"

"……."

"내가 알아서 할 테니 출근하세요."

"정말 괜찮아?"

"괜찮을 거예요. 일 있으면 전화할게요."

한참 망설이다가 일단 병원을 나왔다. 그리고 바로 학교로 출근하기 위해서 전철역으로 달렸다. 유산하여 수술을 앞둔 아내를 대책 없이 응급실에 홀로 눕혀 놓고 학교로 출근한다는 것이 그 누가 생각해도 도무지 있을 수 없는 일일 터이나 그 당시 나로서는 결근은 상상도 할 수 없는 일이었다. 참으로 몰상식하고 어처구니없는 행태라고 아니할 수 없었지만 그게 그 무렵의 내 사고와 생활 방식이었다. 일단 전철을 타고 조금이라도 빨리 가려고 서둘렀다. 그야말로 헐레벌떡 뛰다시피 학교에 도착했을 때에는 1교시 수업이 시작되고 10분 정도 지난 시간이었다. 땀을 삐질삐질 흘리며 숨이 턱에 닿아 교무실로 들어서자 선생님들은 대부분 수업 중이고 교감선생님이 자리를 지키고 있었다.

"교감선생님, 아내 때문에 병원에 들렀다가 오느라 좀 늦었습니다."

"어, 박 선생 늦었네, 얼른 지참 결재 올려!"

그러곤 들고 있던 신문으로 눈길을 돌리는 것이었다. 순간적으로 얼굴이 화끈거리고 피가 역류하는 듯한 격한 감정이 솟구쳤다. 한 조직의 중간 관리자로서, 아니 이젠 아이들도 여럿 키워보았을 텐데 상급자가 아니더라도 아녀자로서 유산으로 수술을 앞둔 아내를 응급실에 팽개치고 달려온 부하 직원에게, 그것도 보상도 없는 야근을 밥 먹듯하며 군소리 없이 일에 파묻혀 사는 사람에게 이럴 수도 있구나 하는 생각에 숨이 가빠 왔다. 교감의 너무나 사무적인 말이 이명처럼 메아리쳐 울렸다.

"…얼른 지참 결재 올려!"

아무런 생각도 나지 않았다. 위로는커녕 관심조차 없는 말투에 온몸의 힘이 쏙 빠지고 맥이 탁 풀려버렸다. 내가 이런 조직을 위해 피와 살을 바쳐가며 일했다니 하는 허망함, 배신감이 온몸을 휩쓸고 다녔다.

나는 그때의 일을 떠올리면 지금도 열이 뻗치고 다른 한편으론 '내가 미숙아는 아니었을까' 하는 생각이 든다. 유산하여 피가 흥건한 아내를 응급실에 눕혀 놓고, 곧 수술실로 들어갈 아내를 보호자도 없이 병원에 팽개치고 학교로 달려간 덜 떨어진 사내, 어떤 보상을 바라고 살았던 것은 아니지만 그렇게 쉼 없이 달려 내가 이룬 것은 과연 무엇인지 반문하곤 한다.

"…사내란 죄 많은 것들이지."

06

고스톱은 유죄인가?

    자유를 향한 인간의 갈망을 다룬 영화 「빠삐용」에서 탈옥을 시도하다가 다시 붙잡힌 주인공 빠삐용이 감방에 갇힌 채 독백처럼 자신의 무죄를 되뇌는 장면이 인상적이었다. 구타와 굶주림, 낮에도 빛을 볼 수 없는 캄캄한 감옥에서 절망을 씹으며 잠이 든 빠삐용은 저 세상의 심판자를 만나 자신은 살인자가 아닌데도 증거 없이 누명을 썼다고 절규한다. 그러나 심판자의 대꾸는 얼음장처럼 차갑기만 하다.

    "물론 살인과는 상관이 없지. 그러나 너는 유죄야. 인생을 낭비한 죄. 인간으로서 가장 큰 죄지!(Yours is the most terrible crime a human being can[commit])."

    금고털이로 아무렇게나 젊은 날을 보낸 끝에 살인 혐의를 쓰고 절해고도의 감옥으로 내몰린 인생, 빠삐용은 참담하게 고개를 떨어뜨리면서 이렇게 고백한다.

    "그렇다면 난 유죄요, 유죄! 나는 세월을 낭비했으니까."

1970년대에 불기 시작한 고스톱 열풍은 그 기세가 들불 같아서 1990년대에 이르기까지 국민 오락의 반열에 올랐고 급기야 고스톱 망국론이 나올 정도였다. 상갓집, 돌잔치, 집들이는 물론 음식점에서도 셋만 모이면 밥상을 밀어 놓고 담요를 펴는 게 흔한 풍속도였다. 심지어 중고생들조차 야영을 가거나 수학여행을 가면 고스톱 판을 벌이는 게 일상화될 정도였다. 전두환싹쓸이, 오공비리, 03고스톱, DJ고스톱 등 시대마다 새로운 규칙이 수시로 등장해 흥미를 돋우었다.

국민 오락의 선두에 올랐던 고스톱은 교직도 예외가 아니어서 다소 차이는 있었지만 가는 곳마다 대표적 오락이었다. 두 번째 근무지였던 태백 철암초등학교 시절, 월급날이면 나를 포함한 세 사람의 고정 멤버는 후배 하숙집에 모였다. 3, 5, 7점에 50원짜리였는데 쫀쫀하게 50원이냐고 하겠지만 아무튼 그 쫀쫀한 3, 5, 7점 50원짜리를 셋이 밤새도록 박아 놓고 쳤다. 지금 생각하면 참 겸연쩍은 웃음이 나오지만 그때는 월례모임이었고 그날만 되면 마음이 설렜다. 나는 주로 교회 집사님이었던 후배에게 수업료를 헌납하는 쪽이었다.

철암에서 지낼 때 고스톱 친구는 대부분 같은 학년 담임들이었는데 첫해 4학년 담임들은 학년주임이었던 나이 지긋한 최 선생님 댁이 아지트였다. 가정주부이기도 했던 최 주임과 남정네 세 명이 매달 두세 번 정도 거의 밤을 새다시피 붙었는데 나를 포함한 세 남자가 최 주임에게 몽땅 빨리는 게 일반적인 판세였다. 그 후로도 고스톱을 손에서 놓은 것은 아니었지만 잠시 뜸하다가 서울 왕십리의 한 남자중학교와 상계동으로 옮긴 후 첫 번째 학교는 고스톱으로 수많은 날들을 보낸 대표적인 곳이었다.

왕십리 신설 학교로 부임하던 해 3학년 담임을 맡았는데 3학년의 15개 반 담임 중 남자가 11명이었다. 거기다가 학생주임이었던 김 선생님은 고스톱이라면 자다가도 벌떡 일어나는 고스톱 마니아였다. 당시 서울 지역 중학교 3학년은 수업 종료 후 대부분 EBS교육방송 자율학습을 실시하고 있었다. 학생들 모두 보내고 난 오후 여섯시 반쯤, 숙직실에 모여 짜장면 한 그릇씩 비우고 둘러앉으면 항상 두 팀의 고스톱 멤버가 만들어졌다. 거의 새벽 2,3시에 끝나거나, 쉬는 날이 끼면 밤을 새다시피 했다. 나는 혼자 생활하던 시기였기 때문에 경제 개념도 희박했고 계산도 늦어 늘 수업료를 대는 쪽이었다.

뚝섬 왕십리 일대에서 세 학교를 거치면서 12년을 보내고 상계동으로 이주하여 개설 학교에 근무할 때엔 교감선생님이 고스톱을 너무 좋아하셔서 그 분 정년하시기까지 4년간 열심히 학채를 갖다 바쳤다. 거의 고정 멤버였는데 유쾌하고 죽이 잘 맞아 일과가 끝나면 눈 마주치기 무섭게 학교 앞 오리집으로 모였고 고스톱 판도 길었다. 고스톱 실력은 운칠기삼이라지만 수학과였던 강삼구는 셈도 빠르고 확실한 고스톱 실력파였다. 이 친구는 젊은 나이에도 고스톱뿐 아니라 아이들 가르치는 것, 업무, 사회생활 등 모든 면에서 뛰어났고 말과 몸짓으로 판을 달구는데도 재주가 발군이었다. 그 후로도 고스톱은 자주 쳤지만 그만한 멤버를 만나기는 어려웠다.

20년 이상 고스톱 판에서 놀다 보니까 전문 노름꾼은 아니어도 재미있는 일, 아찔한 경우가 한 두 번이 아니었는데 역시 백미는 첫 부임지인 정선의 한 초등학교에서 경찰의 노름 단속에 걸려들었던 사건일 것이다.

첩첩산중 두메산골의 겨울, 특히 기나긴 밤은 누구에게나 심심하고 따분한 시간이었다. 3년째 되던 해, 나는 하숙을 하고 있었는데 밥만 하숙집에서 먹고 대부분의 생활은 아예 숙직실 방 한 칸에서 지내고 있었다. 혼자 책을 볼 때가 많았지만 선생님들이 찾아와 이런저런 얘기도 나누고 바둑, 장기를 두다가 멤버가 짜이면 더러 고스톱판이 벌어지기도 했다.

그날은 2월 학년말 방학을 앞두고 비교적 한가한 시기였는데 초저녁부터 선생님들이 모이더니 특별히 학교 관사에서 지내는 교장선생님 내외분도 마실을 오셨다. 처음엔 학교나 세상 돌아가는 얘기를 하다가 심심한데 고스톱 한 판 붙자로 옮아갔다. 인원이 많았기 때문에 나는 자리를 양보하고 학교아저씨와 바둑판을 마주하고 앉았다. 고스톱 판에는 교장선생님 내외분, 교감, 교무주임, 동료 교사들이 둘러앉았다.

밤이 깊어 11시쯤 되었을 때 밖에서 인기척을 내면서 문 두드리는 소리가 났다. 그 무렵에는 동네 사람들도 더러 숙직실로 놀러왔기 때문에 하던 일에 빠져 별 생각 없이 들어오라고 소리만 쳤다. 잠시 후 마루에 올라서는 소리가 들리고 문이 열리면서 눈을 하얗게 뒤집어쓴 사람이 문 앞에 버티고 섰다. 교무주임이 돌아보지도 않고 어서 문 닫고 들어오라며 자리를 내주었다. 한데도 그 사람은 들어올 생각을 않고 신발도 벗지 않은 채 마루에 버티고 서서 방안을 들여다보고 있었다.

"오늘 숙직자가 누구십니까?"

"뭐야?"

"임계지서 경위 한주수입니다. 숙직자가 누굽니까?"

누구랄 것 없이 순간적으로 고개가 홱 돌아갔다. 눈을 뒤집어쓰고 있는데다가 어두운 바깥쪽에 있어 잘 보이지도 않았고, 눈여겨 살피지도 않았기 때문에 아무도 눈치채지 못했는데 짐작도 못했던 경찰이 들이닥친 것이다.

교무주임이 고스톱 판을 담요로 덮으면서 들어오시라고 자리를 비켜 주었으나 그 사람은 묵묵부답이었다. 교무주임이 한 마디 했다.

"밤에 심심하기도 하고 해서 잠깐 모였습니다."

"숙직자가 누굽니까?"

"……."

"제가 교장입니다. 직원들이 심심풀이로 오락을 하고 있었네요."

"아주머니는 누굽니까?"

"제 안사람 됩니다."

교장 내외분 모두 낯빛이 변할 수밖에 없었다.

그날 숙직은 다른 선생님이었으나 교무주임이 내게 신호를 자꾸 보냈다.

"제가 숙직입니다."

"성명이 어떻게 되지요?"

"예…."

"내일 10시까지 임계지서로 나오십시오."

"……."

망신살이 제대로 뻗친 날이었다. 경찰은 돌아갔고 교장선생님은 괜찮다고 달랬지만 영 기분이 잡치는 건 어쩔 수 없었다.

　나중에야 안 사실이지만 그 동네도 겨울이 끝날 때쯤 되면 화투판을 끼고 앉는 노름꾼들이 몇 명 있었다. 동네아낙들이 보다 못해 도전1리 김 아무개집에서 노름판이 벌어졌다고 신고를 해 버린 것이다. 신고를 받은 경찰이 출동은 했으나 밤인데다가 눈까지 내려 어디가 어딘지 분간이 안 되는 상황이었다. 길을 물어보려고 학교 숙직실을 찾았는데 그곳에서 교장 이하 전 직원이 고스톱 판을 벌이고 있었던 것이다. 얼른 보기에도 큰 판돈이 오가는 노름판이 아니라는 것은 불을 보듯 뻔한 광경이었지만 그 경찰은 자신의 임무를 수행할 수밖에 없었던 것이다. 다음날 아침 교장선생님이 지서장과 잘 마무리해서 별일은 없었지만 아찔했던 그날 밤은 잊을 수가 없다.

　이처럼 1990년대까지만 해도 때와 장소, 세대를 가리지 않고 만연했던 고스톱은 어느새 광풍이 수그러들더니 요새는 아예 사라지다시피 해 버렸다. 그 많던 화투짝, 고스톱 마니아들은 어디로 갔을까?

　가장 큰 이유는 생활 양식의 변화 때문일 것이다. 집에서 치르던 경조사 등 각종 행사가 뷔페나 장례식장으로 옮겨지고 너나없이 차를 갖게 되면서 음주 문화가 바뀐 것이다. 게다가 컴퓨터게임 등 즐길 거리가 늘어나고 가족 중심으로 생활 패턴이 변하고 있는 것도 한 요인일 것이다.

　고스톱, 사회 생활에서 나름대로 역할이 없었던 것은 아니었다. 서먹서먹했던 관계가 순식간에 친밀해질 수도 있었고, 두어 시간 놀다 보면 겉보기와 다른 사람들의 면면이 너무 적나라하게 드러나는 게 고스톱 판이었다. 그리고 신기한 것은, 여행이란 게 어디로 가는가 보다 누구랑 함께 가느냐가 중요하듯 고스톱 판에서 마음이 맞고 재미있는 멤버는 따로 정해져 있다는 것이다.

국민 오락이었고 누구나 즐겼던 놀이라고는 하지만 그 많은 시간, 친교와 오락을 구실로 날과 밤을 새웠던 고스톱은 유죄인가? 사람에 따라 다소 차이는 있겠지만, 나에게 고스톱은 분명히 유죄라고 할 수 있을 것이다. 금쪽같은 시기에 다시 못 올 시간들을 낭비한 죄, 빠삐용의 인생을 낭비한 죄 못지않은 잘못이기에 특히 나에겐 유죄라고 아니할 수 없겠다.

07

하늘나라로 간 다솜

2000년 3월 세 번째 주 월요일 아침, 직원회의 준비로 바쁜데 선생님들의 분위기가 이상했다. 얼핏 들리는 이야기는 사이마당에서 어떤 여학생이 쓰러졌다는 것이다. 자세히 물어볼 생각도 않고 하던 일을 팽개친 채 달려 나갔다. H자형의 학교 건물 사이마당엔 체육과 선생님들과 아이들이 모여 있었다. 학생부장에게 상황을 물었다. 1학년 여학생인데 이번 주 학급주번이어서 친구랑 달려오다시피 했는데, 아직 주번조회가 시작되지 않은 것을 보고 한숨 돌린 후 몇 걸음 걷다가 뒤로 넘어져 의식을 잃었다는 것이다. 바로 119에 연락을 취하고 보건선생님이 달려와 학생의 상태를 살폈는데 의식은 물론 호흡도 멈춘 상태라고 했다. 바로 교감, 교장선생님에게 알리는데 구급차가 들이닥쳤다. 보건교사가 앰뷸런스와 함께 병원으로 가는 것을 보고 직원조회를 시작했다. 현재 상황을 간략히 알리고 혹시라도 외부 전화를 받으면 교무부장에게 돌려달라고 부탁했다.

10시쯤 연락이 왔다. 아이가 사망 판정을 받았다는 것이다. 책상에 앉아 눈을 감았다. 자식이라곤 하나뿐인 딸이라고 했다. 이제 초등학교를 갓 졸업하고 희망에 부풀어 중학교에 입학한지 겨우 열흘 남짓, 아침에 밝게 인사하고 나간 아이가 채 두 시간도 안 돼 싸늘한 시체로 변하는 모습을 지켜보아야 하는 부모의 심정은 어떠했을까? 현실적인 문제로 학부모의 학교에 대한 분노, 장례를 앞두고 병원에서의 실랑이, 언론에라도 흘러나가면… 등 온갖 생각이 머리를 어지럽게 했다. 차분히 마음을 가라앉히고 교무수첩을 열었다.

〈1학년 다솜의 죽음 10시, 대응 순서〉

1. 교육청 사안 보고
2. 초등학교 보건교사와 담임선생님 통화
3. 병원 조문
4. 대외 언로 통일
5. 임시 직원회의
6. 임시 대의원회의
7. 보호자와 사후 문제 협의

수락초등학교로 전화를 걸어 6학년 때 담임교사와 통화할 수 있었다. 올해 졸업한 다솜이 쓰러졌는데 건강상의 문제가 없었는지 묻자 심장이 안 좋아 체육시간에 견학하거나 다른 활동을 하는 경우가 잦았다는 말을 들었다. 보건교사도 호흡이 가쁠 때가 많아 보건실을 자주 찾았다는 의견을 전해 주었다. 죽은 아이나 학부모에게는 참으로 미안한 얘기지만 초등학교 선생님들과 통화를 끝낸 후 일말의 안도감이 밀려드는 것은 어쩔 수 없는 현실이었다. 학생부장과 교감선생님, 교장선생님에게도 알게 된 상황과 처리 순서에 대한 생각을 말씀드렸다. 작년까지 한동안 내가 학생부장으로 일하면서 사안 처리를 도맡아 왔기 때문에 바로 동의해 주셨다.

먼저 울어서 눈이 퉁퉁 부어오른 담임선생님의 수업은 보강 처리하고 병원으로 보내어 보건교사와 교대하도록 했다. 교감선생님도 병원에 가주십사 부탁을 드리자 그렇잖아도 교장선생님과 병원에 갈 생각이었다고 말씀하셨다.

점심시간, 교무실에서는 임시 직원회의를 열고, 시청각실에서는 임시 학생대의원회의를 열도록 했다. 이상한 소문이 퍼지는 것을 막기 위해 사실을 전하고 조위금을 걷도록 했다. 교사들은 2만원씩, 학생들은 자율적으로 모금하도록 했다. 그리고 이번 사안과 관련해 학교로 오는 모든 전화는 교무부장에게 연결하고 개인적인 의견을 밝히는 일이 없도록 했다. 병원에서는 상주하는 교감선생님이 대외적인 언론를 맡기로 했다. 학생들에게는 초등학교 때부터 심장이 좋지 않았던 다솜이가 뜀박질로 등교하던 중 학교에서 갑자기 쓰러져 병원으로 옮겼으나 오늘 10시쯤 숨졌다고 사실만을 전하도록 했다.

두 시쯤 다솜의 아빠가 학교로 전화를 했다. 병원이라는 교무보조

선생님의 말과 긴장하는 내 표정을 보면서 교무실의 모든 선생님들이 일손을 멈추고 나를 주시했다. 다솜의 아빠는 아이 때문에 학교에 폐를 끼친 것 같아 미안하다며 발 빠르게 대처해 준 학교 측의 일처리와 관심에 대한 감사의 말도 잊지 않았다. 지난 주말 딸아이와 산에 올랐을 때 숨이 가빠 너무 힘들어하는 것을 보고 병원에 한번 가야지 했는데 부모가 무관심하여 아이를 잃었다고 자책했다. 한편으론 이제 막 초경을 겪은 아이를 하늘로 보내야 한다는 것을 받아들이기 어렵다며 말끝을 흐렸다.

이야기 끝에 부검이나 다른 절차 없이 내일 화장하여 장례를 치를 건데 혹시 학교에 잠깐 들를 수 있는지에 대해 조심스럽게 물어왔다. 당연히 도와드려야 할 일이었지만 내가 결정할 사항은 아니었다. 교장선생님과 상의 후 바로 연락하겠노라 이르고 전화를 끊으면서 나도 모르게 안도의 숨을 쉬지 않을 수 없었다. 보호자의 전화라기에 반발, 불만, 거센 항의 등 최악의 상황을 각오하고 받았는데 의외로 차분하게 이야기하는 바람에 긴장이 풀리면서 맥이 쑥 빠졌다. 학생의 돌연사라는 너무나 엄청난 일이고 또 긴장했었기 때문에 전화기를 잡은 손바닥이 땀으로 젖어 있었다. 교무실에 있던 모든 선생님들이 긴장한 눈빛으로 나를 계속 바라보고 있었다.

"괜찮아요, 잘 될 것 같습니다."

간신히 한 마디 하고 자리에 주저앉았다. 일과가 끝나고 할 일을 정리한 후 늦은 시간에 병원으로 갔다. 아이의 빈소에 선생님들과 가족들이 모여 앉아 있었다. 이미 밤 10시가 다 된 시간이었는데 담임, 교감, 교장선생님과 그 외 여러 선생님들이 자리를 지키고 있었다.

아이의 아빠가 안 보였지만 교장선생님에게 전화 내용을 말씀드리자 기꺼이 협조를 허락하셨다. 잠시 후 돌아온 아빠는 교장선생님의 뜻을 전하자 고맙다며 선생님들은 돌아가셔도 된다고 간곡히 요청을 해 왔다. 교장선생님은 다시 한 번 안타까운 애도의 마음을 전하고 선생님들에게 모두 귀가하도록 지시하셨다.

다음날 아침, 학급조회를 먼저 하고 임시 직원회의를 열었다. 학생, 교직원이 모두 참여하여 230만 원가량의 조위금이 하루 사이에 걷혔다. 전달 방법과 오늘 운구차량의 영접, 애도 순서에 대해 논의했다.

국기게양대에는 조기를 올리도록 했다. 행정실에서는 조위금을 수표로 바꾸어 오고 국화꽃 조화를 준비하도록 했다. 수락초등학교 출신 1학년 학생 30여 명은 조례대 앞에 2열로 도열하고 6학년 때 같은 반이었던 친구가 꽃다발을 드리도록 했다. 조위금은 담임선생님이 유족에게 전하도록 했다.

운구차량이 조례대 앞에 도착하면 긴 경보를 울리고, 학생과 모든 교직원들은 하던 일을 일시적으로 중단하고 묵념으로 다솜을 배웅하기로 했다. 9시 반쯤 수락초등학교 출신 1학년 학생들이 운동장으로 나왔는데 여학생들은 벌써 눈이 빨개질 정도로 울고 있었다. 10시 조금 넘어 운구차량이 교문으로 들어왔다. 도열해 있는 아이들 앞에 차량이 멈추자 운동장 조례대 위에서 마이크를 잡았다.

"우리 옆에 있던 다솜이 하늘나라로 갑니다. 우리 모두 따뜻한 마음으로 친구를 보냅시다. 노일의 모든 식구들은 하던 일을 잠시 멈추고 현재 있는 그 자리에서 조용히 일어나 떠나가는 친구를 생각하며 묵념해 주십시오.”

　이어서 긴 사이렌 소리가 교정 곳곳을 파고들었다. 순간적으로 세상의 모든 것이 멈춘 듯 했다. 마이크를 잡고 임시 직원회의 때 순간적으로 두서없이 썼던 조사를 읽어내려 갔다.

다솜아
모두가 사랑했던 다솜아
어제까지만 해도
우리들 곁에서 함께 울고 웃었는데
이제 더 이상 널 볼 수 없구나
이 세상에서 가장 예뻤던 다솜아
부모님 가슴에 너무 큰 상처를 남기고
친구들과 선생님,
그리고 널 아는 모두의 마음에 아픔을 남기고
너는 하늘나라로 가버렸구나
다솜아
하늘나라에 가더라도
엄마 아빠, 친구들 잊지 말고
네 뜻 활짝 펴려무나
이젠 더 이상 아프지 말고
응
다솜아
안녕

사이렌 소리가 긴 여운을 끌며 잦아들고 운동장에 도열했던 아이들이 아예 땅바닥에 주저앉아 통곡을 하고 있었다. 학생 대표, 담임선생님, 교장선생님이 유족들에게 조문하고 꽃다발과 조위금도 드렸다.

　다솜을 실은 운구차량이 운동장을 한 바퀴 돌고 아쉬운 듯 머뭇거리다가 교문을 빠져나간 후 친구를 배웅한 아이들은 훌쩍거리며 자기 교실을 찾아 들어갔다. 부푼 꿈을 안고 중학교에 입학한지 열흘 만에 다솜은 우리 곁을 떠나 하늘나라로 가 버렸다. 모두에게 큰 상처를 남기고.

　다음날 뜻밖에도 다솜의 할아버지가 학교로 찾아왔다. 교장실에서 만난 다솜의 할아버지는 짧은 기간이었지만 손녀를 돌보아준 데 대해 고마움을 표하고 뜻밖의 사고로 학교에 누를 끼친 것에 대해 정중하게 사과하는데 교장실에 모였던 교직원들이 몸 둘 바를 모를 지경이었다. 그리고 손녀를 보내는데 학교가 성심성의껏 협조해 주셔서 고맙다며 봉투를 꺼냈다. 노일 가족들이 보여준 위로는 정말 감사하며 마음만 받고 조위금은 장학금으로 기탁하겠다는 것이었다. 모든 가족의 뜻이고 또, 손녀 아이도 기뻐할 것이라며 꼭 받아달라고 거듭 부탁을 하였다. 교장선생님은 정말 받아도 되는지 모르겠다며 유족의 뜻이 그러하다니 염치없이 받아 다솜의 마음이 전달되도록 학생들을 위해 쓰겠다고 진심으로 감사하며 장학금을 받았다.

　중앙 현관까지 나와 다솜의 할아버지를 배웅하면서 세상이 온통 적대감으로 가득하여 늘 서릿발 같은 경계심을 늦추지 못하고 살아가는 것이 오늘날 우리가 사는 모습이지만 세상은 아직 따뜻하다는 생각을 지울 수 없었다. 잘 알지도 못하는 친구의 죽음에 용돈을 아끼지 않고 기꺼이 모금에 참여한 우리 아이들, 그리고 마른 하늘의 날벼락과도 같은 충격 속에서 하나 뿐인 자식을 보내고도 오히려 학교에 감사를 표하는 가족들, 모두가 감동 그 자체였다. 그래서 세상은 아직 살 만하다고 하는 것일 게다. 다솜도 분명히 하늘나라에서 편히 쉴 것 같다는 확신이 생겼다.

08

주례 고(考)

내가 결혼한 지 얼마 되지 않았을 때 오래 전 행당여중에서 가르쳤던 금분이 갑자기 전화를 했다. 결혼하게 되었는데 남자 친구와 찾아뵙고 싶다는 것이었다. 지방에서 살다가 중3 때 우리 반으로 전입한 녀석인데 집안 형편이 매우 어려웠지만 쾌활하고 대인 관계가 좋아 걱정거리라곤 없어 보이는 아이였다.

그 무렵 내 나이가 젊고 2,3학년 교육과정에 배정된 국사 교과의 성격 때문에 3학년 담임을 자주하는 편이었다. 따라서 졸업 후 짧게는 3,4년 길게는 5,6년이 지나 직장 생활을 하면서도 곧잘 학교로 찾아오거나 밖에서 옛 학생들을 만나는 일은 자주 있었다. 하지만 집으로 찾아오겠다는 경우는 처음이어서 무척 당황했다. 더구나 남자 친구하고라니…. 학교에서 만나자고 해도 막무가내였다.

할 수 없이 허락을 했는데 5월 어느 일요일 오후에 친구는 안 오고 금분이 혼자서 조그만 과일 바구니를 들고 집으로 찾아 왔다. 야간상

업고등학교 졸업 후 급여가 많지는 않지만 취업하고 남자 친구를 사귀게 되었는데 시댁 쪽에서 결혼을 서둘러 좀 빠른 것 같긴 하지만 날짜를 잡았다는 것이다. 이런저런 살아가는 이야기를 나누는데 활달한 그 아이답지 않게 무슨 말인가를 하려다가 말곤 해서 내심 궁금했다. 금분은 해질녘에 결혼식 때 꼭 와 달라며 청첩장을 내밀었고 나는 다시 한 번 진심으로 축하해 주었다.

3주일 후 면목동의 한 예식장에서 열린 결혼식에 참석하여 점심을 먹는데 학교 다닐 때 엄마 대신 진학상담 하러 왔던 금분의 언니가 먹을 걸 챙겨 주면서 한 마디 툭 던졌다.

"선생님, 동생이 선생님 정말 좋아했거든요. 선생님께서 주례를 좀 서 주셨으면 좋았을 텐데 아쉬워요."

"……."

아하, 이런 형광등이라니…. 아직 젊은 편이었고 늦게 결혼한 마당에 누가 내게 주례를 부탁하리라고는 상상조차 못했던 때였다. 그때 금분이 주례를 부탁했다고 하더라도 선뜻 응했을지는 알 수 없지만 남자 친구랑 결혼 소식 전하러 집까지 찾아 왔는데 주례 부탁의 뜻이 있었음을 생각도 못했다니 어처구니가 없다는 생각이 들었다. 그 후로 몇몇 녀석들이 주례를 부탁한 적이 있었는데 이런저런 이유로 들어주지 못하였다.

학생부장을 시작으로 교무부장 등 보직을 맡으면서 담임 업무에서 벗어나자 학생들과의 관계는 조금씩 소원해졌고 학교로 찾아오거나 연락하는 아이들도 뜸해졌다. 그러던 어느 날 10여 년 전 담임을 맡

았던 녀석이 불쑥 전화를 걸어 왔다. 전화를 받자마자 다른 얘기할
겨를도 없이 결혼 소식부터 전했다.

"선생님, 저 지훈인데요 결혼하게 되었습니다."

"그래? 많이 급했나 보네. 아무튼 축하한다."

"선생님, 저 주례 좀 서 주세요."

"주례?"

"예, 전 예전부터 결혼하게 되면 꼭 선생님을 모시려고 했습니다."

"그나저나 너 어디서 뭐 하냐?"

"아, 예, 저 교보 본사에 있어요. 여자 친구는 2년 쯤 전에 만났구요."

"언제야?"

"예, 5월 29일입니다."

"한 달쯤 남았네."

"예."

"주례라, 그거 좀 생각해 봐야겠는데"

"생각해 보실 게 뭐 있습니까? 여자 친구랑 한 번 찾아뵙겠습니다."

이렇게 해서 가부를 명확히 하지 못한 상태에서 허락한 꼴이 되었
고 졸지에 주례를 서게 된 것이다.

마음이 어지간히 급했는지 이틀 뒤 오후, 녀석은 여자 친구의 손을
꼭 잡고 학교로 찾아왔다. 유난히 하얀 얼굴에 허우대가 멀쩡하고 귀
티 나던 중3 때의 옛 모습이 그대로 남아 있었다. 내가 담임을 맡았
을 때 부반장이었는데 워낙 성실한 녀석이어서 나무랄 데가 없었다.
한 번은 다른 반 말썽꾸러기들이 다짜고짜 멀쩡히 있는 아이를 때려
얼굴이 많이 상했는데도 어머니가 너무 넓은 마음으로 이해해 주어

더욱 기억에 남는 녀석이었다.

　얼떨결에 주례 약속을 한 후 둘을 돌려보내고 처음엔 까짓 거 못할 게 뭐 있나 싶어 덤덤했는데 혼례일이 일주일 앞으로 다가오자 마음이 급해지기 시작했다. 중곡동 어린이회관에 있는 결혼식장이었는데 1주일 전 토요일에 식장을 찾아가 보았다. 내가 주례를 설 예식장은 여러 개의 홀 중 가장 넓은 그랜드홀이었다. 예전 성수동 지역에서 근무할 때 3학년 학생들을 데리고 단체 영화 관람 하러 몇 번 가 본 적이 있는 무지개극장의 1,2층을 터서 만든 예식장이었다. 결혼식을 두 군데서 살펴보고 돌아왔으나 그래도 불안하여 다음날 일요일 또 다시 식장을 찾아가서 그랜드홀의 예식을 참관했다.

　내가 주례를 맡은 결혼식 날, 시간 맞추어 가느라고 했으나 도착해 보니 결혼식 1시간 전이었다. 다른 홀의 예식을 한 번 더 보고 메모를 가다듬고 30분 쯤 전에 사회자를 만나 진행 방법과 순서를 논의했다.

　마침내 신랑 입장, 그 넓은 홀에 하객이 가득했고 마이크가 고성능이어서 숨소리까지 빨아들일 것 같았다. 예식이 진행되고 축하의 말을 전하는데 식장 전체가 너무나 조용하여 숨이 막혀 왔다. 보통 예식장은 좁은 실내에 하객이 들락날락, 잡담이 난무하고 아이들 웃고 우는 소리 등으로 산만한데 그날 예식장은 정숙 그 자체였다. 극장을 개조한 홀이어서 객석이 경사진 형태라 주의 집중도 잘 되는 분위기였다. 경황이 없는 가운데서 결혼 주례를 마치고 신랑 친구 녀석들과 만나 잠깐 옛날 이야기도 나누었다. 입에 발린 소리였겠지만 정말 좋은 말씀이었다며 그 자리에서 주례를 부탁하는 녀석도 있었다. 이렇게 내 나이 오십도 되기 전에 주례 데뷔를 하였다.

　그 후로 주례를 한두 번 더 선 후에는 모든 것이 일사천리였다. 처음 주례를 맡았을 때 1시간 전에 미리 가서 준비하던 자세는 완전히 사라지고 예식 시작 직전에 헐레벌떡 도착하는 것이 다반사였다. 그러다가 결국은 사고를 치고 말았다.

　내가 초등학교 때 가르쳤던 정인이 마흔 넘은 나이에 결혼식을 한다고 연락을 하며 어렵게 주례 부탁을 하기에 흔쾌히 허락하였다. 평소에 말이 없고 성실하기 짝이 없는 녀석인데 결혼이 늦어 걱정하던 터라 진심으로 축하해 주었고 또 내가 주례를 선다면 정말 의미 있는 일이라 여겨져 글도 꼼꼼히 손을 보았다.

　그런데 그날, 경기도 안양이면 서둘러 떠나야 할 시간인데도 여유를 부리다가 결국 때를 놓치고 말았다. 택시와 전철을 번갈아 타며 석수역을 지나는데 벌써 예식 시간인 1시가 다 되어가고 있었다. 신랑 친구 녀석들이 숨넘어가는 소리로 재촉할 때마다 시간 좀 늦추어 보라고 당부를 했으나 이젠 방법이 없을 것 같았다. 할 수 없이 예식장에서 비상대기 중인 주례 선생님에게 부탁하라고 얘기하고 전화를 끊는데 맥이 탁 풀렸다. 다른 사람도 아니고 내 교직 생활에서 처음 인연 맺었던 초등학교 졸업생들, 30년이 다 되어 마지막 녀석이 장가를 가는데, 그때 아이들이 내가 주례 선다고 다 만나기로 했다는데 정작 담임선생님이었던 나는 펑크를 내고 만 것이다.

　안양역을 나서자 몇몇 녀석들이 역 앞 도로변에 승용차를 대 놓고 기다리는 중이었다. 비상등까지 켜고 식장으로 달렸지만 만사휴의,

예식은 막바지로 치닫고 있었다. 25년 전 우리 반이었던 아이들, 그 동네 어른들, 신랑 부모님, 그리고 결혼 당사자인 신랑 신부에게 미안하고 민망하여 얼굴을 들 수 없었다.

오랜만에 옛 아이들 만나 이야기 나누고 노래방에, 대낮 맥주집까지 거쳐 취한 상태로 그 녀석들이 태워주는 택시에 몸을 싣고 집까지 오면서도 부끄러움은 가시지 않았다. 내가 아이들 앞에서 늘 처음 같은 마음으로, 시종일관 처음처럼 살라고 입버릇처럼 이야기해 왔으면서도 나 자신은 태만하여 일생일대의 중차대한 남의 혼사를 망치는 어리석음을 범해 버린 것이다.

옛 아이들은 입을 모아 그럴 수도 있다고 위로했지만 난 그래서는 안 되는 것이었다. 처음 주례 서던 날 일주일 전부터 예식장을 살펴보고 그것도 모자라 두 번 세 번 확인하고 당일도 1시간 전에 도착했는데 나태함과 사소한 부주의로 남의 인륜대사를 그르쳐 버린 것이다. 늘 처음처럼 살고자 했고 아이들에게도 그토록 강조했건만 나는 지키지 못한 것이다.

그것이 주례사는 꺼내지도 못한 채 혼례식이 끝나버린 내 마지막 주례였다.

09

아이들이 심판하는 나라

　유관순은 1919년 3월 1일 독립만세운동에 참여한 후, 휴교령이 내리자 고향인 병천으로 내려가 아우내 장터에서 만세운동을 주도하였습니다. 부모를 모두 잃고 자신도 투옥되었던 유관순은 감옥에 갇혀서도 독립만세를 이끌다가 모진 고문으로 1920년 9월 28일 서대문형무소에서 순국하면서 다음과 같은 마지막 말을 남겼습니다.

　'내 손톱이 빠져 나가고, 내 귀와 코가 잘리고, 내 손과 다리가 부러져도 그 고통은 이길 수 있사오나, 나라를 잃어버린 그 고통만은 견딜 수가 없습니다. 나라에 바칠 목숨이 오직 하나 밖에 없는 것만이 소녀의 유일한 슬픔입니다.'

　유관순이 3.1만세운동에 참여했을 때 서울 이화학당 고등과 1학년 학생이었습니다.

　1950년 6월 25일 새벽, 북한군의 남침에 38선은 무너지고 서울이 위태로운 지경에 이르렀는데도 정부는 수도 사수를 천명하는 방송을 계속하였습니다. 그러나 서울을 지키겠다는 대통령의 육성이 방송되는 그 시간에 위정자들은 서울 시민들을 버려두고 한강을 넘어 남쪽으로 이동하고 있었습니다. 방어 병력이 절대적으로 부족했던 당국은 어린 학생들을 군복도 입히지 못하고 전쟁터로 내보냈습니다. 포항 지역 전선에서 학도병 이우근은 어머님께 긴 편지를 썼으나 곧바로 전사하는 바람에 끝내 부치지 못하고 말았습니다. 그는 당시 서울 동성중학교 3학년이었습니다.

'……

놈들이 다시 다가오는 것 같습니다.

다시 또 쓰겠습니다.

어머니 안녕! 안녕! 아뿔싸 안녕이 아닙니다.

다시 쓸 테니까요… 그럼, 이따가 또…'

1960년 4월 19일, 어린 학생들이 피와 죽음으로써 독재 권력을 심판하여 이 땅의 민주주의를 지켜냈습니다. 수유리 4.19묘지에 잠든 진영숙은 시위에 참가하기 위해 집을 나서면서 일 나가신 홀어머님께 마지막 글을 남겼습니다. 서울 한성여자중학교 2학년이었던 이 여학생은 그날 오후 시위 중 국민의 안전을 지켜야 할 경찰의 총탄에 숨졌습니다.

'……

저는 생명을 바쳐 싸우려고 합니다.

데모하다 죽어도 원이 없습니다.

어머님, 저를 사랑하시는 마음으로 무척 비통하게 생각하시겠지만 온 겨레의 앞날과 민족의 해방을 위하여 기뻐해 주세요.

부디 몸 건강히 계세요.

거듭 말씀드리지만 저의 목숨은 이미 바치려고 결심하였습니다.'

그로부터 54년의 시간이 흐른 2014년 4월 16일, 아이들에겐 위험하니까 이동하지 말고 여객선 선실에서 대기하라는 말을 남기고 어른들은 모조리 빠져나가는 어처구니없는 일이 반복되었습니다. 아이들은 어른들의 말에 따라 기울어 가는 배안에서 격려하고 양보하며 끝까지 기다리다가 서로 부둥켜안은 채 남해 바다를 떠도는 외로운 넋이 되고 말았습니다. 채 피지도 못하고 져버린 꽃다운 나이 열일곱, 그 아이들은 아직도 무책임과 책임 전가, 위선과 기만, 배신과 협잡으로 세월을 보내는 어른들과 이 나라를 또다시 죽음으로써 심판한 것입니다.

어떤 사람은 이렇게 말합니다. 이제 과연 아이들이 어른들의 말을 듣겠는가? 어른들의 말을 듣지 않는다고 더 이상 누가 아이들을 탓할수 있겠는가 라고. 하지만 어른들의 그런 생각은 우리 아이들을 모욕하는 것입니다. 국가적 위난이 닥쳤을 때, 크고 작은 어려움을 겪을때마다 아이들을 속이거나 이용했지만 아이들은 결코 그런 어른들과 자신의 조국에 등 돌린 적이 없었습니다. 어른들이 할 일을 저버리고 온갖 추태를 부릴 때에도 아이들은 묵묵히 자리를 지켰습니다. 아니 오직 아이들만이 자신의 자리를 지켜왔습니다. 책임을 면하려 변명하지 않았고 누구 때문이라고 남을 탓하지도 않았습니다.

두 눈 멀쩡하게 뜬 어른들이 울부짖으며 매달리는 아이들의 손을 놓아버리는 이 땅에, 아이들이 죽어 가는데도 책임 회피에 급급한 어른들로 넘치는 이 나라에 그나마 희망의 빛이 남아있는 것은 언제나 말없이 제자리를 지켜온 우리 아이들이 있기 때문입니다.

차가운 바닷속에서 그 아이들이 얼마나 추웠겠습니까?

차오르는 물에 잠기며 그 아이들이 얼마나 무서웠겠습니까?

선생님을 목이 터지도록 불렀을 텐데 우리들은 무엇을 했습니까?

엄마 아빠를 찾아 피가 맺히도록 절규했을 텐데 우리들은 어떻게 했습니까?

일이 생길 때마다 새로운 기관을 만들거나 없애서 국가와 국민이 안전해진다면 이 나라에서 안전사고는 오래전에 사라졌을 것입니다. 세월호 참사가 일어났을 때 대통령까지 나섰지만 먼저 달려가 단 몇 명이라도 아이들을 구해낸 것은 숱하게 만들어진 대책기구가 아니라 생업을 접어두고 모여든 어민들이었습니다.

또 다른 기구는 옥상옥이며 회피성 전시 행정으로 국민의 혈세를 축내고, 이번 참사 대처 과정에서 보여준 것처럼 구난 체계의 혼선을 가중시킬 뿐입니다. 언제나 성급한 대책은 본질을 흐리게 하고 또 다른 잘못을 저지르는 경우가 훨씬 많았다는 것을 우리들은 똑똑히 기억하고 있습니다. 기왕에 손을 대려면 전문가의 참여와 충분한 시간, 의견 수렴을 거친 후 완벽에 가깝도록 접근해야 합니다. 국민이, 특히 우리 아이들이 또다시 실험 대상이 되어서는 안 될 것입니다.

모든 인간사는 제도나 법보다 그것을 운용하는 사람의 능력에 좌우되며, 그 운용 능력은 전문가를 합리적으로 배치하고 그들이 책임감을 가지고 일할 수 있도록 여건을 만들어 주는 것입니다. 그리고 더 중요한 것은 모든 이들이 우리 아이들처럼 자신의 자리를 지키는 것입니다. 이것은 누구나 알고 있는 너무나 단순하고 명료한 원리인데도 실제로 행해지지 않고 있어 안타까울 뿐입니다.

이 아무개 선장과 선원들, 물론 잘못이 큽니다. 정부와 관리들, 책임져야 할 일이 너무 많습니다. 그 누구라도 법을 위반했다면 당연히 절차대로 처리되어야 합니다. 하지만 감정과 한풀이로 갈 수는 없습니다. 지금 이 순간 이 땅에서, 죄 없는 아이들의 죽음 앞에서 과연 누가 누구에게 잘잘못을 따질 수 있겠습니까? 우리 모두 죄인일 뿐입니다. 그동안 말만 앞세워 온 사람들이 입 다물고 있어 한 가지 시름은 덜었었는데 이제 경쟁적으로 책임지우기에 나설 그 분들, 생각만 해도 벌써 머리가 아프고 가슴이 떨립니다.

지금 당장 우리 모두가 할 일은 단 한 방울일지라도 진심 어린 눈물을 흘리는 것입니다. 누구랄 것 없이 가슴에 손을 얹고 사죄하면서 통렬하게 자성하는 것이며, 한 마음으로 모두의 지혜를 모아 우리 아이들이 안전하게 살아갈 수 있는 세상을 만들어 가는데 진력하는 것입니다. 거듭나야 합니다. 누구 한 사람이 아니라 우리 모두 다시 태어나야 합니다. 손가락질로 비난하고 돌팔매질로 책임을 묻는 것은 그 다음에 해도 늦지 않습니다.

다른 나라에게 국권을 강탈당했습니까?

적군의 탱크가 물밀 듯 몰려오고 있습니까?

독재정권이 총칼로 피의 진압을 전개하고 있습니까?

아닙니다. 그런데도 오늘, 우리는 아이들의 주검을 앞에 두고 통곡하면서 왜 이 나라의 격랑기에 꽃잎처럼 떨어져 간 어린 학생들을 떠올리고 있습니까? 이 땅에서 또다시 우리 아이들이 죽음으로써 어른들을, 이 나라를 심판하는 날이 오지 않기를 너무나 간절히 바라기 때문입니다.

지금이라도 위험한 상황을 맞아 너희들은 그 자리에서 움직이지 말고 대기하라는 방송이 흘러나온다면 우리 아이들은 또다시 어른들의 말에 따를 것입니다. 이젠 어른들이 정말 있는 힘을 다 하여 우리 아이들을 지켜 주어야 하는 이유입니다. 헛된 약속이나 가벼운 말이 아닌 확실한 몸짓과 행동으로, 실천하는 모습으로 보여주어야 합니다.

그것만이 이번 참사로 희생된 아이들과 모든 이들의 죽음을 진정으로 헛되지 않게 하는 길이 될 것입니다. (기고문, 2015.04.25)

* 2014년 4월 15일 인천 연안여객터미널을 출발, 제주로 향하던 여객선 세월호가 4월 16일 전남 진도군 병풍도 인근 해상에서 침몰해 수백 명의 사상자를 낸 대형참사가 일어났습니다. 여러 시간에 걸쳐 물에 잠겨 가는 선체를 바라보며 전 국민이 속수무책으로 발만 동동 구르는 어처구니없는 상황이 전개되었습니다. 이 사고로 탑승객 476명 가운데 172명만이 구조됐고, 304명의 사망·실종자가 발생했습니다. 특히 세월호에는 제주도로 수학여행을 떠난 안산 단원고 2학년 학생 325명이 탑승했는데 75명만 구조되어 전 국민에게 뼈아픈 상처를 남겼습니다.

4 부

몸을 갈고
마음을 닦다

지나온 시절이 아름답지만 과거에 머무는 것은

퇴행의 조짐이다. 몸과 마음을 건강하게 가꾸어야 하는 까닭이다.

몸이 온전할 때 마음도 넉넉하게 담을 수 있다.

"

바람결에 가득 밀려들던 짙은 허브향 그리고 힘찬 말발굽
소리와 귓전을 스치던 바람 소리. 한눈에 홀딱 반해버려 어느 것
하나라도 놓치고 싶지않았다. 달리는 말을 더욱 재촉하던
기수들의 날카로운 외침소리 까지도…츄, 츄〜. 그 모든 것들이
그대로 가슴에 사무쳐 또다시 심장이 뛰고 마음까지 달뜨게 했다.

'야성을 부르는 소리 츄, 츄〜' 중에서

"

01

신체 활동에 임하는 나의 자세

시간 나는 대로 끄적여 두었던 살아온 날들의 글을 정리하면서 기억을 더듬어가던 어느 날 신기한 꿈을 꾸었다. 누군지는 불분명한데 동료 선생님과 어떤 초등학교 과학실을 방문했다. 인간의 신체 부위와 기능을 시계의 숫자판처럼 둥글게 표시하고 특정 신호를 누르면 위, 간, 심장 이런 식으로 시곗바늘이 해당되는 그림을 가리키면서 빛을 내는 장치였다. 그 학교 선생님의 안내와 설명을 듣고 있는데 바로 옆방에서 젊은 여선생님이 아이들에게 뜀틀과 매트운동을 지도하고 있었다. 직접 시범이 어려워 안타까워하면서도 너무 열심히 지도하는 선생님의 모습을 보면서 초등학교 아이들과 지냈던 교사 초년 시절이 떠올랐다.

문득 이 장면을 글머리로 쓰면 어떨까 하는 생각을 하다가 꿈에서 깼다. 나이가 들면 자신의 진로에 대한 꿈도 흐려지지만 잠잘 때 일

상적으로 꾸는 꿈도 함께 사라지는 것이 생리적 현상이다. 더러 꿈을
꾸어도 대부분 잊거나 흐릿하게 남아 있을 뿐인데 그날 밤 꿈은 너
무 생생했다. 깨끗하게 청소된 교실 나무 바닥의 선명한 무늬와 청결
함, 그 바닥을 보면서 구두를 신고 있는 것이 미안했던 상황, 열심히
지도하는 여선생님의 콧잔등에 송송 맺히던 땀방울까지….

　돌이켜 보면 교사 초년 시절엔 정말 사소한 것에 내 모든 것을 걸고
막무가내로 달려들었다. 크면 저절로 알아질 텐데도 낱말 받아쓰기,
산수 덧셈 뺄셈 하나 익혀주는 것을 내가 완수해야 할 교육의 사명으
로 굳게 믿었다. 음악, 미술 등 정의적 영역도 충실히 지도하려고 애
썼는데 그 중에서도 특히 심혈을 기울여 이끌었던 것이 체육활동이
었다. 과욕으로 제 몸 상해 가면서 아이들에게 기능 한 가지라도 더
익혀주려고 진력했다.
　중고등학교에서조차 일부 체육선생님들이 아이들에게 공 하나 툭
던져주고 스스로 놀게 하던 '아나 공' 시절, 나는 초등학교 해당 학
년에 나오는 체육교육과정을 모두 다루었다. 빈 교실에 뜀틀과 매트
를 펼쳐 놓고 연습한 후 다음날 학생들에게 가르쳤다. 체육수업을 공
놀이 시간쯤으로 알고 있던 아이들에게 내가 주안점을 두었던 부분
은 확실한 동작과 자신감이었다. 온 국민의 사랑을 받았고 맨손체조
의 대명사가 된 국민체조가 보급될 무렵이었다. 모든 운동의 기본이
라고 할 수 있는 맨손체조나 순환운동 과정을 통해 학생 개개인의 성
격, 마음가짐, 그날의 몸 상태까지 짐작할 수 있었다. 여학생들의 흐
느적거리는 체조 동작을 보면 다음 단계로 넘어갈 수 없었다. 무엇인

가를 하려는 의지, 자신감 등 심리적인 부분부터 안전사고 등 현실적인 문제가 걸려 있었기 때문이다.

담임교사가 국어, 산수는 물론 음악, 미술, 체육까지 도맡아 지도하는 것이 비능률적인 부분도 없지 않으나 노력 여하에 따라서는 가장 효과적인 체제이기도 했다. 그 무렵 맨손체조를 2회 연속 제대로 실시하면 아이들 대부분 얼굴에 땀방울이 맺히곤 했다. 그 자세, 정신, 마음가짐으로 할 수 없는 일이란 거의 없었다. 그것이 체육수업에 임하는 내 자세였고, 신조였다. 그렇게 아이들을 닦달하면서 몸치였던 내 자신도 신체활동에 대해 깊은 관심을 갖게 되었다.

그 무렵에는 학교라는 간판을 달고 있는 곳이면 어디든지 학생들에게 의무적으로 육상을 가르치고 구기 몇 종목을 육성하도록 지침이 내려왔다. 나이 많은 학생을 선수로 발굴해 각종 체육대회에서 좋은 성적을 거두어 승진의 발판을 마련하는 선생님들도 있었다. 체육을 지나치게 강조하고 그 성적이 승진에 반영되다 보니 웃지 못 할 에피소드를 양산하기도 했다. 부정 선수 시비는 기본이었고, 대회 때마다 아이들 보기에 민망한 일도 잦았다.

시간만 나면 아이들과 함께 체육 활동을 했고 수업시간을 철저히 지킨 덕에 우리 반 학생들은 나를 만능 선수로 알고 있었다. 면소재지 학교에서 열린 마을 대항 축구시합에서 대표로 뽑혀(축구를 잘해서가 아니라 청년들이 워낙 부족했기 때문에 젊은 남교사 2명이 모두 선수로 참여했다.) 선수들 꽁무니만 따라다니며 허덕이다가 간신히 비겨 승부차기에 들어 갔다. 동료 교사와 함께 5명의 대표로 선발되어 만인이 지켜보는 가운데 순서를 기다렸다. 우리 팀은 동료 선생님을 포함해 3명이 실축을 하거나 골키퍼의 선방에 막혔는데 정말 운 좋게도 내가 골을 성공시켰다. 내 의도와 전혀 무관한, 그때엔 들어본 적도 없는 파넨카 킥이었다. 내가 골대만 벗어나지 않도록 최선을 다 해 찬 공은 정직하게 중앙으로 갔는데 키퍼가 다른 방향으로 몸을 날렸던 것이다. 응원하러 나왔던 동네 사람들이나 우리 반 아이들은 내가 뛰어난 축구선수라도 되는 것처럼 함성을 질러댔다. 그 후로 운동에 대한 나의 위상은 한 없이 올라갔고 얼마 안 가 그 위에 기름을 붓는 사건이 학교에서 일어났다.

교육청 방침에 따라 학교마다 육상과 구기 종목을 가르쳐야 했는데 소규모 학교에서 쉽게 할 수 있는 것이 탁구였다. 막내였던 내가 탁구를 맡아서 가르쳤지만 사실 내 탁구 실력은 똑딱볼을 겨우 면하는 정도였다. 그래도 선수를 키워야 하니까 탁구교재 펼쳐 놓고 아이들과 열심히 탁구를 쳤다.

방학 중에도 5,6학년 남녀 학생 10여 명을 골라 매일 탁구의 기본기를 가르치며 여름을 나고 있던 어느 날, 청년 네댓 명이 탁구장으로 들어왔다. 동네 청년 3명과 처음 보는 친구 2명이었는데 탁구 좀 칠 수 있냐고 물었다. 마침 쉴 시간이었기 때문에 탁구대를 비워 주었다.

그들 중에 체격이나 자세가 유난히 돋보이는 청년이 한 명 있었는데 얼른 보기에도 탁구 실력이 수준급이었다. 당연히 다른 사람들에 비해 실력 차이가 현격했다. 두어 게임 탁구를 같이 치던 동네 청년 달수가 그 친구를 소개시켜 주었다. 임계 사는 친군데 한양대 체육과

3학년이라고 했다. 우리들은 게임이 안 되니까 선생님이 한 번 쳐 주실 수 있겠느냐고 은근히 싸움을 붙였다. 물론 그 대학생은 나보다 월등한 수준이었으나 물러설 수도 없어 잘 부탁한다며 악수를 건넸다. 바깥으로 나갔던 아이들이 다 들어오고 운동장에서 놀던 녀석들까지 창문에 매달려 경기를 주시하고 있었다.

내가 탁구대로 다가서자 동네 청년들이 너 임자 만났다며 큰 소리를 쳤고 그 대학생은 내가 오늘 여기서 깨지면 다시는 탁구 라켓 안 잡겠다고 호언을 늘어놓았다. 내가 먼저 서비스를 넣었는데 상대의 팔이 길고 힘도 좋아 공 줄 곳이 마땅치 않았다. 그의 서비스도 난해하여 받기가 쉽지 않았다. 하지만 상대가 사용하는 아이들의 라켓이 워낙 싸구려여서 실력대로 회전이 먹히지 않는데다가 다혈질인 그 학생의 실수에 편승하여 첫 게임을 어렵게 가져올 수 있었다. 얼굴이 잔뜩 일그러진 그 대학생은 웃옷까지 벗어던지고 펜홀더 뿐인 아이들의 탁구 라켓을 이것저것 살펴보더니 그 중 하나를 골라 잡고 다시 붙었다. 내 집중력 탓이었는지 그날따라 스매싱은 물론이고 백스매싱까지 그대로 꽂혔다. 그럴 때마다 아이들이 환호성을 질렀고 상대는 실수를 연발했다. 두 게임을 내리 지고 한 게임만 더 하자고 해서 다시 맞붙었는데 마지막 게임은 더 큰 점수 차로 내가 이겼다. 결국 그 대학생은 뒤도 돌아보지 않고 친구들과 물러갔고 그 후 아이들에게 나는 탁구 영웅이 되었다. 사실 그날 내가 이긴 것은 전적으로 라켓 때문이었다. 예산이 부족했던 학교에서는 재생 고무 러버를 붙인 싸구려 라켓을 잔뜩 사 왔고 그걸 도저히 사용할 수 없었던 나는 개인적으로 고급 러버의 라켓을 사서 쓰고 있었기 때문에 그날 경기는 정당한 시합일 수 없었다. 게다가 홈그라운드가 아닌가? 아무튼 그날 이후 나는 아이들에게 만능 스포츠맨이 되고 말았다.

시골 초등학교 아이들에게 비전문가가 달리기, 멀리뛰기를 지도하고, 탁구 등 구기 종목을 가르친 것이 우리나라 체육 발전에 얼마나 기여했는지는 내가 밝힐 수 있는 부분이 아니다. 내가 굳이 복장을 갖추어 입고 나와 체육교육과정의 모든 부분을 맛보게 했던 것은 아이들에 대한 내 마음가짐의 표현이었다. 또한 문화적 혜택이 거의 없고 체험의 기회가 적은 산골 아이들에게 많은 것을 경험하게 해 주고 싶었다. 중학교, 고등학교에 가고 또 사회에 나가더라도 책에서 익힌 것보다 몸으로 겪은 것이 더 소중하다는 것을 잘 알기 때문이었다. 그리고 건강한 몸과 정신을 만들고 삶의 자신감을 심어주는 데 체육 활동만한 것이 없었다. 실제로 체육 활동은 성적이 낮은 아이들의 자신감 높이기에 큰 도움이 되었다. 나도 체육 활동 전반에 대한 관심이 높아졌으며, 신체적으로나 정신적으로 한 단계 성장할 수 있었다. 몸이 건강해야 넉넉하게 마음을 담을 수 있다는 것도 깨닫게 되었다.

아이들과 함께 지낸 후론 비록 내 체력이 달리고 소질도 부족하지만 어떤 운동을 하더라도 최선을 다 하려는 마음가짐을 견지했다. 그런 눈물겨운 노력에도 불구하고 한사코 마다하는 날 억지로 불러내어 테니스를 가르쳤던 새카만 교직 후배 양원석은 움직임이 조금이라도 흐트러지면 사정없이 쏘아붙였다. '정신 자세가 글러먹었다'는 것이 이유였다. 그 호통은 내가 아이들을 지도할 때 입에 달고 지냈던 말이기도 했다. 그때 이후로 작은 일에도 정말 일생일검(一生一劍)의 각오로 살아가리라 다짐하는데 그게 생각처럼 쉽지 않다.

02

스키 정복기

　강원도 산골 태생인 나의 어린 시절, 물과 눈, 얼음은 생활의 한 부분이었다. 여름철에는 냇물에서 살다시피 했고 겨울엔 얼음을 지치거나 눈 속에서 살았다. 눈이 너무 많이 내리면 치울 수 없었기 때문에 남정네들이 설피나 썰매로 눈을 밟아서 길을 내고 아녀자들은 굳어진 눈 위로 이웃나들이를 할 수 있었다. 썰매는 빠르게 움직이기보다 눈 위에서 이동하는 것이 주목적이었기 때문에 스키보다 짧고 넓게 만들었다.

　겨울에 눈이 잔뜩 쌓이면 어른들은 잘 갈아 둔 창을 빗겨 들고 멧돼지를 잡으러 갈 때 썰매를 사용했으며, 아이들은 겨울놀이로 산기슭 언덕바지에서 해 가는 줄 모르고 썰매를 탔다. 스키가 한 쌍의 짧은 스틱을 사용하는데 비해 썰매는 이동과 수렵용으로 만들었기 때문에 길이 3미터 정도 되는 하나의 긴 막대기를 스키 스틱처럼 썼다. 그 막대기는 내리막길 활강에서 균형을 잡거나 뒤쪽으로 짚고 기대면서 눌러 주어 속력을 조절하는 도구였다. 썰매 장대의 끝을 뾰족하게 깎아 산짐승을 만나면 사냥 도구로 쓰기도 하였다.

　서울에서 근무한 지 10년도 더 지난 어느 해 겨울방학 때, 교사들을 대상으로 하는 스키 연수가 경기도 양지리조트에서 열린다는 소식을 듣고 가까이 지내는 선생님들을 부추겨 같이 신청하였다. 이런저런 사연 끝에 배 선생님 부부와 이 선생님 부부, 나까지 다섯 명이 함께 2박 3일 연수에 참여하게 되었다.
　리조트에서 점심 식사를 하고 스키 기본 동작에 대한 연수를 받았다. 어릴 때 사용하던 썰매에 비해 스키는 길고 좁아서 미끄러지는 속도가 빠르고 보행이 불편한 것 외에는 큰 차이가 없었다. 두어 시간 동안 방향 전환하는 방법, 속도 줄이는 기술, 바르게 넘어지고 일어나기 등을 배운 후 옆걸음으로 야트막한 언덕에 올라가 미끄러져 내려오는 데 전혀 어려움이 없었다. 연수에 참여한 40여 명 가운데 10명 정도만 바로 리프트를 타러 갔고 나머지는 스키 왕초보들이었다. 넘어지고 엎어지면서 기초 동작을 배우는 동료들을 뒤로하고 나는 기본코스에 도전했다.

　그 무렵 양지리조트의 기본코스는 길이 300미터 정도 되는 넓고 완만한 슬로프였는데 출발점으로 가는 게 문제였다. 기본코스 리프트가 전용으로 운영되지 않고 중급으로 올라가는 도중에 리프트에서 내리도록 되어 있었던 것이다. 리프트가 기본코스 출발점으로 다가서면 바짝 긴장하여 리프트 의자에서 꼼지락 꼼지락 앞쪽으로 나와 있다가 내릴 준비를 해야 했다. 스키가 눈에 닿으면 일어서고, 계속 올라가는 리프트가 다리 뒤쪽을 밀어주어 눈 위로 미끄러져 갔다. 처음엔 리프트에서 내리다가 넘어지기도 하고 자빠지기도 했지만 몇 번 오르내리면서 곧 익숙하게 이용할 수 있었다.

2일 째, 기본코스를 몇 번 섭렵한 후 중급코스에 도전하기로 했다. 쳐다볼 때는 별 것이 아니었는데 막상 중급코스 리프트에서 내려 슬로프 출발점에 서자 아래쪽이 전혀 안보일 정도로 경사면이 가팔랐다. 그 당시 양지리조트 중급코스의 출발 지점 100여 미터 가량의 슬로프는 경사가 급하고 매우 좁아 굉장히 위험하게 설계되어 있었다. 좁은 슬로프의 한쪽은 산을 깎은 절벽이었고 반대쪽은 낭떠러지여서 철망과 보조 그물, 충격 완화 장치 등이 양쪽으로 겹겹이 설치되어 있었다.

방향 전환과 감속이 잘 안될 때였기 때문에 처음에는 지그재그로 반대쪽에서 주저앉은 채 방향을 바꾸며 내려왔다. 그처럼 조심스럽게 내려오는데도 조금만 방심하면 낭떠러지 추락 방지용 철망으로 스키가 쑥쑥 들어가 박히기 일쑤였다. 출발 지점의 짧고 좁은 급경사만 통과하면 나머지는 슬로프도 넓고 경사가 완만해져 초급자들에게는 정말 좋은 코스였다. 중급코스는 슬로프가 길어서 리프트로 올라갈 때도 재미있었고 점차 출발 지점의 급경사도 어렵지 않게 내려올 수 있었다.

같이 온 두 남자 선생님도 어느 정도 스키에 익숙하게 되자 기본코스로 데려달라고 했다. 슬로프의 구조와 리프트 내리는 방법에 대해 미리 설명한 후 한 사람씩 같은 리프트에 타고 가면서 쉽게 내리도록 도와주었다. 두 세 번씩 함께 오르내리면서 중간 지점인 기본코스에서 익숙하게 내리는 모습을 확인한 후 나는 나대로 중급코스에서 신나게 스키를 탔다. 나중에는 여선생님들도 기본코스 슬로프에서 스키를 탈 수 있게 되었다. 리프트로 높은 곳까지 올라갔다가 빠르게 내려오기 때문에 아래쪽 완만한 슬로프에서 느린 속도로 스키를 타는 동료 선생님들을 항상 지켜보면서 도와줄 수 있었다.

점심 시간이 가까워져 스키를 벗어 보관대에 세워두고 식당 앞에서 기다린지 얼마 되지 않아 다들 모였는데 배 선생님만 안 보였다. 선생님들의 이런저런 질문에 대답하면서 부츠까지 벗고 양말을 다시 신는 등 시간이 꽤 지났는데도 여전히 배 선생님은 나타나지 않았다. 슬로프 여기저기를 둘러보아도 보이지 않았다. 남편이 계속 보이지 않자 부인인 김 선생님이 걱정하기 시작했다.

여기저기 두리번거리다가 혹시나 싶어 중급코스의 출발 지점을 쳐다보았다. 순간 웃음을 참을 수 없어 배꼽을 잡고 웃어댔다. 배 선생님으로 보이는 한 남자가 스키를 벗어 스틱과 함께 어깨에 둘러멘 채 슬로프의 눈길을 위태롭게 걸어 내려오고 있는 모습에 순간적으로 웃음이 터져 나왔던 것이다. 배 선생님은 무거운 부츠를 신고 무릎까지 풀풀 빠지는 경사진 눈길을 걸어 내려오느라 애를 먹고 있었다. 발에 신고 눈 위를 미끄러져야 할 스키는 어깨에 멘 채…. 기본코스에서 내려야 하는데 그만 순간적으로 기회를 놓쳐 중급코스까지 올라가 버렸다는 것을 보고 듣지 않아도 알 수 있었다.

스키장을 많이 다녀본 사람은 잘못 갔다 싶으면 리프트에서 내리지 않고 그대로 내려오는 방법이 있다는 것을 알 터이지만 배 선생님은 스키장에 처음 와 본데다가 얼떨결에 까마득히 높은 곳까지 갔으니 얼마나 당황했을지는 짐작이 가고도 남았다. 영문을 몰라 어리둥절해 하던 다른 선생님들도 배 선생님을 쳐다보고 같이 웃기 시작했다. 부인인 김 선생님만 붉으락푸르락 어쩔 줄을 몰라 했다. 그로부터 20분도 더 지난 후에야 배 선생님은 거의 탈진 상태로 다가 왔다. 오자마자 첫 물음이 걸작이었다.

"나 봤어요?"

배 선생님은 연수가 끝날 때까지 부인에게 시달려야 했다.

그 후로 정말 열심히 스키를 타러 다녔다. 영하 15,6도 추위로 코 밑에 고드름이 달릴 정도인데도 서울 근교에서 야간 스키를 탔다. 평창용평, 진부알프스, 그리고 무주리조트 등 새로 생겼거나 괜찮다는 스키장이 있으면 빠짐없이 다녀왔다. 같이 갈 친구가 없으면 혼자서 다닌 적도 많았다.

스키를 타면서 조금 난코스라고 여겨지는 슬로프 출발점에 서면 어김없이 스키를 둘러메고 경사진 눈밭을 걸어 내려오던 배 선생님 생각에 마음이 훈훈해지곤 했다. 여기저기 국내의 최신 슬로프를 몽땅 다녀 봐도 스키와 처음 만났던 양지리조트만큼 재미있는 곳은 없었다. 그걸 보면 왜 사람들이 여행은 어디로 가는가보다 누구와 가느냐가 더 중요하다고 말하는지 알 수 있을 것 같다.

03

윈드서핑의 추억

경포의 바다와 호수는 강릉 사람들에게 생활의 한 부분이었다. 특히 청소년들에게 정말 소중한 자원이었다. 중고등학교 다닐 때 여름철 수온이 올라가면 시내버스로 2,30분 거리에 있는 바다에서 피부가 여러 겹 벗겨지도록 신나게 놀았다. 폼 나게 수영은 못하지만 파도를 타면서 오래도록 물에 떠 있는 것만은 자신 있었다. 겨울이면 호수가 얼음판으로 바뀌어 하루 종일 그곳에서 살았기 때문에 스케이트는 중고등학교 때부터 겨울철 필수품이었다. 지금은 야외에서 얼음을 지칠 만큼 어는 곳도 없고, 특히 서울은 마땅한 장소가 드물어 스케이트를 신어볼 기회가 거의 없었다. 어릴 때 눈썰매 타던 가락이 있어 스키도 쉽게 배우고 열심히 스키장을 드나들기도 했다.

하절기엔 스키를 못 타니까 윈드서핑 배우러 가자고 체육선생님 한 분이 꼬드기는 바람에 여름 한철을 한강에서 보낸 적이 있었다. 학생들과 청소년 단체 활동 하면서 고무보트나 카약, 카누 등을 타러 다닐 때 윈드서핑에 관심은 가졌지만 선뜻 엄두가 나지 않았던 터였다. 여름방학이 시작되는 7월 하순, 인터넷으로 받은 약도를 들고 뚝섬지구 상류 쪽 서핑장으로 갔다. 한강변이 워낙 넓어 이런저런 시설이 많지만 서핑장은 또 다른 세계였다. 간단한 2층 컨테이너 구조물로 이루어진 서핑클럽 100여 개가 늘어서 있었고, 강변에는 소형요트도 몇 대 정박 중이라 색다른 풍경을 연출하고 있었다.

윈드서핑에 대한 기본적인 설명을 듣고 구명조끼를 입은 후 강으로 나갔다. 안경은 끈으로 묶어야 한다는 말을 들었을 때만 해도, 여벌의 옷을 두 벌 이상 준비하라는 사전 안내를 받았을 때도 그게 어떤 의미인지 정확하게 이해하지 못한 상태였다. 강사가 보드에 올라 세일 작동법을 설명하면서, 물에 잠긴 세일을 무리하게 끌어올리면 손바닥이 다 나간다는 이야기를 할 때에도 대수롭지 않게 들었다. 잘못하면 흘러 흘러 뚝섬, 반포, 용산까지 갈 수도 있다는 얘기를 들었을 때도 동료 선생님이랑 서로 손가락질하며 웃어넘겼다.

드디어 개인별로 보드가 주어지고 계류장에서 조심스럽게 보드에 연결된 줄을 잡아당겼다. 지상에서 설명을 들을 때는 보드가 넓고 길게 보여 드러누울 수도 있을 것 같았는데 막상 물위에 뜬 보드에 오르려고 하자 보드판이 너무 좁아 발 올릴 곳이 없었다. 균형을 잡을 수 있는 중앙 부분으로 올라서는 것까지는 성공했는데 기우뚱하는 순간 강물로 처박히고 말았다. 한참 허우적거리다가 겨우 낑낑거리며 보드에 올라타는 순간 이번에는 반대쪽으로 빠져 들어갔다.

여러 차례 시도 끝에 겨우 보드에 올라 이번에는 물에 잠긴 세일을 끌어올리는데 이게 또 장난이 아니었다. 물에 잠겼으니까 연결 밧줄을 한 쪽부터 서서히 끌어올려야 하는데 힘으로 당기려다가 손바닥이 다 벗겨져 찬물에 담가도 상처가 쓰리고 아팠다. 간신히 세일을 세웠을 때, 보드는 방향도 잡지 못한 채 계류장을 벗어나 한참 하류로 흘러가고 있었다. 클럽에서 운영하는 고무보트 꽁무니에 매달려 계류장으로 돌아오기를 여러 차례, 도전에 도전을 거듭한 끝에 간신히 균형을 잡고 세일로 바람을 받을 수 있었다.

여러 날이 지나고, 드디어 도강 허가가 떨어졌다. 그날은 약하게 비가 내렸는데 바람이 적당히 불어 윈드서핑하기에는 안성맞춤이었다. 강을 건너기 전, 강사가 사고 위험도 크고 항의 전화도 자주 오니까 한강유람선 지나거든 제발 미리 방향을 잡아 대비하라고 누누이 일렀지만 강을 건넌다는 사실에 잔뜩 바람이 들어 온갖 잔소리는 뒷전이었다.

점차 굵어지는 빗방울을 맞으며 세일에 바람을 가득 싣고 힘차게 강 건너 쪽으로 가는데 정말 스릴 만점에 부러운 것이 없었다. 그렇게 한참 앞만 보며 달리는데 아뿔싸, 진짜 한강유람선이 다가오고 있었다. 뱃고동까지 길게 울리자 건너갈까 돌아갈까 망설이다가 그만 세일이 물에 잠기고 말았다. 배는 다가오지요, 뒤에서는 강사가 마이크로 불러대지요, 보드는 휘청거리지요, 당황한 나머지 급기야는 물속으로 첨벙 하고 말았다.

내가 물에 빠져 제대로 움직이지 못하자 결국 거대한 유람선이 나를 피해서 지나가는 형국이 되고 말았다. 유람선 뱃전에 나온 몇몇 승객들이 다 이해한다는 듯이 웃으면서 손을 흔들어 주었다. 유람선이 만든 물결 때문에 보드가 크게 흔들려 올라타지도 못하고 보드에 한쪽 팔을 얹은 채 마주 손을 흔들어 주었다.

비록 한강유람선과 충돌 직전의 상황까지 가기는 했지만 하루 종일 정말 신나게 서핑할 수 있었다. 평소에는 각 클럽의 초보 수강생들만 한강변에 옹기종기 모여 있는데, 그날처럼 바람이 일기 시작하면 언제 나타났는지 온갖 클럽에서 각양각색의 보드가 쏟아져 나와 화려한 세일이 순식간에 한강을 가득 메우는 모습은 장관이었다. 바람만 알맞게 불어주면 등이 강물에 스칠듯 드러누워 멋지게 한강을 가로지를 수 있었다. 나중에는 유람선이 다가오고, 그 바람에 물결이 크게 일어도 여유 있게 피해 다닐 정도가 되었다. 그해 여름은 그렇게 한강과 함께 지나갔다.

2학기 개학을 하고 정신없이 바쁜 학교 생활로 접어들었는데 이상하게 오른쪽 귀에 물이 든 것처럼 불편했다. 솜으로 물을 빼 보고 어릴 때 멱 감고 나왔을 때처럼 오른쪽 귀를 아래로 향한 채 흔들어도 달라지지 않았다. 며칠 지나면 괜찮겠지 했는데 9월이 다 가도 여전했다. 할 수 없이 학교 앞 이비인후과에 들러 귀에 물이 든 것 같은데 빠지지 않는다며 진찰을 청했다. 젊고 핸섬하게 생긴 의사 선생님이 귀에 진찰 기구를 넣고 이리저리 살펴보더니,

"어라, 고막이 없네요." 하는 것이었다.

"고막이 없어요?"

"예, 한 번 보시지요."

진찰대 눈앞에 설치된 모니터 화면에 귓속 모습이 확대되어 나타났는데 정말 동그랗게 열린 부분이 선명하게 보였다.

"이렇게 될 때까지 모르셨어요?"

지난해 겨울, 아내가 TV볼륨을 너무 높게 튼다고 핀잔을 주어 이비인후과에 간 적이 있었으나 귀지 청소만 하고 다른 진료는 안 받았다고 했더니 의사는 그럴 리가 없다며 고개를 갸우뚱거렸다.

"원인이 뭐예요?"

"오래 진행되었기 때문에 정확한 원인을 알기는 어렵고 본인도 모르는 사이에 중이염을 앓았거나 충격을 받아 고막이 파열될 수 있습니다."

"고막이 나가면 코 막고 숨을 내쉴 때 귀로 바람이 나온다고 하던데…."

"고막이 나갔다고 반드시 귀로 바람이 새는 건 아니에요. 아무튼 큰 병원에 가 봐야겠습니다."

"어떻게 해야 하나요?"

"청각이 다소 떨어질 뿐 큰 불편은 없을 수도 있는데 이물질 들어가는 것을 막으려면 고막 복원이나 인공 고막 수술을 받아야 할지도 모릅니다."

예전부터 오른쪽 귀의 청력이 조금씩 떨어졌을 텐데 사는데 불편함이 없으니까 몰랐다는 얘기였다. 혹 떼러 갔다가 하나 더 붙여 온 느낌으로 지내다가 그해 겨울방학 때 서울대 병원으로 갔다. 고막 수술의 최고 권위자라고 소개받은 담당 의사는 가운도 입지 않은 채 양복차림으로 왔다 갔다 하면서 청각 검사 결과 훑어보고 귓속을 한 번 들여다보더니 수술 날짜 잡으라고 했다. 청신경 손상으로 청각은 회복되기 어렵지만 내이 보호 차원에서 고막을 이식하는 것이 좋다고 했다. 수술은 다음 해 8월에나 가능하다기에 겨울방학 때가 좋을 것 같아 내후년 1월 초순으로 날짜를 잡았다. 하지만 수술 예정일이 임박하면서 이런저런 이유로 계속 미루어지다가 결국 2월 중순으로 날짜가 확정되었다.

수술 전날 오후에 서울대 병원 7층 이비인후과 병동에 입원하고 각종 검사를 했다. 후각과 미각 검사를 자세히 하기에 고막 수술하는데 왜 혀나 코 검사를 하냐고 물었더니 얼굴 부위에 워낙 복잡한 신경계가 집중되어 있어 더러 영향을 미치는 경우가 있기 때문에 검사를 하는 것이라고 했다.

다음날 오후, 전신 마취를 하고 수술실로 들어갔다. 마취에서 깨어났을 때 머리 위쪽은 이슬람교도의 터번처럼 하얀 붕대로 칭칭 감겨져 있었다. 통증도 가시고 마음이 편해져 저녁 늦은 시간에 병실을 나가 복도를 다녀 보았다. 만나는 사람마다 한쪽 귀를 붕대로 감쌌거나 나처럼 하얀 터번을 쓰고 있어 그들이 가만가만 움직이는 모습이 우스꽝스럽기도 하고 괴기스럽기도 했다. 한편으론 꼭 이상한 별나라에 온 듯한 환상에 빠지게 만들었다.

그렇게 3일 밤을 병원에서 지낸 뒤 터번은 벗었지만 오른쪽 귀를 큼지막한 붕대로 싸맨 채 퇴원했다. 귀에 하얀 붕대를 싸매고 다니니까 보는 사람들마다 이유를 물었고 그럴 때마다 윈드서핑부터 시작해서 별나라 갔다 온 이야기를 늘어놓아야 했다.

병원 식사는 맛이 이상해도 환자용이라 워낙 싱겁게 요리되기 때문이려니 했으나 집에 와서 밥을 먹는데 느낌이 영 낯설었다. 귀 수술후 혀의 감각이 거의 사라져 버렸던 것이다. 이빨로 혀를 깨물어 보면 아픈 감각은 분명히 살아 있는데 맛은 거의 느껴지지 않았다. 김치나 깍두기를 먹으면 짠맛이 전혀 없어 배추, 무를 날것으로 먹는것 같았다. 그 느낌은 말이나 글로 뭐라고 표현하기가 어려웠다. 1주일 쯤 지나자 미각이 서서히 돌아오는지 반찬을 먹으면 혀의 부분 부분으로 실개천처럼 골을 이루면서 짠맛과 단맛 등이 나타나 밥 먹을때마다 느낌이 요상했다.

미각 때문에 후각에 대해서는 별로 신경을 안 썼는데 5월 아카시아꽃이 만개하고서야 후각에 문제가 생겼다는 것을 알 수 있었다. 꽃송이에 코를 박으면 냄새가 나지만 그 진한 아카시아 향도 공기 중에서는 잘 맡아지지 않는 것이었다. 이번에는 서울대 병원 코 전문의를소개 받아 치료도 받았지만 후각이 떨어진 것은 분명한데 뚜렷한 원인이나 장애가 발견되지 않기 때문에 치료가 어렵다며 알약 몇 가지를 처방해 주는 것이 고작이었다.

지금도 청각이나 후각은 확실히 약해져 있는 상태이고, 미각도 완전히 살아난 건지 자신이 없다. 게다가 온갖 고생을 다해 고막 재생수술을 받았는데 재생된 고막에 작은 구멍이 또 생겨버렸다. 고막의작은 구멍은 수술한 병원에서 처음 발견했는데 생활에 큰 지장이 없으니까 그냥 살라고 했다. 그것 참.

윈드서핑 때문에 귀를 다친 것은 아닌데 그것 때문에 귀의 이상을 알게 되었으니까 뭐가 잘 안 들리거나 하면 윈드서핑이 생각난다. 항공모함만큼이나 커 보이던 한강 유람선을 마주하고 쩔쩔매던 생각을 하면 지금도 슬며시 웃음이 나온다. 그리고 아무도 없던 넓은 한강에 바람이 불기 시작하면 한꺼번에 쏟아져 나오는 서퍼들의 울긋불긋한 세일로 순식간에 한강이 가득 넘치던 광경도 눈에 선하다. 컴컴한 밤, 희미한 형광등 밑으로 하얀 귀의 무리들이 어슬렁거리던 서울대 입원 병동 7층 복도의 괴기스런 분위기도….

04

유체이탈, 패러글라이딩 입문

윈드서핑 하다가 고막 수술을 하는 바람에 더 이상 물속에 들어가는 것은 어려워졌고 그게 잊고 있었던 낙하산에 관심을 부추기는 계기가 되었다. 패러글라이딩이 레포츠로 확산되면서 오다가다 창공을 여유 있게 날아다니는 것을 볼 때마다 언젠가는 한번 도전하리라 생각했으나 활공장이 많지 않아 기회가 없었다.

내가 처음 패러글라이딩을 만난 것은 '날개클럽'에서 자주 사용하는 남양주 체육센터 부근의 훈련장이었다. 기초 비행 훈련을 할 수 있는 작은 언덕이 있고 그라운드 연습이 가능한 공터도 넓어 바람만 불어주면 초급자들에겐 더할 나위 없이 적합한 곳이었다.

햇살 따가운 어느 가을날, 클럽 회장님으로부터 간단한 안내를 받고 바로 훈련에 들어갔다. 패러글라이딩과의 인연은 그렇게 시작되었다.

패러글라이딩, 겉보기엔 울긋불긋한 낙하산을 타고 하늘 높이 떠다니는 게 신선놀음으로 보이지만 그렇게 날기까지의 과정은 간단하지 않다. 나에게 처음 하네스를 메고 캐노피를 띄울 수 있도록 도와준 이가 같은 클럽의 김영호 교관이었는데 뙤약볕 내리쬐는 풀밭에서 정말 열심히 가르쳐 주었다. 나도 학교에서 학생들과 함께 살아왔지만 똥오줌 못 가리는 초심자에게 젊은 사람이 저토록 열정적으로 가르칠 수 있을까 싶을 정도였다. 언젠가 행글라이더 팀과 같이 이동하던 중 초보자 다루기 정말 어렵다고 누군가 투정하자 제대로 가르치려면 배우는 사람만큼 힘든 법이라고 타일러 나를 감동시켰던 사람이다.

한 발의 소총 실탄 사격을 위해 여러 주일 동안 그야말로 피가 나고 알이 배는 PRI(사격술예비훈련)과정을 거치듯, 오색찬란한 캐노피가 저절로 떠오르지 않는다는 것을 곱씹으면서 첫날부터 입에서 단내가 나도록 뛰어다녔다. 옷에 소금꽃이 피고 오줌이 샛노래지도록 여러 차례에 걸친 지상 핸들링과 기초적인 이착륙 연습을 마치고 백마산 활공장에서 몇 번 더 훈련을 거친 후에야 첫 비행에 나설 수 있었다.

우리 클럽은 계절에 따라 다르지만 주말의 경우 보통 12명 정도의 회원이 참여했는데 늘 활기차고 분위기도 좋았다. 활공장에 도착하면 적절한 곳에 간이 천막을 설치하여 본부로 삼은 후 활동에 들어갔다. 초급자들은 기초 훈련을 받으러 가고 비행 대상자들은 소형 트럭을 이용해 이륙장으로 올라갔다. 백마산 이륙장은 300고지라 그리 높지 않은데도 길이 가파르고 험하여 장비를 잔뜩 실은 트럭 화물칸에서 마구 흔들리다가 목적지에 도착하고 나면 아침 나절인데도 배가 다 꺼져버리곤 했다. 시간이 지나면서 이곳저곳 경관 수려한 활공장을 숱하게 다녀보고 조금씩 체공 시간도 늘여가고 있지만 역시 아찔한 쾌감은 첫 비행에 비할 수 없었다.

이륙장에 도착하면 자신의 장비를 내려 이상 유무를 점검하고 무릎보호대, 헬멧, 하네스 등 장비를 착용한다. 이어서 캐노피를 펼치고 산줄이 얽히지 않았는지 확인한 후 서로 연결한다. 헬멧과 무전기 송수신 상태를 테스트하고 이륙 장소에 서면 준비가 끝난다. 다른 클럽 동호인들도 같은 곳에서 활동하기 때문에 많을 경우는 20여 개의 장비가 순서를 기다린다. 초보자는 스스로 뜨는 것이 아니라 좌우에서 라이저나 조종줄을 잡아주고 밀어주어 바람만 받는 것이지만 마음 설레는 정도는 이루 표현할 수 없다. 클럽회장님, 교관과 경력자들이 내 옆에 달라붙어 장비 안전 상태를 일일이 재점검하고 유의사항을 설명하면서 마음을 안정시켜 준다.

– 박 선생님, 무전기 들립니까? 이상.
"잘 들립니다. 이상."
– 첫 비행인데 자신 있습니까? 이상.
"옙, 자신 있습니다. 이상."
– 라이저, 조종줄 잡고 이륙 준비.
– 풍향 보고 앞으로 달립니다.
– 라이저 놓고, 손 뒤로.
– 허리 숙이고 더, 더 달립니다.
–공중으로 떠올라도 계속 달립니다.

몸 전체로 캐노피를 끌어야 하는데 줄을 잡은 팔이 자꾸 앞으로 나가는 바람에 처음엔 이륙 실패, 두 번째 시도로 드디어 날아올랐다. 허리를 숙이면서 죽어라고 달리는데 갑자기 두 발이 공중에서 헛걸음질 쳤다. 거짓말처럼 내 몸이 둥실 떠오른 것이다. 바람 탓에 기체가 심하게 요동쳤지만 두려움보다 희열로 가슴이 부풀었다. 첫 비행이라 무전기에서 지시가 이어졌다.

- 조종줄 놓고.
- 하네스에 앉습니다. 서두르지 말고 완전히 앉습니다.
- 다시 조종줄 잡습니다. 줄은 손목에 한 번 감은 후 잡습니다.
- 능선을 타고 갑니다.
- 오른쪽 조종줄 허리까지 당겨서 오른쪽으로 방향을 바꿉니다.
- 방향 바꿀 때 먼저 고개를 돌려 그 방향을 봅니다.
- 가고자 하는 방향으로 체중도 같이 실어줍니다. 더, 더!
- 조종줄 어깨까지 원위치.
- 중앙 도로가 교차하는 십자로를 목표로 나아갑니다.
- 시선은 발밑이 아니라 멀리 봅니다. 다리 모으고.
- 착륙장 나와 주세요. 카피.
- 착륙장입니다. 카피.
- 박의동씨 이륙했습니다. 초보자니까 착륙장에서 착륙 유도해
  주십시오. 카피.
- 알겠습니다. 카피.
- 도로와 나란한 방향으로 진행합니다. 오른쪽 조종줄 당겨

방향잡고….

– 조종줄 당깁니다. 더! 허리까지 당깁니다.

– 조종줄 원위치.

– 착륙 예정 장소에 가까워지고 있습니다. 하네스에서 몸을 뺍니다.

– 다리를 완전히 뻗어서 착륙 준비합니다.

– 착륙지점 2미터 상공입니다. 조종줄 허리까지, 이제 완전히
  내립니다. 더, 차렷 자세, 차렷!"

– 무릎 약간 굽혀 충격 완화시키면서 착륙합니다.

– 발이 지상에 닿는 순간 몇 걸음 앞으로 나아갑니다.

– 잘했습니다. 산줄 얽히지 않게 캐노피 모아들고 본부 쪽으로
  이동합니다.

– 박의동씨 착륙했습니다. 카피.

– 앞으론 본인도 착륙보고 꼭 합니다. 알겠습니까? 이상.

  "알았습니다. 박의동 무사히 착륙했습니다. 이상"

그야말로 처녀 비행이었다. 이륙 직전의 팽팽한 긴장감, 하늘에 뜰
때까지 오직 집중, 그리고 몸과 마음이 하나 되는 일체감은 정말 오
랜만에 느껴보는 몰아의 경지였다. 다른 잡념이 비집고 들 틈이 없었
으니까. 초보였기 때문에 심리적으로 매우 불안정한 상태였음도 불
구하고 창공으로 날아올랐을 때 온 세상이 발아래 펼쳐지는 광경은
황홀함 그 자체였다. 유체 이탈, 무거운 것들 저 세상에 다 내려놓고
가뿐하게 혼만 둥둥 떠다니는 듯한 그런 느낌이라고나 할까. 속세의
온갖 풍진에 찌든 육신은 지상에 두고 맑은 정신만 떠오른 것 같은

상황은 적절한 표현이 불가능했다. 그날 활동이 끝나고 각자 소감을 이야기할 때 새로운 세상에 첫걸음을 내딛게 해 주셔서 감사하다고 했다. 그 후로 제천, 정동진, 문경, 대부도 등 새로운 활공장을 찾을 때마다 늘 신세계를 만나는 기대감에 고된 줄 모르고 무거운 기체 둘러멘 채 이륙장으로 향하게 되었다.

패러글라이딩, 낭만적으로 보이고 하늘에 뜬 기분은 만점인데 세상 모든 일이 그러하듯 보이는 것이 전부는 아니다. 처음엔 고된 훈련과정을 거쳐야 하고 장비 관리도 쉽지 않다. 활공장에서 이륙 장소까지 이동해야 하는 것도 보통 일이 아니다. 더러 모노레일이 설치된 곳도 있지만 대부분 차량이나 도보로 이동한다. 장비를 가득 실은 트럭 짐칸에 실려 가는 것은 그나마 양반이고 일부 이륙장의 마지막 수백 미터 비탈길은 20kg 가까운 장비를 둘러메고 도보로 올라가야 한다. 그것도 바람 좋을 때 이야기고, 먼 길 갔는데 바람이 훼방을 놓으면 그냥 돌아서는 경우도 없지 않다.

패러글라이딩은 바람과 고도에 의해 날기 때문에 풍향과 풍속에 좌우되는 레포츠라고 할 수 있다. 지도자가 일기 정보를 종합해서 활공 가능으로 판단하고 비행이 시작되면 치명적인 사고는 거의 일어나지 않는다. 그래도 창공을 무대로 하는 활동이기 때문에 예상하지 못한 상황이 발생할 때도 있다. 착륙하면서 사소한 부상을 입을 수 있는데 보호 장구를 착용하면 대부분 예방이 가능하다. 그래도 보험 가입할 때 패러글라이딩이 취미 활동이라고 하면 골절 등에 관한 보장은 안 되는 경우가 많다. 아무튼 날아다니는 운동이라 착륙할 때나 활공 중 추락할 때 여러가지 문제가 발생한다.

추락 사고는 패러글라이딩 중 조작 미숙이나 돌풍 등으로 기체가 목적지에 이르지 못하고 중간에 낙하하는 경우를 말한다. 패러글라이딩이 높은 곳에서 이륙하기 때문에 추락한다는 것은 기체가 산 중턱에 떨어진다는 것을 의미한다. 비행 중 갑자기 비상착륙하게 되면 사람 구조와 장비 회수 등의 난제가 발생한다. 폭 1m 이상, 길이 5m에 이르는 캐노피에 수십 개의 가느다란 줄로 연결된 기체가 관목이나 큰 나무에 걸렸다고 상상해 보면 패러글라이딩을 전혀 모르는 사람이라도 그 상황을 짐작할 수 있을 것이다. 누군가 비행 중 추락 사고가 일어나면 심할 경우 그 클럽의 당일 비행은 끝날 수도 있다.

기체가 추락하여 나무에 걸리면 모든 회원들이 조난 장소로 달려간다. 조난지에 접근해 보면 경우에 따라 차이는 있지만 추락 당사자는 움직이기 어려울 때가 많다. 큰 나무는 톱으로, 작은 가지는 낫 등으로 제거하면서 일단 사람을 내린 후 본격적인 장비 회수에 나서는데 자칫하면 고가의 기체가 찢어질 수 있기 때문에 조심해야 한다. 구조가 마무리 되면 본부로 돌아와 사람과 기체의 이상 유무를 확인하고 점검에 들어간다. 조난당한 사람이 초보자일 경우 트라우마가 될 수도 있기 때문에 아무리 힘든 상황에서도 내색하지 않고 왁자지껄 되는 소리 안 되는 소리로 떠들어 대면서 분위기를 맞추어 준다.

내가 처음 기체를 나무에 건 곳은 생초보를 겨우 면하고 찾아간 평창 장암산 활공장에서였다. 평창강변 착륙장에서 올려다본 장암산은

80도 가까운 급경사에 숲이 우거진 험산이었다. 9부 능선쯤의 이륙장이 까마득하게 보였는데 저기서 기체 걸면 대책 없겠다고 농담 삼아 한 말이 씨가 되었는지 그날 첫 비행에서 추락하고 말았다. 이륙장 남쪽 방향 500여 미터 7부 능선 정도에서 릿지 비행을 시도하던 중 방향을 잘못 틀어 기체가 추락한 것이다. 그나마 다행인 것은 큰 나무를 피해 관목에 걸려 혼자 수습할 수 있었다. 그러나 이륙장과 착륙장에서 내 위치를 놓친 데다 기체가 보이지 않아 누구의 도움을 받기도 어려웠다. 더 큰 문제는 이륙장을 찾아가는 건데 하늘이 안 보일 정도로 울창한 숲속이어서 방향을 가늠할 수 없었다. 무거운 기체를 짊어지고 숨이 턱에 닿은 채 네 발로 기다시피하면서 능선을 찾아 헤매야 했다. 1시간 이상 그야말로 사투를 벌이면서 이륙장에 도착했을 땐 땀으로 멱을 감은 데다 기진맥진하여 손가락 하나 까딱할 수 없을 정도였다.

　장암산 추락사고 후론 활공장에 가도 비행보다는 그라운드 핸들링에 신경을 많이 쓴다. 아직 머리 위에 뜬 캐노피의 상태를 정확하게 감지하는 데 어려움이 있어 감 잡는 훈련을 반복하는 것이다. 그리고 전방 이륙은 보조자의 도움을 받아야 하기 때문에 홀로 뜰 수 있는 후방 이륙에 익숙해져야 하는데 이게 또 만만치 않다. 후방 이륙은 돌아선 상태에서 바람의 힘으로 캐노피를 정상적으로 띄운 후 방향을 다시 바꾸어 이륙하는 것을 이르는데 초보 시절엔 실패가 잦다. 기체가 워낙 크고 많은 산줄이 자꾸 엉키기 때문에 처음엔 혼자서 연습하는 것 자체도 쉽지 않다. 초보시절(지금도 마찬가지지만) 진도가 더

디고 자주 캐노피가 뒤집혀 쩔쩔매거나 산줄이 몸에 엉기는 등 어려움에 처할 때마다 클럽회장님이 빙글빙글 웃으면서 약을 바짝 올리곤 했다.

"아이구 박 선생님, 뭐 힘들게 후방 이륙 하느라고 고생하십니까? 이륙할 때 제가 도와드릴 테니까 전방이륙으로 만족하시지."

그럴 때마다 나도 지지 않고 한 마디씩 대꾸했었다.

"왜 이러십니까? 회장님이 은퇴하실 때까지 평생 동지 될 텐데, 그러지 말고 이 산줄 좀 풀어주시죠?"

날개클럽 윤 회장님은 때늦은 나를 패러글라이딩에 입문시키고 지지부진한데도 내색하지 않고 이끌어 주는 고마운 분이시다. 그 옛날, 중학교 다닐 때 그림으로 본 행글라이더에 필이 꽂힌 이후 평생을 행과 패러 보급에 투신해 온 선구적 열혈남아이시기도 하다.

아직도 서투르기만 해 주변 사람들이 위로나 염려를 해 주지만 초보 운전 시절을 생각하라는 말에 용기를 얻는다. 그리고 같은 클럽에서 행글라이딩하는 분이 행 입문자들의 분발을 촉구하며 클럽 홈피에 올린 글을 볼 때마다 느슨해지는 마음을 다잡는다. 비록 행은 시기를 놓쳤고, 패러도 쉽지는 않겠지만 더 넓은 세상을 보는 창이 되어 주리라는 믿음이 생기기 때문이다. 제법 긴 글 중에서 특히 다음 부분은 너무 마음에 와 닿아 성경 구절이라도 되는 듯 아멘이 저절로 나오려고 한다.

'애정이 있지만 근성이 없으면 지속되지 않으며, 근성이 있어도 애

정이 수반되지 않으면 절대로 오래 갈 수 없습니다. 강물은 바다를
포기하는 법이 없다고 합니다. 강물처럼 꾸준히 나아가십시오. 삶의
지평이 한 차원 더 넓어짐을 경험하게 될 것입니다.'

05

야성을 부르는 소리 츄, 츄~

몽골 초원에서는 빛과 향기가 묻어난다.

성장하고 환경이나 생활이 바뀌면서 내가 하고 싶은 것들도 많이 달라졌으나 말을 타고 싶은 마음은 늘 있었다. 여행도 좋아해서 젊을 때부터 많이 돌아다녔는데 이상하게 외국은 별로였다. 이따금씩 해외 여행을 다녀도 함께 가는 사람들 때문에 즐거운 것이지 보는 것이 주가 아니었다. 나의 경우는 그렇다.

다른 나라 중에서 가고 싶은 데가 딱 한 군데 있었는데 바로 몽골이었다. 동료들과 해외 여행 계획 세울 때 내가 몽골 가자고 하면 모두 뜨악한 표정이고 동조자가 없어 결국 나의 몽골행은 무관심 속에 묻히곤 했다. 몽골에 더러 관심을 갖던 사람도 말 타러 가자면 아예 고개를 돌려버렸다. 그러나 뜻이 있으면 길이 있는 법, 가까운 승마클럽 드나든 것이 계기가 되어 마침내 몽골에 갈 기회가 생겼다. 그렇게 해서 다니게 된 몽골은 갈 때마다 새로웠지만 역시 첫 번째 방문이 가장 인상에 남았다. 여기저기 아프고 결리는 데다 제대로 씻지 못한 찝찝함도 오랜 소원을 이룬 기쁨을 상쇄시킬 정도는 아니었다.

공항에서 세 시간가량 이동하여 테렐지 국립공원 캠프에 도착했을 때는 오후 8시가 지나고 있었다. 몽골은 비가 적은 지역이라 비와 함께 오는 손님을 반가워한다는데 공원에 도착할 무렵부터 비가 내렸다. 내가 묵을 겔은 중앙에 난로가 있고 벽 쪽으로 바짝 붙인 침대 세 개가 놓여 있었다. 동숙자는 봉사활동 등으로 몽골에 자주 드나드는 강릉 오성학교 홍 선생과 개인 사업가였는데 모두 몽골 여행과 승마 경력이 풍부한 분들이었다. 계절은 한여름이었지만 위도가 높고 해발 1600미터가 넘는 곳이라 밤엔 난로를 피워야 했다.

겔에서 첫 밤을 보내고 다음날 아침에 바라본 앞산 나무들, 그리고 초원, 푸른 하늘이 너무 선명하여 정갈하다는 느낌이 절로 들었다. 식사 후 마장에서 팀장과 가이드를 통해 승마 관련 유의사항을 들었다. 팀장은 말고삐 잡는 법과 방향 전환, 멈추기 등에 대해 간단히 설명하고 마지막으로 출발, 혹은 빨리 달릴 것을 명령하는 음성 신호는 '츄-'라고 일러주었다. 그게 승마 교육의 전부였다. 나머지는 말을 타면서, 달리면서 익혀야 했다.

처음 내게 배정된 말은 흰색 계통의 암말로 유순한 편이긴 한데 몸이 둔하고 걸음도 느렸다. 게다가 야생으로 떼를 지어 살던 습성 때문에 내 명령보다 다른 말들의 행동을 따라하는 경우가 많았다. 몽골

말은 체구가 작은 편이어서 허벅지나 종아리로 감싸기가 쉬운 반면 속보로 이동할 때는 말의 종종걸음에 리듬을 맞추기 어려웠다. 이따금씩 경속보를 해야 말이나 기수가 편한데 늘 좌속보로 가려니 엉덩이나 허리가 너무 아파 안장에서 몸을 떼자 이번에는 무릎에 충격이 왔다. 많은 분들이 국내 승마장 생각 말고 말의 움직임에 맞추라고 조언해 주었다. 다소 불안정한 자세임에도 불구하고 차라리 구보가 리듬에 맞추기 쉬워 몸도 편했다. 첫날은 주로 평보와 속보로 움직였기 때문에 장거리 일정도 큰 어려움 없이 소화할 수 있었다.

그 다음날, 덩치는 좀 작아도 발걸음이 매우 빠른 갈색 말이 배정되었다. 조금씩 자신감이 붙으면서 넓은 지역에서는 구보하는 팀에 따라 붙을 수 있었다. 큰 강을 건너고 여러 마을을 지난 후 도착한 개울가 숲에서 마부들이 싣고 온 도시락과 컵라면으로 점심을 해결했다. 능숙하게 말 탈 수 있는 이들은 다른 곳으로 이동하고 나머지 사람들은 개울 옆 초원에서 속보와 구보를 연습했다. 몇몇 사람들이 말에서 떨어지긴 했지만 별 사고 없이 일정 마치고 캠프로 출발할 수 있었다.

어느 정도 말과 호흡도 맞고 말 타는데도 점점 익숙해져 돌아오는 평지에서는 거의 구보로 달렸다. 그렇게 정신없이 달리던 중 갑자기 안장이 앞으로 쏠리는 느낌을 받는 순간 몸이 붕 뜨면서 말에서 떨어지고 말았다. 날뛰는 말에 끌려가는 상황이라 등자에서 발을 빼는 데 정신이 팔려 고삐 장악이나 다른 것은 생각할 겨를이 없었다. 오전 내내 산을 넘고 강을 건너면서도 어려움이 없었고 점심 식사 후 구보에서도 균형을 잘 유지했는데 오는 길에 전력 질주로 달리다가 그만 사고를 친 것이다. 간신히 정신 수습하고 일어나서 몸 상태를 살펴보았다. 왼쪽 팔이 땅에 끌리면서 찰과상을 입어 피가 흥건했지만 오른쪽 어깨가 다소 불편할 뿐 머리나 그 외 다른 곳은 이상이 없어 보였다. 동행했던 마부가 도망쳤던 말을 찾아 끌고 왔는데 안장 고정용 복대가 완전히 풀려 있었다. 아직 말에 익숙하지 않았던지라 안장이 헐렁해진 것을 미처 알아차리지 못했던 것이다.

마구를 점검하고 말에 다시 오르자 마부는 내 오른손에 고삐를, 나머지 손으로 안장 손잡이를 잡도록 한 다음 느닷없이 말 엉덩이를 채찍으로 후려쳤다. 숙소 부근에 도착할 때까지 마부가 따라오면서 계속 채찍을 휘둘러 한동안 그야말로 바람처럼 달렸다. 말로만 들었을 뿐 배운 적도 없는 전경 자세가 자연스럽게 나왔다. 마장에 도착하자 말도 나도 땀에 흠뻑 젖어 있었다. 낙마로 여기저기 아프고 정신도 아찔했지만 구보다운 구보를 제대로 한 셈이었다. 그날은 나를 포함, 여러 사람이 낙마 했는데 아마도 조금씩 자신감이 생기면서 다소 무리한 것도 낙마의 한 원인이 되었을 것이다. 오른쪽 어깨는 지난번 패러글라이딩 착륙하면서, 또 아이들이 비누로 청소하던 학교 복도에서 넘어지는 등 여러 번 상한 곳이어서 충격이 더 컸다.

승마 중 사고야 말 타는 이들에게 일상사일 터, 비유가 거창하지만 이순신 장군이 다리 부러진 이야기도 유명하고, 소싯적 백전백승의 신화를 남긴 조선 태조 이성계나 천하의 망나니였던 그 아들 이방원(태종)도 곧잘 말에서 떨어졌다지 않은가? 낙마한 게 창피했던 태조는 사관을 회유했고, 태종은 아예 알리지 못하도록 단속을 했지만 사관들은 기록하지 말라고 한 사실까지 실록(태종4년 2월 8일조)에 올려 버렸다. 적자생존(적는 자만이 살아남는다는 뜻으로 선생님들이 자주 쓰는 신조어)을 존재 이유로 알았던 그 사관들 덕택에 후손들이 말을 타다가 이런저런 일을 당해도 마음의 위로를 받을 수 있으니 얼마나 고마운 일인가?

저녁 식사엔 몽골 전통 특선 요리로 일종의 찜 바비큐라고 할 수 있는 '양허르헉'이 나왔다. 큼직한 찜통에 고기와 달아오른 돌을 넣어 안팎에서 익힌다고 하는 데 맛도 좋았지만 목축 국가답게 고기 인심이 후하여 먹어도 먹어도 끝이 없었다. 늦은 밤, 식당에서 몽골 전통 음악인 흐미와 기예 등의 간이 공연이 있었다. 마두금 반주에 맞춘 흐미, 남성 한 사람의 입에서 고음과 저음이 동시에 나와 듣기에 따라서는 괴기스러운 느낌을 주는 몽골만의 특이한 음악이었다.

공연을 기다리며 식당에서 엄마 일을 돕는 몽골 아가씨와 많은 이야기를 나누었다. 대학교 한국어과 2학년이라 아쉬운 대로 대화가 통해서 금방 친해진 여학생이었다. 몽골도 지구촌이라 다른 나라가 겪는 몸살을 앓고 있다고 했다. 인구의 수도 집중으로 도시 문제가 발생하고, 빈부 격차, 경제, 교육, 치안, 주변국과의 관계 등 많은 난제를 안고 있다는 것이다. 그 학생의 이야기를 들으면서 아름답게만 보이는 몽골 초원이지만 말에서 내려 보면 어디에나 말똥, 소똥 등 가축 배설물이 널려 있던 게 생각났다. 지저분한 가축 분뇨가 척박한 땅에서 풀을 키워 고운 초원을 이루듯 지금 몽골이 안고 있는 크고 작은 문제들도 발전하는 과정에서 겪는 성장통일 수도 있으리라는 생각이 들었다. 단국대학교 교환 학생으로 선발되어 한국에 가게 되었다며 잔뜩 기대에 부풀어 있는 그 학생을 보면서 은근히 걱정스러웠다. 천혜의 땅이라는 테렐지 공원에서 나고 자란 순박한 아가씨가 살벌한 한국에서 무사히 견딜 수 있을까 하는 생각이 들었던 것이다. 하지만 운명은 스스로 개척하는 것, 몽골이나 그 아가씨나 정말 순조롭게 발전하고 성장하기를 마음속으로 빌어주었다.

　몽골 4일째, 그러니까 승마 셋째 날은 전날 밤부터 비가 내려 모두 걱정했으나 아침 식사가 끝나자 거짓말처럼 하늘이 맑았다. 초원의 빛은 더욱 깨끗하고 푸르러 몸에 그대로 스며들 것만 같았다. 몸은 좀 불편했지만 일행 중 한 분이 준 소염진통제를 먹고 말에 올랐다. 제법 먼 거리를 이동했는데 가는 곳마다 끝 간 데 없이 펼쳐지는 대초원이 가슴을 탁 트이게 했다. 몽골, 초원, 말 이 세 가지는 떼려야 뗄 수 없는 동의어임을 직접 확인할 수 있었다. 하나 더 보탠다면 그들의 정신적 지주여서 초라한 겔에도 빠짐없이 초상화가 걸려 있던 칭기즈칸 정도이리라.

　10시에 출발하여 오후 1시쯤 우리 일행을 돕는 마부 중 한 분의 겔에 도착했다. 겔이 세 채였고 가축도 제법 많은 부자였다. 하나의 겔에서 숙식을 해결하는 몽골인들도 있지만 대부분 2~3채의 겔을 가까이 세우고 식당, 거실, 침실 등으로 나누어 쓰고 있었다. 숙소에서 가져온 도시락으로 점심을 먹으면서 주인이 내놓은 수테차이, 치즈, 빵 등을 함께 들었다. 속보로 가면 말의 반동에 맞추지 못해 허리통증이 느껴져 차라리 달리는 게 편했고, 마을이나 강 주변을 제외하면 광활한 초원이었기에 오가는 길은 거의 구보로 달렸다.

저녁을 먹으면서 내일 일정을 의논했다. 사흘 동안 너무 강행군 했으니까 쉬기도 할 겸 일찍 시내로 나가 관광을 하자는 의견이 나왔다. 그러나 승마를 원하는 사람이 더 많아 논의 끝에 일찍 말을 타고 점심 식사 후 짐 챙겨 출발하기로 했다. 어깨도 안 좋고 무릎과 허리도 불편해서 어설프나마 운기행공으로 심신을 가다듬으려 해도 주변 소음 때문에 자꾸 호흡이 흐트러져 헛수고가 되고 말았다.

승마 마지막 날, 다른 때보다 훨씬 이른 7시 30분에 식사를 마치고 마장으로 나갔다. 일행 중 절반가량은 숙소에서 쉬거나 가까운 곳에서 가벼운 승마를 하고 나머지 인원만 어제 들렀던 대초원으로 출발했다. 쉬지 않고 달려 초원 지대의 야트막한 언덕에 이르러 잠시 숨을 골랐다. 다들 끝까지 달리고 싶은 마음이 간절했으나 아쉬움으로 남기고 말머리를 돌렸다. 11시쯤, 동행했던 마부가 안내하는 현지 주민의 겔에 들러 용변도 해결하고 전통차와 빵 대접을 받으면서 잠시 쉬었다. 차 마시는 시간도 아까워 남자들만 조금 전에 숨을 고르던 언덕까지 한 번 더 다녀오기로 했다. 먹장구름이 몰려들어 비가 올 것만 같아 달리는 말에 채찍을 가하여 초원을 한 바탕 누비고 돌아왔을 무렵엔 빗방울이 굵어졌고 겔에서 쉬던 팀들은 이미 길 떠난 뒤였다. 잠시 말을 멈추고 비옷을 덧입은 후 질척거리는 초원을 달려 캠프에 도착했을 땐 오후 1시가 지나고 있었다. 차 마시는 시간과 우비

입는 시간을 제외한 4시간 이상을 쉼 없이 달리고 또 달렸던 것이다.

늦은 점심 끝내고 짐을 정리하여 5일간 머물렀던 몽골 테렐지 국립공원의 겔 숙소를 나왔다. 방학하던 날, 몽골 가면 낮엔 말을 타고 밤엔 별을 보고 오겠노라 선생님들에게 약속했었다. 날씨 탓에 별 보기는 실패했으나 말은 정말 열심히 탔다. 살아오면서 여러 가지 신체 활동에 도전했지만 살아 숨 쉬는 생물과 호흡을 맞추고 함께 땀 흘렸던 말타기는 생동감, 그리고 짜릿함으로 숨죽이고 있던 온몸의 야성적 감각을 모조리 불러일으키기에 충분했다. 아침부터 도시락 싸 들고 나가 하루 종일 말 타고, 저녁 식사 후엔 대충 씻고 곯아떨어지는 일정이 계속되다 보니까 마지막 날 밤은 호텔에서 묵었는데도 겔과 말 냄새가 온몸에 밴 것만 같아 코가 킁킁거려졌다.

몽골 떠나던 날 아침, 룸메이트인 홍 선생이 새벽부터 부지런을 떠는 바람에 나도 일찍 눈을 떴다. 지난 밤 샤워도 제대로 하고 긴장이 풀려 오랜만에 푹 잤는데도 잠에서 깼을 때 몸을 움직일 수 없었다. 오른쪽은 어깨부터 팔꿈치, 손목, 손가락까지 저리고 아팠다. 어제까지 아무렇지도 않았던 등과 허리도 근육이 뭉쳤는지 몸을 돌릴 수도, 앞으로 일어날 수도 없었다. 침대 끝으로 조금씩 몸을 굴려 엎드린 다음 발을 먼저 내리고 겨우 몸을 일으켰다. 침대에서 내려서자 이번에는 허벅지와 종아리에 알이 잔뜩 배어 걸음을 옮기기 어려웠다. 그 와중에서도 유비가 모든 것을 잃고 제 한 몸 겨우 유표에게 빌붙어 지내던 어느 날, 측간에서 자신의 살찐 허벅지를 보고 한탄하며 눈물을 쏟는 장면이 떠올라 나도 모르게 피식 웃음이 나왔다. 말 등에 간당간당 겨우 붙어 있는 처지에 전장을 누비던 유비 현덕이라니 하는 생각 때문이었다.

어제 오전엔 좀 쉬면서 여유롭게 보내는 게 순리였는데 욕심이 지나쳐 몸을 혹사했다는 생각을 떨칠 수 없었다. 칸의 기병도 아닌 터에 진통제 먹어가면서 네 시간 이상 요동치는 말 위에서 버티느라 몸이 견딜 수 없었을 것이다. 달리는 말에서 떨어질세라 잔뜩 긴장하면서도 승마클럽 교관에게 반복적으로 들었던 잔소리들, 허리, 어깨 펴고 손과 뒤꿈치 내리라는 말이 불현듯 떠올라 몸을 곧추세우다 보니 여러 군데 부담이 많이 갔던 것이다.

초원 끝자락의 소박한 2층 건물인 칭기즈칸 국제공항에서 인천행 비행기에 몸을 실었다. 성한 곳 없이 아프고 피곤했지만 창밖으로 멀어져 가는 몽골 초원에서 눈을 뗄 수 없었다. 청정함 그 자체였던 풍광, 끝없이 펼쳐진 대초원, 벌판 전체를 수놓은 들꽃, 바람결에 가득 밀려들던 짙은 허브 향, 그리고 힘찬 말발굽 소리와 귓전을 스치던 바람 소리…. 한눈에 홀딱 반해 버려 어느 것 하나라도 놓치고 싶지 않았다. 달리는 말을 더욱 재촉하던 기수들의 날카로운 외침 소리까지도… 츄, 츄~. 그 모든 것들이 그대로 가슴에 사무쳐 또다시 심장이 뛰고 마음까지 달뜨게 했다.

* 한바탕 질주를 끝내고 마장에 도착하면 얼른 쉬기 위해 말은 걸음을 멈추고 사람은 빨리 내리려고 서두르기 마련입니다. 그러나 마부와 목동들은

구보를 마치고 돌아오는 기수들에게 말을 계속 몰도록 재촉합니다. 때로는 알아들을 수도 없는 말로 소리를 지르고 난리를 피워댑니다. 하얀 거품을 물고 헐떡이는 말에게 채찍을 써서라도 한동안 속보와 평보로 마장 주변에서 걷게 한 후에야 고삐를 받아 줄에 걸쳐 놓습니다. 전력으로 달려온 말에게 정리 운동을 시켜 다리의 부담을 덜어주려는 것입니다. 그런 모습을 보면서 잠시도 쉴 겨를 없이 앞만 보고 내달리는 우리도 저와 같아야 한다는 생각에 가슴이 뭉클해졌습니다.

06

신선이 되는 길

1980년대 「단(丹)」이 선풍적인 인기를 끌었을 때 내용이 흥미롭기는 했지만 전적으로 공감하기엔 다소 무리가 있어 보였다. 그 책을 계기로 호흡, 명상 관련 도서와 학원들이 급증하고, 선경그룹 최종현 회장이 단전호흡의 효능을 강조하면서 사회적 관심이 높아지기도 했다. 같은 시기에 예쁜 아가씨가 명상하는 모습을 담은 국선도 광고가 나붙기 시작했는데 그냥 무심히 보아 넘겼다.

서울 상계동에서 지내기 시작할 무렵의 어느 해 여름, 친구 네 명과 지하철 2호선에서 4호선 환승 통로로 이동하고 있었다. 참하고 예쁘게 생긴 아가씨가 함께 가고 있는 우리들 중에서 나와 눈을 맞추며 말씀 좀 나눌 수 있겠느냐고 양해를 구했다. 내가 예전에 가르쳤던 학생인가 싶어 동료들에게서 떨어져 나와 그 아가씨와 마주섰다.

"반갑습니다. 혹시, 국선도에 대해 들어 보신 적이 있습니까?"

"아, 예. 광고에서 더러 본 것 같은데요."

"단전호흡이나 명상은요?"

"많이 들어 보았죠."

"국선도를 수련해 볼 생각 없으세요? 사는데 많은 도움을 받을 수 있습니다."

목소리도 밝고 머리카락을 가지런히 묶은 아가씨의 모습이 산뜻했다. 자세히 볼수록 예쁘니까 호기심보다 불편했다.

"별로 생각이 없습니다."

"새로운 세상을 살아갈 수 있습니다."

너무 상투적이고 식상한 말이라 뜨악하게 그 아가씨를 쳐다보자 부드러운 눈빛으로 한참을 마주 보다가 웃으면서 물러섰다. 그 표정엔 진지함과 함께 안타까워하는 마음이 그대로 묻어났다.

"시간 내주서서 감사합니다. 관심 있으시면 꼭 연락 주십시오."

안내 자료를 건네주었는데 국선도라는 말에서 약간 사이비적인 냄새도 났고, 동료들을 쫓아가야 하는 다급함도 있어 얼른 그 자리를 피했지만 지금도 그때 그 아가씨가 왜 나를 지목했을까 하는 궁금증이 남아 있다. 내가 촌놈이라 어수룩하게 보여 낙점되었을 거라고 생각해 보기도 했다. 그러면서도 그 아가씨의 안타까워하던 표정, 맑은 눈빛, '새로운 세상'이라는 말이 오래도록 가슴에 남았다. 그때 국선도에 입문했다면 내 인생이 달라졌을지도 모른다는 막연한 생각과 함께. 신선 공부를 하면 신선은 못 되어도 건강 하나는 건질 수 있다고 하지 않은가.

오랜 세월이 지난 후 국선도 수련이 일반화되고 주변에서 권하는 사람도 많아 방학을 이용해 청암중고등학교에서 실시하는 30시간짜리 직무연수 과정에 신청서를 냈다. 나이가 들면서 관절도 불편해지고, 매사에 집중도가 떨어지던 참이라 마음먹고 수련에 열중했다. 수련의 기초적인 내용을 공부하면서 행공보다 스트레칭 프로그램이 마음에 들었다. 여전히 산만하고 이미 뼈가 굳어, 행공의 기본 자세인 결가부좌도 틀지 못하는 상태였지만 이론 강의를 통해 긴장 이완이나 복식호흡에 대해 조금씩 이해할 수 있었다.

연수 후 바로 등록하고 주당 4일씩 저녁 시간에 본격적인 수련을 시작했다. 일주일에 2, 3일 나가기도 힘들고 별로 재미도 없지만 막연하게나마 내 삶의 중요한 부분으로 작용할 것만 같아 술자리나 모임 빠져 가면서 수련에 최선을 다했다. 국선도의 수련시간은 조신법 전편 20분, 단전행공 40분, 조신법 후편 20분(강정, 정화법 등 포함) 등 약 80분 정도 소요된다. 이미 유연성이 떨어지고 관절이 굳어 결가부좌는 엄두도 못 내고 다리 벌어지는 각도도 좁지만 열심히 하려고 애썼다.

처음에는 다리를 벌리면 다리 안쪽 근육이 땅겨서 여간 불편한 게 아니었다. 안 쓰던 관절 스트레칭 때문인지 일상생활에서는 괜찮은데 잠자리에 들면 무릎이나 고관절 부위가 쑤시고 아팠다. 목이 잘 돌아가지 않을 때도 있고 손목이나 손가락이 시큰거리는 등 온몸의 여기저기가 아프고 저리는 현상이 반복되었다. 행공 자세가 점점 복잡해지면서 어떤 날은 어깨 혹은 목이 뻐근하고, 단지(손가락 끝)를 많이 쓰니까 손가락 관절이나 손톱 뿌리가 퉁퉁 부어올라 잠에서 깰 정도로 아팠다. 사범은 자세가 잘못되었거나 수련과정에서 나타나는 일시적인 변화일 뿐이라면서 수련정진을 권했고 견디다 보면 나도 모르는 사이에 아픔이 가시곤 했다.

수련을 계속해도 성취는 느리지만 근육도 풀리고 유연성, 순발력 등은 확실히 좋아졌다는 것을 느낄 수 있었다. 무엇보다도 가장 큰 변화, 수련을 시작하면서부터 수년이 지나도록 감기에 걸리지 않는다는 것이다. 약골이어서 그런지 나는 감기를 앓아도 좀 유난스러운 편이었다. 눈물, 콧물은 기본이고 목이 잠기거나 코막힘으로 심할 경우 아예 목소리가 나오지 않을 때도 잦았다. 특히 교사, 학생들이 모두 정신없이 바쁜 3월이나 9월은 환절기까지 겹쳐 연례 행사처럼 심한 감기 몸살에 구내염까지 심해져 곤욕을 치르곤 했다.

국선도를 시작한 이듬해 3월 초, 코끝이 간질거리고 재채기가 나오는 게 영락없는 감기 신호였다. 곧 학부모총회 교육활동 보고도 있는데 코맹맹이 소리가 나면 어쩌나 싶어 내게 약효가 가장 좋았던 대웅제약의 씨콜을 사려다가 어차피 온 감기, 떼어내기가 어려울 것 같아 수련을 강화하기로 했다. 몸 상태가 안 좋아 내키지 않았지만 밤 수련에 꼭 참가했고 자기 전에 호흡을 가다듬으려 애썼다. 코도 조금씩 막히고 호흡 중 가래도 느꼈지만 3월 중 큰 행사들을 무사히 치렀고 감기 기운도 소멸했다. 감기 시작할 때 이를 막거나 약화시키기 위해 자주 소금물 양치질도 하고 감기약도 미리 사 먹어 보았어도 이번처럼 감기 기운이 그냥 지나가 버린 경우는 처음이었다.

그해 10월 말, 비온 뒤 이상 한파로 서울지역 최저기온이 영하 7도까지 뚝 떨어졌다. 당시 유난스러웠던 교장선생님의 발상으로 아침부터 학교 운동장에서 전교생과 전교직원, 일부 학부모, 자매부대 장병, 파출소 경찰까지 동원된 '태극기 그리기' 행사가 진행되었다. 급격한 기온 차로 선생님들 중 감기 환자가 속출했고, 나도 목이 아프고 콧물이 비치는 등 수련을 시작한 이래 가장 강한 감기 증상이 찾아왔다. 다음날은 학교에서 야간 고입설명회가 열려 수련도 할 수 없었는데 이번에도 무사히 넘길 수 있었다. 그 후로도 이따금씩 감기 기운을 잠깐 느낄 뿐 한 번도 심하게 앓은 적이 없었다.

위험한 사고에서 큰 부상을 당하지 않고 넘어가는 일도 여러 차례 있었다. 패러글라이딩 착륙 직전에 강풍이 불어 뒤로 넘어지면서 캐노피에 끌려간 적이 있었다. 대부도 구봉 해안이었는데 무거운 하네스를 등에 메고 있었기 때문에 머리가 뒤로 넘어간 채 끌려갈 수밖에 없었다. 헬멧에 자갈 부딪히는 소리와 함께 목에서 우두둑 소리가 날 정도로 고개가 젖혀진 상태였다. 다른 사람들이 조종줄을 잡아 주어 간신히 멈추었지만 순간적으로 정신이 몽롱해졌다. 하네스를 벗고 일어섰는데 당장 목을 다친 것 같지는 않았으나 내일 아침에 일어나기 어렵겠다는 생각이 강하게 들었다.

다음 날 아침, 고개를 돌려 보아도 목뼈는 문제가 없어 보이는데 양쪽 어깨와 팔이 저렸다. 그것도 베개를 베거나 무릎을 세우면 괜찮은데 수평으로 드러누우면 양쪽 어깨와 팔이 심하게 저리고 아팠다. 꽤 오래 지속되다가 조금씩 나아질 무렵 학교에서 한 번 더 다쳤다. 아이들이 비눗물을 풀어 계단 청소하는 것을 보고 방해가 되지 않도록 큰 걸음으로 내려서다가 미끄러져 계단참에서 뒤로 넘어진 것이다. 정말 위험했는데 순간적으로 몸을 틀어 머리가 계단에 부딪히지도 않았고 큰 부상을 면할 수 있었다. 다만 어쩔 수 없이 오른쪽 손을 짚어 회복 중이던 오른쪽 어깨 통증이 도지고 말았다. 그러던 중에 몽골에서 말을 타다가 이번에는 질주 중에 낙마 사고를 당해 왼쪽 팔뚝이 까지고 오른쪽 어깨를 다쳐 팔을 들 수조차 없었다. 그러고도 진통제 먹어가면서 미련하게 계속 말을 타고 돌아왔는데 마지막엔 여기저기 아프지 않은 곳이 없었다. 대부분은 근육통이었으나 어깨 부분은 오래도록 낫지 않아 한동안 패러도 못하고 결국 병원 신세를 져야 했다. 충돌 증후군에 회전근개파열이라면서 운동 중 발생하는 흔한 부상이라고 했다. 일련의 사례를 나열한 것은 세 번 모두 정말 위험한 사고였기에 국선도를 수련으로 유연성이 길러지지 않았다면 감당할 수 없었을 것이라고 믿기 때문이다.

국선도의 수련 방법이나 체계가 하나로 통합되지 못하여 이론 정립이 부족하다는 점은 좀 아쉽지만 수련을 계속하면서 스스로 터득하는 것도 많다. 사람이나 상황에 따라 차이가 있겠지만 나의 경우 자신의 몸에 대해 고마움을 느끼고 조심하게 되었으며 조금씩 여유를 가지고 세상을 보게 되었다.

행공 시작 전에 오기법이라는 다섯 가지 동작을 하는데 간, 신장 등 내장 각 부위의 사기를 밖으로 토출하는 수련법이다. 수련의 마지막 순서인 기신법은 오기법과 반대로 내장에 기를 불어넣는 수련법이다. 그런 움직임으로 내장의 기운이 나오거나 들어갈 수 있는지 이성적으로는 아직 이해가 되지 않는다. 하지만 매일 오기법과 기신법을 수련하면서 위, 대소장, 심폐 등 각 기관에 대해 단 한 번이라도 생각하는 기회를 갖게 되고 장기에 부담주지 않도록 조심해야겠다는 생각이 깊어진다. 이 나이에 사지가 멀쩡한 것도 기특하고 태어난 이래 단 1분 1초도 쉬지 않고 움직이는 위장 등 장기에 대한 감사의 마음이 솟아나기 때문이다. 고마운 마음이 생기니까 조금만 무리를 해도 장기에 대한 미안함이 커지고 과격한 행동을 삼가게 된다.

지나치게 차거나 뜨거운 것을 스스로 삼가고 날씨가 추우면 속옷부터 따뜻하게 챙겨 입으려고 한다. 내 육신에 대한 관심은 사고의 틀을 바꾸었고 주변 사람들, 상황, 다른 사람의 말 한마디, 글 한 줄에서도 의미를 찾고 감탄하게 된다. 이런 변화는 책에서 배우거나 누가 일러준 것이 아니라 언제부턴가 내게 다가오고 받아들이게 되는 것들이다. 수련한지 여러 해가 지나면서 미숙하나마 호흡과 동작은 조금씩 나아지고 있지만 정신 집중이나 단전의 개념은 아득할 뿐이다. 전조신을 끝내고 행공을 위해 어두컴컴한 수련장에 드러누우면 몸은 차분해지고 주위가 고요하니까 오히려 잊었던 기억까지 살아 나와 온갖 잡생각이 넘친다.

처음 국선도라는 말을 들었을 때 신선 선(仙)자 때문에 고개를 저었었는데 이름이 무엇이면 어떻고 또 힘들고 재미없으면 어떤가? 근육도 땅기고 관절 여기저기 통증도 자주 나타나지만 생활하면서 많은 도움을 받고 있기에 열심히 몸을 굴리고 있다. 이 복잡하고 오염된 세상에서 감기만 안 걸려도, 아니 일 년에 한두 번으로 그치고 살 수 있다면 그게 신선이 아닐까 하는 생각도 든다. 조금씩 마음의 여유를 늘여가고 보이지 않는 내 장기를 아끼듯 자신을 가꾸어 간다면 그 또한 신선의 도를 따르는 것이 아닐까? 자신의 편협한 성정을 조금씩이라도 누그러뜨리고 다스리면서 세상을 바라볼 수 있다면 그게 신선의 길이라는 생각으로 오늘도 선도음에 호흡을 가다듬는다.

선도활법(仙道活法) 건체강심(健體康心)
효천애교(孝踐愛橋) 일화창생(一和蒼生)

이야기를 끝내며

연극의 막이 내리듯 내 삶의 여정에서 하나의 매듭이 지어졌다. 올해엔 교정의 봄꽃이 새로웠고 아이들의 소음도 새삼스러웠다. 화려했던 단풍이 하나 둘 제 갈 길을 가고 나목 으스스한 교문 언덕길을 오를 때마다 모든 것을 받아들여야지 다짐했지만 내려갈 때 생각해 보면 더 낮추지 못하고 더 수용하지 못한 안타까움이 남아 있곤 했다.

이제 추운 겨울이 닥치겠지만 힘주어 당기지 않아도 봄은 올 것이다. 그 봄날 새로운 삶의 막을 다시 올릴 것이다. 비록 화려하지 않아도, 성대하지 않아도 내 길을 즐거운 마음으로 걸어 갈 것이다. 지금까지 함께했던 이들에게 고마운 마음 간직하고 더불어 살아갈 모든 것에게 감사하면서.

– 2015년 겨울을 맞으며